Nous arrivons

Patrick Moncœur

Nous arrivons

roman

Ramsay

Nous arrivons
Première édition

À Anne

À Jamil, Saleh, Aïsha, Jibril
qui m'ont aidé à comprendre

À tous ceux qui osent

À quelques années d'ici

Au Nigeria,
au large de l'Afrique
et aux portes de l'Europe

Préface

« Nous arrivons »
Cette phrase rituelle des voyageurs
C'est la vôtre
Frères humains de l'Occident
Quand vous venez visiter nos pays
C'est la nôtre, aussi
Celle de vos frères d'ailleurs
Quand nous parvenons à atteindre vos côtes
Dans votre bouche, c'est un fait, une simple constatation,
D'un voyage l'étape ultime, parfois teintée de curiosité
Dans la nôtre, il y a bien plus que ces deux mots
Il y a l'espoir
De tout recommencer
De tout reconstruire
De tout oublier, aussi
Il y a l'espoir
Nous arrivons, car nous aussi, nous avons droit
De vivre une belle vie
Venir, c'est notre façon à nous
De nous rappeler à votre mémoire
Vous oubliez si vite
De faire valoir nos droits de l'homme
Vous oubliez si vite
« Nous arrivons » n'est pas une menace
Juste une évidence
Nous arrivons
Que vous le vouliez ou non.

PREMIÈRE PARTIE

Entrelacs

1

Lancés à toute allure, deux cétacés d'acier filent sous la surface, se narguent, se défient. Lequel des deux arrivera le premier ?

Tendus vers leur destination, ils dévorent les miles, fendent le flot qu'ils pénètrent et déchirent, violentent la mer. Leur fulgurance malmène une faune sidérée par la brutalité du passage des deux monstres, ivres de leur puissance qui, bientôt, les anéantira eux-mêmes. Dans quelques dizaines de secondes, ils toucheront au but et tout sera fini, pour eux aussi.

Pour l'instant, ils fusent. Ils hurlent, projetant devant eux un *la* strident, une onde qui les précède. La gangue sonore qui les enveloppe rejette au loin les êtres terrorisés dont ils croisent la route. En mer, rien ne peut les détourner de leur objectif, les atteindre. Ils sont les prédateurs suprêmes, l'espèce des saigneurs.

La première torpille touche la poupe du *Lévi,* au niveau des réservoirs. La seconde se contente d'exploser juste en dessous afin de briser net le navire en son centre — chez les torpilleurs, le coup est classique. Et imparable.

Le vraquier se soulève en son milieu, comme saisi par des mains monstrueuses pour le rompre comme une brindille. L'instant suivant, le deuxième choc fracasse l'arrière, projette des débris de coque et de pont jusqu'aux cieux d'encre, déclenche le brasier dantesque.

À bord, nul n'a vraiment le temps de réaliser l'événement qui survient — la mort est magnanime et les emporte vite. Les spasmes du bateau, avec ses tôles gémissantes et son cortège d'explosions, ont couvert les hurlements — si jamais il y en eut.

Le *Lévi* coule à une vitesse inattendue pour un navire de cette taille. Les chairs disloquées du géant s'enfoncent dans les flots sombres et commencent une interminable descente vers les fonds abyssaux. À cet endroit, l'Atlantique est profond, insondable — les débris comme les corps disparaîtront à tout jamais.

C'était l'idée. L'opération est une réussite.

Autour du lieu où sombre le bateau rôdent les Zodiacs noirs. Les hommes vêtus de nuit, certains d'entre eux équipés pour plonger, doivent s'assurer que le mot d'ordre venu d'en haut — pas de survivant — sera respecté.

Ils n'auront pas à le faire. Aucun corps n'apparaît à la surface. Les eaux glacées se sont chargées de supprimer les éventuels nageurs.

Enfermés pour toujours dans la cale, pris au piège dans la passerelle, les cabines ou la salle des machines, les passagers du *Lévi* poursuivent leur voyage, les yeux clos ou exorbités par l'effroi, bientôt dévorés. Ballottés par les courants, tombant vers la nuit sépulcrale des profondeurs marines, ils partent rejoindre la cohorte des errants dont seule la mer a bien voulu.

2

Dehors, déjà, le soleil cognait comme une brute. Il ne devait pas être très tard — 8 h, 9 h peut-être. Un souffle de vent peinait contre le rideau sale de la fenêtre et laissait entrer dans la chambre les bouffées de chaleur, de poussière, de gaz d'échappement que la rue exhalait. La touffeur avait serpenté jusqu'au lit de Jibril, l'enserrant de ses anneaux invisibles, jusqu'à le réveiller.

Dégoulinant de sueur malgré l'heure matinale, Jibril ouvrit un œil, puis deux. La nuit pesait de tout son poids sur sa cervelle, comme si une météorite s'était écrasée juste sur son crâne. Il s'assit sur le rebord du lit et il buta contre une bouteille. Pendant quelques minutes, il s'amusa à la faire rouler sous la plante de son pied. La pression qu'il exerçait sur le verre agissait comme un massage. Ce réveil en douceur lui permit de reprendre le fil de ses pensées — la soirée trop arrosée, son cauchemar éveillé, sa résolution.

Le corps encore endolori, il commença par rassembler les bouteilles éparpillées dans la chambre. Deux d'entre elles avaient roulé assez loin sous le lit ; dans un effort démesuré à cette heure, il tendit son bras à l'extrême pour les ramener à lui. Tous les cadavres finirent dans un cercueil de carton qu'il déposa devant sa porte — le *boy* de la maison viendrait les récupérer et les emporterait au bar où Jibril avait ses habitudes. Des habitudes dont il était déterminé à se défaire.

Une douche, par pitié. Son corps déjà moite, sa tête embrumée n'en pouvaient plus d'attendre. Il savait aussi que l'eau serait peut-être coupée quand il en aurait le plus besoin. Comme tous les jours.

Ici, l'eau était denrée rare. Le Sahara était tout proche, 200 km à peine en roulant vers le nord, vers Damasak. La région du Borno était comme une antichambre de la grande fournaise et Maiduguri, depuis des siècles, sa capitale poussiéreuse. Comme si le manque d'eau chronique ne suffisait pas, le tout nouveau gouverneur s'était mis en tête de la rationner pour préserver les nappes phréatiques de cette ville toujours plus peuplée. La distribution d'eau « tournait » d'un quartier à l'autre dans une rotation qui se prétendait équitable. Mais les quartiers des notables, des militaires et des politiques étaient mieux desservis et ceux des pauvres, comme Kofa Biu ou Sabon Kazua, étaient parfois oubliés pendant plusieurs jours, trop fauchés pour payer le dash, le pot-de-vin, aux bonnes personnes qui leur ouvriraient le robinet d'un geste suffisant.

Le filet qui s'écoulait maintenant du pommeau de douche confirmait les doutes de Jibril. L'eau elle-même était brûlante, sans doute maintenue à une température élevée qui tourmentait aussi les canalisations — on était en pleine saison chaude et la chaleur s'envolait régulièrement au-dessus de 40°. Pour le rafraîchissement, il devrait trouver autre chose… Il se savonna et se rinça le plus vite possible puis sortit de la douche crasseuse au moment même où le pommeau agonisant rendait ses dernières gouttes.

Dans la chambre-sauna, se sécher était inutile : le temps qu'il déniche des vêtements propres et qu'il les enfile, Jibril n'avait déjà plus une goutte d'eau sur le corps. Il ne lui restait plus qu'à sortir pour affronter le soleil, la ville et l'ennui.

* *
*

Comme beaucoup d'habitants de Maiduguri, il marchait le long des rues, ignorant les taxis vert et jaune qui hélaient les piétons. Seuls s'engouffraient dans les guimbardes ceux qui en avaient les moyens ou qui, surchargés de ballots ou épuisés de chaleur, n'avaient pas le choix.

Les taxis qui défilaient étaient souvent bondés. Les chauffeurs s'employaient à bourrer leur véhicule de passagers, leur business reposant plus sur ce taux de remplissage que sur la course demandée, ridiculement basse. Si l'on n'avait pas la chance de pouvoir s'asseoir sur le siège avant, il fallait s'entasser à quatre derrière, une véritable épreuve dans ces boîtes de métal chauffées à blanc où tout le monde transpirait à grosses gouttes.

Le plus souvent, Jibril préférait marcher, au moins pour l'aller. Il pouvait ainsi réfléchir plus aisément, s'arrêter au gré de ses envies — l'achat d'une noix de kola, d'une cigarette au détail ou d'un morceau de canne à sucre ponctuait ses promenades. Les haltes étaient souvent le fait de rencontres avec de vagues connaissances ou de vrais amis — un contact humain qu'il affectionnait la plupart du temps alors qu'un trajet, même court, dans un taxi donnait un coup de fouet à sa misanthropie.

Ses balades lui donnaient aussi l'impression, dans les bons jours, d'arpenter la scène d'un grand théâtre ou, au pire, d'être le spectateur impuissant d'un film d'épouvante. Vendeurs des rues stoïques devant leur étal, femmes-mules alourdies d'un paquetage porté sur la tête et de leur dernier bébé dans le dos, hommes vantards claquant les pions de leur jeu de dames ou palabrant à même le sol sur une natte poussiéreuse, motards concentrés sur leur parcours d'obstacles, passants pensifs se curant les dents avec un petit bâtonnet, pauvres hères accroupis chiant dans une rigole, leur intimité à peine recouverte par les pans du boubou...

Et puis, les déchets, partout. Même si l'environnement immédiat des maisons, des étals, des boutiques était régulièrement nettoyé par un môme ou par une femme armés d'une gerbe de longues brindilles en guise de balayette, cet époussetage express ne faisait que repousser un peu plus loin les saletés jetées à tout-va, à tout moment, par tous. Dans le meilleur des cas, elles finissaient dans la rigole du bord de route, égout à ciel ouvert qui répugnait particulièrement Jibril. On ne savait jamais ce qu'on allait y trouver : le plus souvent des monceaux de nourriture recouverts de mouches, des animaux morts, vivants parfois — chiots ou chats faméliques, incapables de remonter à la surface, vite happés par des poissons-chats increvables survivant dans un filet d'eau saumâtre.

Devant lui cahotait une foule, attroupement joyeux et criard. Comme une nuée d'oiseaux ou d'insectes, elle se déplaçait latéralement, par à-coups, mue par une force invisible dont il découvrit l'origine lorsque certaines personnes du premier rang s'écartèrent brièvement.

Au centre de la horde, deux policiers, l'un en uniforme gris, l'autre affublé de la chemise jaune orangé des agents de la circulation, les *Yellow Fever*. Cette catégorie de flics sous-payés était particulièrement teigneuse et tous ceux qui, un jour, avaient dû se frotter à eux savaient combien il était difficile de s'en débarrasser, comme d'une fièvre jaune qui vous colle à la peau. Il n'existait qu'un remède : un ou plusieurs billets glissés discrètement dans une poignée de main pour mettre fin à l'interpellation, souvent arbitraire.

Entre les deux flics, un gamin recroquevillé. Le crâne rasé et sale, les pieds nus et écorchés, il avait pour seul vêtement sa misère et un boubou de mauvaise toile. Enfant d'une famille trop démunie ou enfant de personne, il parcourait sans doute les rues, les abords de marché et de restaurants pour trouver de quoi manger. La ville était sillonnée par des centaines de ces gosses que la population, souvent, rejetait sans ménagement. Ils étaient le visage d'une pauvreté criante et généralisée que les beaux buildings de la cité, reflets factices d'une certaine opulence, n'arrivaient pas à dissimuler. Les gamins chapardaient pour survivre et les adultes autour d'eux étaient sans pitié avec les voleurs.

C'était, peut-être, ce que l'on reprochait à ce gamin. Avait-il été pris la main dans le sac, ou bien accusé sans raison et sans appel par un « *Barawo !* », voleur en hausa — le cri vous transformait immédiatement en cible. L'effet de foule était alors rapide et incontrôlable : des passants d'apparence impassibles ou juste curieux trouvaient une bonne occasion d'oublier leur quotidien et de se défouler sur la personne soumise à leur vindicte.

Le petit — peut-être parce que ce n'était encore qu'un gosse — ne faisait, pour l'instant, qu'encaisser les gifles. Cernée et sans défense, cette souris piégée ne pouvait éviter les coups de griffes de la horde des chats qui se partageaient cette proie facile. Les deux flics rossaient le gamin avec leur matraque quand il passait à leur portée. Si l'enfant tentait de s'éloigner de ses tortionnaires en uniforme, le cercle des badauds le giflait au passage et le renvoyait vers le centre. La foule furieuse et sa souris martyre se déplaçaient au fil des coups : la cohue se dirigeait vers le commissariat du quartier où le petit serait à nouveau bastonné de plus belle par des flics en mal de divertissement.

Même s'il avait déjà assisté à ces scènes, concentrés de violence et de misère, Jibril était écœuré par le traitement infligé à ce pauvre gosse, par la joie mauvaise et stupide qui se lisait sur les visages des « juges de rues » à la sentence facile. Mais il n'y avait rien à faire et il était hors de question de s'interposer : la foule l'aurait immédiatement assimilé à un complice du voleur et se serait retournée contre lui.

Une vision alors se glissa entre lui et le cortège des brutes.

Sur le côté droit de l'attroupement, un mini-tourbillon de poussière venait d'apparaître. Un Blanc ou un esprit cartésien n'y aurait vu qu'un effet de l'extrême chaleur qui affolait même l'air environnant. Sur l'océan, la rafale virevoltante aurait accouché d'un cyclone. Ici, elle nourrissait les croyances. Pour Jibril et pour la majorité des musulmans dans son entourage, c'était un *djinn*, une créature surnaturelle qui avait décidé de se mêler aux humains.

Le *djinn* tourbillonna au-dessus de la foule et l'enveloppa de son voile de poussière. Le dos des spectateurs qui se délectaient de l'hallali se transforma en un seul et même corps et du centre de la meute s'éleva alors un cou gigantesque. À son extrémité s'agitaient des dizaines de têtes, celles des enragés. L'hydre repéra la présence de Jibril et se retourna vers lui, menaçante. Dirigeant tous ses visages déformés par la méchanceté, la bêtise ou la haine, le monstre s'avançait maintenant vers lui, prêt à le déchiqueter de toutes ses gueules.

Plaçant les bras devant ses yeux pour se protéger, Jibril voila le soleil et le monstre de poussière. Quand il osa les baisser pour affronter sa fin, tout avait disparu : la bête, le tourbillon qui déjà s'évanouissait, la foule parvenue au commissariat et qui peu à peu se dispersait.

Il lui sembla que la chaleur avait encore grimpé d'un cran — il n'était pourtant que 10 h — et il devait vite trouver un moyen d'échapper à la fournaise. L'ombre chétive des rares margousiers plantés sur le bord de la route ne pouvait lui être d'aucun secours : ils étaient de toute façon accaparés par les vendeurs des rues avec leur table de guingois en guise d'étal.

Il arriva dans le cœur commerçant de la ville où cohabitaient les boutiques de fortune — épiceries, marchands de vêtements, d'accessoires automobiles... —, les supermarchés à l'occidentale, les succursales des marques de voitures prestigieuses pour les *alhajis* bouffis d'argent.

Il savait comment « sortir du four », échapper pour quelque temps à l'enfer de la rue et, même, s'évader.

Il avisa un de ses cybercafés préférés, un des rares havres de fraîcheur de la ville avec les restaurants et les bars des grands hôtels. Moins cher, plus convivial, le *Digital World* était connu pour être un endroit *cool* à tous points de vue : la climatisation y était discrète et efficace et on y rencontrait souvent de nouvelles têtes ou de vieilles connaissances venues elles aussi s'y réfugier. Il poussa la porte de cette oasis cachée et entra.

3

La fraîcheur et l'obscurité saisissaient dès l'entrée. Il fallait quelques instants aux nouveaux venus échappés de la chaleur et de l'embrasement de la rue pour s'habituer à la pénombre, pour deviner peu à peu les contours de la grotte sombre et bleutée. Le *Digital* était un long couloir d'une vingtaine de mètres de large et d'une profondeur que l'absence de lumière franche rendait difficile à apprécier.

Au milieu de *l'open space* trônait un îlot ventru et, au centre, un unique résident, la personne chargée de l'accueil. Le patron lui-même régnait souvent sur cette île, remplacé aujourd'hui par une jeune femme à l'air boudeur. Des néons aux teintes saphir surplombaient l'îlot et drapaient son occupant d'un suaire bleuté. Sans les enfilades de cabines équipées d'ordinateurs courant le long des murs, le *Digital* aurait pu passer pour un bar *lounge* — la ressemblance était sûrement voulue — et les nouveaux venus se demandaient sans doute s'ils devaient commander une boisson ou une connexion Internet.

— Combien ?

Mollement appuyée sur le comptoir, la boudeuse aux yeux mi-clos, empesés de maquillage, semblait faire un effort surhumain en posant cette simple question, mot de passe rituel dans ce genre d'endroit. Ici, les connexions étaient vendues au quart d'heure, et on payait d'avance. Pas moyen de truander : les liaisons Internet des ordinateurs se coupaient d'elles-mêmes une fois les précieuses minutes écoulées.

— *Sannu, Jibril ! Lafiya, ko ?*

Le patron du *Digital*, un Igbo aussi grand que gros, avait surgi d'une des cabines obscures pour le saluer. Quand il avait installé son affaire à Maiduguri, Jibril lui avait facilité les choses en lui présentant les bonnes personnes, artisans dignes de confiance et fonctionnaires pas trop gourmands pour l'obtention de sa licence. Il lui en était reconnaissant, d'autant que Jibril ne lui avait jamais rien demandé en retour.

— *Eh, lafiya kalo, Chidike,* enchaîna Jibril. *Ya ya business ?*

— *Cadan, cadan,* répondit le géant avant d'abandonner le hausa qui se limitait chez lui aux salutations habituelles. Ça marche doucement, trop doucement, même.

— Tu as toujours du monde chez toi...

— Il y a toujours beaucoup de gens chez moi, mais combien qui paient ? Regarde-les. Ils paient leur premier quart d'heure et puis ils restent devant les écrans éteints, au frais, à bavasser ou charmer les clientes. Je laisse faire tant qu'ils ne font pas trop de bruit ou que je n'ai pas de vrais clients, mais quand quelqu'un a besoin d'une cabine, un seul coup d'œil et ils dégagent. Ah, si je faisais payer au temps que les gens passent chez moi, je ferais fortune !

— Au moins ils amènent l'ambiance, ton cyber est plus vivant grâce à eux et ça attire les clients !

— *Kai !* Moque-toi, Jibril ! Je devrais les payer, peut-être ?

Avec diplomatie, Jibril coupa court à la discussion sur les malheurs du commerçant en saisissant au vol le papillon de papier échappé des doigts de la fille de l'accueil. Sur ses ailes, un identifiant, un mot de passe et un numéro d'ordinateur au fond de la salle. Pour le retrouver, il devait longer toute la rangée de machines et de clients plongés dans la pénombre.

Seule source de lumière, les reflets bleutés des écrans dessinaient des fenêtres ouvertes dans l'obscurité. Ils se réfléchissaient sur les visages sombres et les paraient de masques qui changeaient avec la couleur de peau.

Les deux Blancs présents ce jour-là avaient viré au livide ; sur leur visage, l'écran projetait une Voie lactée que perçaient des trous noirs — les yeux, la bouche — et les poils de barbe, planètes lointaines, constellaient leur figure. Avec leur teint gris, les métis ou les internautes clairs de peau arboraient un masque d'ardoise, aux veines bleutées ; lorsque leur regard se figeait sur l'ordinateur, la lueur qui s'en échappait reproduisait la pose noble des statues des royaumes anciens.

Un client au visage labouré de cicatrices verticales, scarifications rituelles de son ethnie, présentait l'aspect le plus redoutable. Par un étrange effet d'optique, les moindres reflets irisés des pages web semblaient suivre ces marques qui partaient des yeux et sillonnaient ses joues. Ils lui dessinaient une manière de masque parcouru d'ondes électriques, attribut distinctif de cet homme-androïde qui paraissait s'être évadé de la machine qu'il fixait avec intensité. D'autres internautes enfin présentaient à l'écran une surface obscure, sans éclat. Leur visage était une nuit sans lune, leur peau un ciel vorace, un trou noir aspirant les scintillements numériques comme autant d'étoiles.

Jibril parvint à la cabine, s'assit et déplia ses jambes. L'air frais, les lumières tamisées du *Digital* offraient à tous un répit à la fournaise, sa liaison Internet était une invitation au voyage et un remède contre l'ennui. Si la plupart de ses compagnons de navigation, comme en procession d'un bout à l'autre du *Digital*, venaient sans doute pour les mêmes raisons, d'autres joignaient aussi l'utile à l'agréable.

Les sites de tchat, de rencontres, les pages Facebook étaient de loin les plus affichés sur les écrans. Conquérir un cœur, sur le continent et mieux encore en Occident, était une sorte de défi personnel que beaucoup, filles et garçons, se lançaient pour oublier un quotidien sans issue, un destin souvent tout tracé et rêver, un peu.

Pour d'autres, le web était un terrain de chasse plus concret : leurs mails faussement désespérés échafaudaient des arnaques plus ou moins sophistiquées dans lesquelles, parfois, ils parvenaient à engluer des Blancs crédules, appâtés par le gain ou atrocement seuls. Araignées patientes tapies dans l'obscurité du cybercafé, ces escrocs inventifs tissaient sur la Toile des pièges ingénieux.

D'une légère caresse sur le clavier, Jibril afficha la page de connexion. Il pianota rapidement les 2 sésames — *login et password* — ouvrant toutes grandes les portes du web. Dire qu'il les entrouvrait aurait été plus juste. L'ordinateur datait visiblement de l'époque précoloniale et le réseau lui-même tenait plus de la petite rue encombrée que de l'autoroute dégagée. La connexion était incroyablement faible, comme si le web s'était lui aussi imprégné de la torpeur environnante. La lenteur de l'affichage lui rappelait celle des processions traditionnelles qui, à intervalles réguliers, égayaient Maiduguri. Juché sur un cheval, le *shehu* du Borno, tout en turban et en suffisance, daignait parfois traverser sa ville à la rencontre de ses sujets. Seigneur Web déployait la même nonchalance : les pages des premiers sites visités par Jibril apparaissaient avec le même souci de pompe et de majesté. Il fallait de longues secondes avant que ne s'affichent le bandeau, une première pub puis une deuxième, le texte, les photos plus lourdes. Désespérant.

Pendant qu'il attendait devant un écran le plus souvent blanc, il se concentra sans s'en rendre compte sur la musique en fond sonore. Ici, le funk et le rap américains se taillaient la part du lion. Les principaux standards étaient connus de toute une clientèle plutôt jeune qui, souvent, reprenait les refrains du bout des lèvres. Un quinqua — le patron peut-être — prit visiblement le relais et on passait à présent un vieux reggae des familles : Peter Tosh et Jimmy Cliff, Burning Spear, Toots and the Maytals, ce grand fou d'Alpha Blondy, Tiken Jah Fakoly pour ajouter une note de modernité... et maintenant, le bon vieux Bob.

Chidike avait décidé de se la jouer *revival* et enchaînait tous les classiques de Marley. Le patron du *Digital* avait les mêmes goûts que Jibril : *Redemption Song, Jamming, Get up, Stand up...* Comme si elles appréciaient le changement de musique, les pages web s'affichaient avec plus d'entrain — moins de gens sur le réseau, sans doute. Jibril cherchait sans chercher, errait sur la Toile et les paroles des chansons tissaient leurs fils dans ses pensées éparses :

— *Get up, stand up* (Debout, lève-toi)
— *Stand up for your rights* (Lève-toi pour tes droits)
— *Get up, stand up* (Debout, lève-toi)
— *Don't give up the fight* (Ne cesse pas le combat)

Ils passaient maintenant *Exodus,* la chanson de Marley qu'il préférait. Pour Jibril comme pour les inconditionnels du roi Bob, c'était bien plus qu'une chanson, un coup de fouet, un manifeste :

— *Exodus* (L'Exode)
— *Movement of Jah people (...)* (Mouvement du peuple Jah)
— *Open your eyes* (Ouvre les yeux)
— *And look within* (Regarde en toi)

— *Are you satisfied* (Es-tu satisfait)

— *With the life you're livin* » ? (De la vie que tu mènes ?)

Cette chanson lui parlait plus que toutes les autres. Il l'avait toujours fredonnée à moitié, sans la connaître complètement. Il avait tout son temps, aujourd'hui, et il décida de retrouver l'intégralité des paroles pour bien comprendre le message de Marley.

Il jeta le mot *Exodus* dans la gueule de Google.

Les résultats le laissèrent sans voix. Aucune trace de Bob Marley dans la première page ni même dans la seconde. Dans le domaine strictement musical, le terme qu'il avait utilisé pour sa recherche lui donna accès à une scène monopolisée par des groupes contemporains de musique *métal* — cheveux longs, lunettes noires, costumes de cuir, des rockers blancs bien loin du reggae.

Une autre réponse, inattendue et omniprésente, le frappa.

La quasi-totalité des résultats évoquait *l'Exodus*, un navire qui avait transporté 4 700 Juifs vers Israël en 1947. En 1960, Hollywood avait même tiré un film de cet événement avec des acteurs connus — Paul Newman entre autres. Sur un site de référence, il dénicha la bande-annonce : sur les images vieillies et grandiloquentes, il vit des hommes, des femmes et des enfants, un camp de réfugiés où s'organisait la survie, un pont de bateau surpeuplé, des poings souvent levés quand ils n'étaient pas directement envoyés dans la figure de colons anglais tout en morgue et en brutalité.

La page Wikipédia lui livra l'essentiel de l'histoire.

Ces Juifs étaient pour la plupart des rescapés des camps de concentration de la Seconde Guerre mondiale, errant en Europe après leur libération. Traumatisés par leurs années d'horreur, fréquemment dépossédés de tout ce qui faisait leur vie avant-guerre, ils avaient été regroupés par la résistance juive clandestine pour un voyage vers ce qui était pour eux la Terre promise, la Palestine, un territoire alors occupé par les Anglais qui voulaient limiter l'immigration juive dans cette région.

Tous les détails de l'opération rendaient la lecture de la page captivante : les préparatifs difficiles, le départ clandestin du cargo *President-Warfield,* rebaptisé *Exodus,* depuis Sète dans le sud de la France, les six jours de traversée, la chasse menée par 1 puis 6 bateaux militaires britanniques pour empêcher l'arrivée... Au bout du compte, l'aventure des fuyards tourna court : l'*Exodus* fut éperonné et pris d'assaut par la marine anglaise après trois heures et demie d'une bataille désespérée et brutale. Il y eut des morts et des blessés. Les passagers furent débarqués puis rembarqués sur 3 bateaux qui les ramenèrent en France, dans un autre endroit appelé à Port-de-Bouc, au nord-ouest de Marseille.

Les Anglais avaient pris soin d'ériger des grillages hauts de 2 mètres surmontés de barbelés sur le flanc des bateaux qu'ils avaient affublés du surnom « d'Auschwitz flottant ». Entassés sur ces bateaux-cage chauffés à blanc par le soleil, les clandestins juifs parvinrent à survivre à la fournaise pendant des semaines, dormant à même la tôle surchauffée. Ils refusaient tous obstinément de descendre à terre par crainte de ne pas pouvoir repartir vers leur Terre promise. Une femme enceinte mourut même en couches et fut immergée avec des chaînes. Tous furent finalement remmenés en Allemagne et internés dans des camps près de Hambourg.

Révoltée par le traitement infligé à des personnes qui avaient tant souffert et qu'on ramenait vers leur enfer, l'opinion publique prit le parti de ces réfugiés qui purent, après quelques mois et de multiples péripéties, se rendre enfin dans ce pays qui allait devenir Israël.

Alors qu'il apprenait les détails de toute l'histoire, Jibril découvrait aussi tout un monde. Il ne savait pas vraiment qui étaient les Juifs, ce qu'ils avaient fait et pourquoi on les avait traités comme ça. Il avait vaguement entendu parler de Juifs africains, les Falashas, sans savoir exactement d'où ils étaient et ce qu'ils avaient de différent. Une fois, un expat croisé à une fête avait employé le mot juif pour évoquer des Igbos, mais ce soir-là comme maintenant, le terme ne signifiait rien pour lui.

Il put récupérer sur Internet un documentaire, *Nous étions l'Exodus*. Les images d'époque, les commentaires précis, les témoignages des survivants et de ceux qui les avaient aidés rendaient l'histoire bien vivante. Sans équivoque, la dédicace du film — « *Aux clandestins.* » — claquait comme une provocation adressée aux oppresseurs anglais d'alors. Une gigantesque gifle à l'ordre établi.

Ce que ressentait Jibril était confus. Cette histoire entre Blancs, si ancienne, ne le concernait pas, elle était si loin de son monde qu'elle n'aurait pas dû le toucher, l'émouvoir. Mais malgré la distance et le temps, il pouvait lire sur les visages éprouvés, épuisés des « encagés » de l'*Exodus* quelque chose qui dans son cœur faisait écho : une humanité qui souffrait. Cette souffrance-là n'avait pas vieilli, elle était même autour de lui, en permanence, à Maiduguri, dans bien des villes du pays et sur tout son continent.

Avec la force de l'évidence, un autre parallèle s'imposait. Bien après l'*Exodus*, l'histoire continuait avec les clandestins africains qui tentaient inlassablement, la peur au ventre, de passer en Europe.

Jibril avait lu quelque part que chaque année, plus de 16 000 personnes y laissaient la vie. Comme si tout un quartier de Maiduguri, Gomari, Bolori ou Gamboru, était vidé de ses habitants, entraînés au fond de la mer. À la télé, il était tombé aussi sur un reportage qui lui avait glacé le sang : d'un ton détaché, le présentateur avait raconté la sombre aventure de dix Sénégalais partis « faire Barça », rejoindre l'Espagne et Barcelone à bord d'une de leurs pirogues. Poussée par les alizés, celle-ci avait dérivé vers l'ouest plutôt que de remonter vers l'Europe. Quatre mois plus tard, les autorités brésiliennes avaient retrouvé l'embarcation avec, à bord, 10 corps desséchés, momifiés par le soleil et le sel.

Tout le monde, dans toute l'Afrique, connaissait ces voyages qui se terminaient en catastrophe, au mieux dans la honte d'être arrêté et rapatrié au pays plus pauvre qu'avant : il fallait alors rembourser le prix de cette aventure avortée. Même quand certains voyageurs parvenaient à leurs fins, ils étaient sans illusion sur la « Terre promise » des Blancs. Mais ils étaient sans regret non plus de leur Afrique natale où l'avenir avait un sale air de cul-de-sac.

Jibril avait cessé de naviguer de page web en page web. Comme des dauphins jouant devant une étrave, ses idées fusaient, si nombreuses qu'il n'arrivait plus à les suivre et à se concentrer sur d'autres recherches.

Il se leva d'un bond, s'approcha du comptoir de l'accueil pour payer. D'un mouvement de main indolent, Chidike, royal, lui fit comprendre qu'il lui offrait la connexion — le géant était dans un bon jour.

Une fois sorti, Jibril retrouva le soleil-massue, parvenu à son zénith. La chaleur et la lumière, intenses, l'étourdirent à peine : ses réflexions l'isolaient du monde extérieur. Tout commençait à faire sens ; sous le flot de ses pensées, un projet affleurait.

4

« Comment pouvez-vous ?

Comment pouvez-vous vivre cette vie dissolue, cette vie d'errances

alors que Dieu tout-puissant vous regarde

Pose sur vous son regard paternel et bienveillant ?

Il vous observe, Il vous accorde son attention et vous n'en avez cure ?

Et vous n'entendez pas ? Et vous n'entendez pas ses messagers ?

Et vous ne voyez pas ? Et vous ne voyez pas les signes qu'Il vous envoie ?

Les signes de sa Volonté si parfaite, si précieuse et éternelle ?

Vous pensez pouvoir ignorer sa Volonté ?

Ah, ah, laissez-moi rire ? Quelle suffisance, quelle vanité, si humaines ! »

La bigote était en fusion, un volcan vivant.

La 504 hors d'âge dans laquelle Jibril s'était engouffré pour rentrer chez lui vibrait sous ses anathèmes. Des éruptions permanentes secouaient le corps sec de la furie évangéliste et projetaient une lave où bouillonnaient phrases sans fin, accès de colère accusatrice et passion sans borne pour le Dieu tout-puissant, son Fils sacrifié et ses messagers détenteurs des paroles saintes de l'Évangile.

Sur la banquette arrière se tenaient 2 autres personnes, une mère au visage las avec son enfant sur les genoux et un étudiant encravaté, les bras alourdis de 2 livres de cours dont l'épaisseur inspirait le respect. Stoïques et silencieux, ils supportaient tout à la fois l'exiguïté de la banquette, la promiscuité du véhicule et l'agitation de la zélote.

Jibril s'était installé à l'avant à la place heureusement libérée par un précédent client, concentrant son attention sur la route et la ville dans l'espoir d'oublier l'envahissante passagère.

Tout en conduisant, le chauffeur jetait des regards inquiets dans le rétroviseur et tentait régulièrement de l'apaiser — « Calmez-vous, Madame, calmez-vous ! » — mais rien n'y faisait. Il l'implorait de respecter les autres passagers, de cesser aussi de crier toutes les deux phrases pour appeler son Sauveur, ses exhortations déclenchant des coups de volant intempestifs et potentiellement menaçants pour les vélos, motos, animaux et passants, cibles fragiles et coutumières des voitures à la conduite souvent approximative et brutale des rues de Maiduguri.

Insensible aux suppliques du chauffeur comme aux regards réprobateurs des passagers, l'évangéliste scandait plus qu'elle ne parlait, l'index brandi comme tous les fous de Dieu, le regard brûlant décidé à vriller dans l'esprit de chacun les paroles divines, laissant s'écouler de ses lèvres ses phrases incandescentes :

« Vous ne pouvez pas vivre votre vie sans Lui, sans sa Volonté, sans son Esprit !

Je suis son Esprit saint, je suis son Esprit saint, je parle avec son Verbe

Et je vous exhorte à abandonner ces chemins de traverse

Où vous perdez votre âme, où vous vous perdez vous-même

Les signes sont là, sous vos yeux

Si évidents, si éclatants

Qu'ils éclairent parfaitement

La voie qui doit être la vôtre. Qu'attendez-vous ?

Auriez-vous si peur de vivre enfin votre vie ? »

Expulsées de la bouche prêcheresse en notes suraiguës, les mots des dernières phrases figèrent tous les occupants de la voiture, tétanisés par la violence de ce verbe d'apocalypse. Le chauffeur en oublia ses habituels réflexes et percuta le bord de la guérite d'un *yellow fever*. Trop content d'avoir un très bon motif pour harceler ce conducteur, celui-ci, déjà, s'avançait en insultant l'imprudent. Dans le taxi, l'enfant jusqu'ici placide se mit à hurler, couvrant à peine les invectives messianiques de la bigote qui repartaient de plus belle.

Jibril, qui avait écouté le prêche de sa voisine d'une oreille plus attentive qu'il ne le croyait, avait reçu ses dernières paroles comme un choc, et pas seulement à cause de leur stridence. Il eut la certitude que cette ultime phrase était prononcée tout spécialement pour lui. Pour la deuxième fois de la journée, il avait l'impression que le destin lui faisait signe.

Le taxi était bloqué par le policier. Il avait extrait le chauffeur de sa voiture et il l'invectivait maintenant avec une grandiloquence proportionnelle à la somme qu'il comptait bien retirer de cet affront à sa guérite et à sa fonction. Dans la guimbarde, les vociférations avaient repris de plus belle.

Jibril comprit qu'il devrait faire le reste de la route à pied. Il s'extirpa de la 504, glissa au chauffeur le prix de sa course et parcourut les 500 mètres qui le séparaient de chez lui.

* *
*

À peine engagé dans la rue exiguë qui menait à sa maison, il retrouva son univers, son village, son calme. Son petit paradis : son quartier.

Par-dessus les hauts murs blancs qui enserraient les demeures dépassaient les frondaisons de margousiers ou d'acacias entretenus avec soin. L'arche végétale offrait une ombre hospitalière, comme une invitation aux visiteurs. Ceux-ci découvraient une place tout en longueur, bordée de propriétés où des petits notables vivaient avec leur famille élargie. Le quartier était un village d'une dizaine de familles tout au plus. Protégée du tumulte de la ville par la venelle qui en commandait l'accès, la placette affichait une sérénité incongrue.

La vie se concentrait devant les grandes grilles métalliques des maisons : les *magardis*, les gardiens, assuraient leur fonction avec un mélange de nonchalance et d'efficacité — ils étaient les yeux du quartier et rien ne leur échappait. C'étaient, le plus souvent, des vieux qui trouvaient là une source de subsistance et une dernière utilité.

Parfois, le gardien était un Peul que la pauvreté avait arraché à sa vie nomade et à son désert. Les villes du Sahel comme Maiduguri étaient sillonnées par ces hommes à la silhouette longiligne, immédiatement reconnaissables par leur chèche blanc, noir ou bleu. Certaines fois, leur famille entière les accompagnait dans l'errance : la femme, tout de noir vêtue et la tête surmontée du traditionnel chignon sur toute la longueur du crâne ; les enfants aux yeux cernés de khôl, souvent quasi nus ; un vieux parent, parfois. Quand une maison décidait de s'attacher les services de ces gardiens sans peur, elle prenait avec elle toute la famille qui s'installait au pied des murailles de la propriété, à l'air libre. Leurs lits de bois et leurs ustensiles de cuisine étaient disposés à même le sol et leur campement de bric et de broc venait colorer les hauts murs blancs de la parcelle du propriétaire.

Jibril salua les vieux avec le respect dû à leur âge, puis il échangea quelques mots avec les deux Peuls vivant aux abords de la demeure. Si ces bergers efflanqués n'étaient pas très impressionnants de prime abord, ils étaient craints de tous. La ville bruissait d'histoires où ces gardiens intransigeants, souvent munis d'un simple bâton de bouvier, avaient mis en déroute des voleurs équipés, eux, d'armes réelles ; dans certaines situations extrêmes, certains avaient préféré se faire tuer sur place plutôt que de fuir et de voir piller le magasin dont ils avaient la garde.

Assis sur un mauvais banc de bois ou un vieux fauteuil défoncé, ils regardaient passer la vie du quartier. Ils houspillaient les gamins trop turbulents, les envoyaient faire une course ou prévenir d'une visite à l'intérieur des maisons. Devant celles-ci se déroulaient souvent des conciliabules ou des jeux de dames sans fin : les pièces claquaient d'une case à l'autre dans des parties express où les joueurs un peu lents étaient gentiment moqués par l'assistance tandis que leurs adversaires faisaient voler les pions entre leurs doigts.

Quelques mètres plus loin, un groupe de fillettes s'adonnait à son jeu favori, une danse en rond avec, au milieu du cercle, l'une d'entre elles. Chantant et dansant sur place, elles marquaient le rythme en tapant dans leurs mains et, à intervalles réguliers, la jeune fille au centre se laissait tomber à la renverse, sans regarder, en confiance. Avant qu'elle ait eu le temps de chuter vraiment, la danseuse était rattrapée par les bras de ses amies qui la remontaient et la remettaient au milieu. Et le jeu reprenait, jusqu'à ce qu'une nouvelle gamine vienne prendre le relais de la première.

Près de la grille de la maison se tenait un adolescent, assis sur le rebord de sa brouette, l'air rêveur. Celle-ci était à moitié emplie d'eau et dans cette bassine improvisée flottaient des morceaux de canne à sucre, une friandise appréciée des gens du quartier. Jibril échangea quelques banalités avec le vendeur de canne, trempa sa main dans l'eau jadis fraîche. Il en retira un des morceaux, paya les quelques nairas demandés. Il entreprit d'arracher l'écorce avec ses dents, puis commença à sucer le cœur sucré de la plante.

Jaillissant de la grande maison, un des gamins de sa nièce vint prévenir tout le monde qu'on allait manger.

Une fois les ablutions faites, tous les hommes et les jeunes garçons se retrouvèrent autour d'un énorme plateau fumant posé à même une natte pour le repas commun. Des montagnes de riz couleur safran émergeaient les morceaux de viande, parfois du bœuf quand il n'était pas trop cher, sinon du chameau. On gardait le mouton pour les grandes occasions.

Pour Jibril comme pour les autres membres de la maisonnée, c'était le moment des retrouvailles quotidiennes. Si tous avaient des activités qui les éparpillaient souvent aux quatre coins de la ville, ils s'arrangeaient pour être présents à ce repas commun, le seul de la journée pour certains d'entre eux. L'occasion était trop belle de se remplir le ventre, de boire les paroles des meilleurs conteurs comme ce filou de Giwa, de se nourrir, aussi, des nouvelles de Maiduguri.

Tous se tenaient à même le sol, sur leur séant ou assis sur le pied d'une jambe repliée sous eux, et se servaient directement dans le plat. D'un geste lent et précis, ils amassaient une boulette de riz dans laquelle ils avaient emprisonné un morceau de viande puis portaient le tout à leur bouche, sans jamais cesser de prendre part aux discussions qui roulaient autour du plateau. Aujourd'hui, comme souvent depuis quelques mois, les Boko Haram et leurs crimes s'étaient invités au repas.

La journée d'hier avait apporté une nouvelle preuve de leur folie : à Musari, au nord-ouest de Maiduguri, 15 chrétiens avaient été égorgés dans leur sommeil par ces fous furieux. « *Égorgés comme des moutons* », s'étaient complu à dire les médias locaux, jouant sur l'horreur que tous ici, les chrétiens comme la grande majorité des musulmans, ressentaient quand ils apprenaient ce genre d'exactions. Depuis quinze ans, la ville et la région étaient secouées d'attentats menés par ces mystiques. Ce n'étaient certainement pas les premiers — avant eux, les Maitatsine avaient sévi plus au sud, à Yola, et tout s'était terminé dans le bain de sang d'un quartier de la cité pilonné par l'armée fédérale pour « nettoyer la zone ».

Les Boko Haram étaient bien plus dangereux pour au moins deux raisons. D'abord, leur mot d'ordre était sans équivoque : « Boko Haram », les livres sont un péché. Les livres, et avec eux l'école laïque, l'éducation à l'occidentale, les chrétiens bien sûr, devenaient une cible. Tout ce qui n'était pas dans le droit fil d'un islam pur et dur, celui d'une vision extrémiste de la Sharia qu'ils entendaient imposer dans tout le pays n'avait tout simplement pas le droit d'être.

Plus dangereuse encore était leur implication dans la vie politique de la ville et de la région. Ils rejetaient tout aussi énergiquement les emblèmes du pouvoir fédéral, ce qui n'était pas pour déplaire à certains chefs locaux en mal de pouvoir qui soufflaient discrètement sur les braises guerrières des Boko chaque fois que cela servait leurs intérêts. Cette complicité passive brouillait les cartes, alimentait la suspicion de tous et, surtout, la répression féroce de l'armée et de la police. Au milieu se trouvait la population : les attentats des extrémistes et les opérations coups de poing qui y répondaient avaient fauché des milliers de vies depuis que les Boko Haram avaient appelé à la guerre sainte, quelques années auparavant.

Jusqu'ici épargné, le quartier de Jibril n'échapperait pas longtemps à cette furie. Considéré comme très pieux, Kofa Biu était vu d'un sale œil par les autorités fédérales pour qui la piété était forcément synonyme d'extrémisme. Le quartier était aussi réputé accueillant pour les autres ethnies : même si elles étaient regroupées dans quelques maisons, les familles chrétiennes n'avaient pas de problème avec la majorité musulmane et tous se croisaient au retour du marché ou devant les commerces de détail souvent tenus par des sudistes. À lui seul, Kofa Biu était un symbole de cette cohabitation, de ce Nigeria que les Boko Haram rejetaient de toute leur haine.

Jibril était concerné plus personnellement encore. Depuis des années déjà, il travaillait avec des Européens venus s'échouer dans ce cul-de-sac qu'était Maiduguri. Réparation de tous types de véhicules, démarches menées rapidement et pour un coût restant abordable, services en tous genres : par sa débrouille et sa discrétion, Jibril avait facilité la vie de nombreux Blancs. Il en avait rencontré beaucoup, avait appris à distinguer les bons des mauvais, à les connaître et à comprendre ce qui les rendait parfois si différents. Incontournable et digne de confiance, Jibril avait même pris la direction de l'Alliance française locale, tenue à bout de bras par une ambassade de France qui alternait, au gré des nominations des attachés culturels, un volontarisme bienveillant ou un mépris affiché pour ce minuscule drapeau français planté en terre d'islam.

* *
*

— Il faut qu'on parle, Jibril.

Baba, l'aîné de la famille, avait un peu tiré sur la manche du boubou bleu pâle de Jibril. Le repas était terminé, les convives s'éloignaient déjà par petits groupes, Baba et Jibril pouvaient maintenant se mettre à l'écart sans attirer l'attention.

— Encore un de tes projets, Baba ? Tu as besoin qu'on t'ouvre des portes ?

— Il ne s'agit pas de ça cette fois-ci, commença le chef de famille d'une voix basse. Il s'agit de toi.

— De moi ?

— Je crois que tu vas devoir voyager, au moins pendant un certain temps.

— Pour tes affaires ?

— Non, s'énerva Baba qui voyait que, une fois n'est pas coutume, Jibril ne le comprendrait pas à demi-mot. Il faut que tu partes pour ta propre sécurité. Et pour la nôtre.

— ???

— J'ai des oreilles qui traînent et ce qu'elles entendent n'est pas bon pour nous. D'abord, des membres de Boko Haram, ou des amis à eux, posent beaucoup de questions depuis plusieurs semaines dans le quartier : ils se demandent si on est vraiment de bons musulmans, ce qu'on fait avec tous ces chiens de chrétiens qui pullulent dans Kofa Biu — ce sont leurs mots, ce ne sont pas les miens. Et puis, trop souvent maintenant, ils parlent de toi.

— Et ils disent quoi ?

— Ils ne disent rien franchement, rien ouvertement, tu connais les gens. En tout cas pas encore. Mais ce qu'ils nous font comprendre, c'est que pour eux, tu es peut-être pire que les chrétiens. Tu es un musulman qu'on voit toujours fourré avec les Occidentaux et depuis que tu gères l'Alliance pour les Français, tu es une cible vivante. S'ils viennent un jour nous foutre le bordel, c'est toi qu'ils chercheront en premier.

— Qu'ils viennent, je leur dirai que je n'ai pas de leçons à recevoir d'eux pour la religion et…

— Eux ne discutent pas, ils mitraillent ou ils égorgent, tu le sais bien. Un jour, ils arriveront en masse, te massacreront et nous ensuite, et puis ils mettront le feu aux maisons. Il faut vraiment que tu partes : tu es trop visible, trop exposé avec ton travail à l'Alliance. Et tu nous mets aussi en danger.

— Tu me chasses, Baba ?

— Non, je te protège, et nous avec.

Baba poursuivit en disant à Jibril que le mieux était qu'il aille à Lagos se faire oublier pendant un temps. Il y avait l'oncle Mahamat qui faisait des affaires là-bas avec les gens du port d'Apapa. Leur parent trouverait certainement un logement discret pour Jibril, ce serait plus facile de le cacher dans la capitale, d'être anonyme dans la grande ville sans faire prendre de risque à qui que ce soit. Sans doute lui trouverait-il aussi un boulot.

— Je vais y réfléchir, Baba…

— C'est tout réfléchi. Tu pars demain.

* *
*

La nuit qui suivit se chargea de donner raison à Baba. Un simple différend entre un habitant et un des épiciers du bas de la rue mit le feu au quartier.

L'épicier avait vendu du lait en poudre périmé, le bébé du client en avait été malade toute la journée et le père ulcéré était venu se plaindre. Le commerçant l'avait pris de haut, avait refusé de reconnaître ses torts et, surtout, de rembourser. Comme un serpent à peine effleuré et qui soudain se dresse, le racisme latent entre gens du Sud — le commerçant était un Igbo — et gens du Nord — le client était un Kanouri, l'ethnie de Maiduguri — s'était réveillé en seulement quelques phrases.

D'habitude, ce genre de différent se réglait avec l'intervention rapide d'un ancien ou du chef de quartier qui cherchait un compromis acceptable des deux côtés — eux savaient la fragilité de la paix entre les deux communautés et finissaient toujours, à force de bon sens et d'autorité naturelle, à proposer une solution qui permettait aux deux parties de sauver la face.

Cette nuit-là, dans la foule attroupée devant l'épicerie, des nouveaux venus s'étaient mêlés aux gens de Kofa Biu et avaient attisé les rancœurs de leurs commentaires haineux. Ils furent les premiers à vandaliser la boutique de l'Igbo, à se battre avec sa famille, à sortir les couteaux.

Échaudés par toutes les flambées populaires dans lesquelles les sudistes payaient toujours le prix fort, les Igbos du magasin avaient tout de suite extrait une Kalach de dessous leur comptoir et avaient tiré en l'air pour se dégager. Retranchés derrière la grille interdisant l'accès de leur échoppe, ils ne laissaient plus personne approcher.

Comme une rivière un temps contenue par un barrage et qui se trouve vite un autre chemin, la colère des émeutiers se déversa sur les maisons autour de l'épicerie igbo. Les « nouveaux venus » étaient à la manœuvre et entraînèrent la foule directement devant la demeure de Jibril et de la famille.

Depuis qu'ils avaient la charge de la propriété et de ses occupants, Baba et ses frères avaient anticipé les risques d'émeutes — ces flambées de violence arrivaient si souvent. Dès les premiers cris autour de la boutique de l'épicier, ils avaient appelé les gardiens peuls, mis leur famille à l'abri à l'intérieur de la parcelle et donné les consignes. Plus personne dehors jusqu'à nouvel ordre, les grilles fermées et renforcées, les vigiles placés au sommet des hauts murs qui ceinturaient la maison.

Quand les émeutiers s'avancèrent directement jusqu'aux grilles et commencèrent à les secouer pour forcer l'entrée, les Peuls appliquèrent les ordres de Baba : avec leurs arcs rudimentaires, ils décochèrent des flèches à travers des briques creuses qui faisaient office de meurtrières, visant précisément les enragés qui n'étaient pas du quartier. Le but était — au moins dans un premier temps — de blesser, voire d'estropier, pas de tuer : les flèches artisanales aux pointes effilées percèrent des mollets, des cuisses, des bras, des épaules. La foule s'éparpilla en quelques secondes, laissant sur place ceux qui ne pouvaient plus marcher. Ils finirent par s'éloigner en boitillant, « accompagnés » dans leur fuite par les Peuls qui, entretemps, étaient sortis de la propriété pour chicoter les traînards à coups de bâton ou de nerfs de bœuf.

Baba donna ses derniers ordres pour la nuit puis revint vers la guérite où se tenait Jibril qui surveillait la rue.

— C'est toi qu'ils cherchaient, Jibril.

— Je sais, j'ai vu. Quand ils sont arrivés devant chez nous, les étrangers du quartier m'ont aperçu à travers la grille et ils sont tout de suite venus vers la guérite. Ceux-là n'étaient pas juste énervés et indécis comme le reste de la foule, ils savaient ce qu'ils faisaient. J'ai croisé le regard des 2 plus excités, j'ai compris que c'est à moi qu'ils en voulaient.

— Tu pars demain matin, tôt. Je te ferai accompagner à la gare des taxis. Quand tu seras loin et hors d'atteinte de ces fous, je m'arrangerai pour faire savoir que tu n'es plus chez nous. Ça calmera peut-être les choses ici.

— Si Dieu veut, Baba. Si Dieu veut.

5

« Vous êtes bien plus qu'un commandant, M. Kristiansen : vous êtes le maître de l'univers ! »

Contente de son bon mot, la passagère qui lui avait un jour adressé cette plaisanterie facile l'avait fait sur un ton mêlant l'ironie et le respect, guettant de ses yeux mi-clos la réaction de son interlocuteur. Le jeune pacha de *L'Univers* n'avait rien laissé paraître, et surtout pas l'expression de satisfaction béate que la retraitée espérait. La bouche de cette femme à l'âge incertain se résumait à un sourire fixe, botoxé peut-être. Surplombant ce rictus, des pommettes orangées rehaussées de fard lui prêtaient l'aspect d'une marionnette figée en permanence dans une pose grotesque.

Il n'avait jamais oublié ce jeu de mots facile et le réutilisait à l'occasion pour les nécessités de la communication : la presse ou la télévision venaient souvent effectuer des reportages sur le paquebot et les journalistes étaient friands de ces formules toutes faites. Elles leur donnaient l'impression d'avoir trouvé la phrase-choc qui pimenterait un peu leur sujet indigent.

S'il prenait garde de rester lucide sur sa fonction et de ne pas sombrer dans la suffisance, Andor Kristiansen, pourtant, était fier de son travail et de son parcours.

Dès son adolescence, le jeune Norvégien avait brillé dans la maîtrise de la navigation — c'était une seconde nature pour qui avait vu le jour et grandi sur les îles Lofoten comme lui. De la voile, il était passé aux bateaux à moteur sur des bâtiments de plus en plus imposants. Son parcours à l'école de marine, à Oslo, ses expéditions sur le bateau-école *SjØkurs* qui l'avait mené sur toutes les mers du globe, ses premiers embarquements sur des navires marchands puis touristiques avaient fait de lui un marin expérimenté avant même qu'il n'atteigne la trentaine.

La compagnie qui gérait *L'Univers,* à l'affût des meilleurs marins à qui confier ses bateaux, l'avait approché pour être le second du commandant Hansen, un autre Norvégien sur le point de « s'amarrer pour de bon », de prendre sa retraite. Quand celle-ci devint officielle, Andor avait naturellement pris la barre de *L'Univers* — il était, sans doute, l'un des plus jeunes pachas de la navigation de croisière. Plus qu'un motif de satisfaction légitime, ce début de carrière fulgurant, cette rapide consécration, plongeaient souvent Andor dans des réflexions qu'il ne partageait avec personne.

« À peine parti, déjà arrivé... », se disait-il parfois en regrettant presque ce poste obtenu trop tôt, généralement confié à des marins qui avaient eu le temps de vivre leur passion de la mer sur tous types de bateaux et sous toutes les latitudes et qui cherchaient, seulement après, à se ranger. Andor, lui, s'était laissé porter par les circonstances comme un esquif ballotté par les vagues, sans réelle maîtrise de sa destination. S'il rêvait encore, par moments, d'une vie de marin plus aventureuse et moins policée que celle que lui imposait *L'Univers*, il revenait vite à la raison qui l'avait poussé à accepter le commandement du paquebot. À la promesse de l'aventure ou, à tout le moins, du dépaysement, il avait préféré la sécurité. L'offre de la compagnie, de surcroît, était de celles que l'on ne refuse pas, même à un âge où l'argent compte moins.

— Vous prenez la barre, Erik. Je fais mon tour habituel pour m'assurer que tout est en ordre.

— À vos ordres, commandant.

Le « tour » tenait plus de la visite d'une propriété et prenait souvent plus d'une heure — le bateau était immense. 129 mètres de long, 29 mètres de large, 12 étages : le paquebot avait les dimensions de ce qu'il était, un immeuble flottant.

Il en avait aussi les caractéristiques : les passagers étaient en fait des habitants, les propriétaires d'une des suites. C'était le concept même de ce navire : une résidence immobilière qui passait son temps à faire le tour du monde. Le mastodonte, qui aurait pu accueillir 2 000 cabines et 1 800 passagers, avait été entièrement restructuré pour proposer 165 foyers à des millionnaires. Leur premier souci était souvent de redécorer leur « propriété » de façon plutôt ostentatoire — le marbre et les bois précieux, le cristal ou la porcelaine étaient les matériaux les plus prisés. Une fois ces espaces remis au goût de leurs richissimes propriétaires, on ne voyait plus jamais ces intérieurs : le maître mot de ces nababs était leur *privacy*, leur « chez eux » qu'ils se faisaient fort de garder inviolable.

Commençant sa visite de routine par l'étage supérieur, celui du poste de commandement, Andor s'engagea dans le couloir de la direction de la compagnie. Il ne se sentait pas trop à l'aise dans cette partie du navire qui regroupait les services de communication, le marketing, la station de radio — Universe on air — animée par un crétin fini, Jacques Lamare. Malgré son âge déjà avancé, ce Canadien tout en rondeur, présent sur le bateau depuis sa croisière inaugurale, s'accrochait à son micro où il délivrait des infos pratiques à l'usage des résidents et du personnel, d'un ton faussement enjoué et souvent pathétique. Il y distillait aussi, à l'approche des pays visités ou parfois simplement effleurés par *L'Univers,* une série de clichés et de lieux communs sur « *ces contrées et leurs coutumes exotiques* », son expression favorite. Derrière ses anecdotes se dessinaient une inculture crasse et un racisme de bon aloi, très prisé par les passagers, beaucoup moins par l'équipage.

Il quitta cet étage en passant devant la porte — heureusement fermée à cette heure — d'Alexandra Dovefeather, la redoutable représentante du collectif des copropriétaires. Placée stratégiquement près de l'escalier qui commandait l'accès aux ponts inférieurs, la cabine-bureau permettait à tout moment de voir qui montait à l'étage de direction ou en descendait, un atout que ne se privait pas d'exploiter cette dame de fer.

Omniprésente, omnisciente, aussi dure avec l'équipage que mielleuse avec les résidents, Alexandra Dovefeather pourrissait la vie de nombreuses personnes par son autoritarisme, s'imposant plus ou moins ouvertement comme le deuxième commandant de *L'Univers.* Par la force des choses, elle laissait la bride un peu plus souple sur le cou d'Andor dont elle était bien obligée d'accepter les compétences. Mais à plusieurs reprises, elle et Andor s'étaient opposés sur des décisions d'escale ou de manœuvres du bateau, lui avec ses impératifs de navigation, elle avec ses considérations commerciales ou « immobilières ». Elle aussi tenait fermement son cap : ne jamais, en aucun cas, perturber les résidents.

Andor savait en outre qu'elle était les yeux et les oreilles de la compagnie et qu'elle pouvait, a minima, nuire à ses bonnes relations avec ses supérieurs. Ou le faire remplacer.

L'étage inférieur déroulait l'ensemble des activités de loisirs proposés sur le bateau. Même s'il s'était habitué à cette vision, Andor restait surpris par la présence du practice de golf, une surface de gazon naturel plantée à la poupe. Un mini parcours permettait à de vieux messieurs tirés à 4 épingles d'y peaufiner la précision de leurs coups ou d'y soigner leur swing, les balles — biodégradables et servant ensuite de nourriture aux poissons — étant projetées directement dans l'océan. Ce matin, un autre groupe, sensiblement plus jeune, préférait la pratique sur le terrain virtuel, plus classique, mais plus vrai que nature.

Les pas d'Andor le menèrent devant le spa de 700 m^2 où se prélassait une petite caste d'hommes et femmes que le personnel bichonnait. Massages thaïs, balinais, ayurvédiques, soins exfoliants à l'aloé, au lait de coco ou aux sels de la mer Morte, manucure, pédicure, maquilleuse... Rien ne manquait pour « revivifier l'âme et l'esprit », comme s'y engageait le slogan du lieu.

Sur d'autres ponts du bateau, les piscines, la piste de jogging, les salles de remise en forme absorbaient leur lot de passagers en mal d'exercice. Ces temples du sport étaient disponibles, mais fréquemment déserts : on y voyait errer les coachs, toujours impeccablement sanglés, mais dissimulant avec peine leur ennui. Parfois, un résident venait y entretenir un semblant de condition physique, mais pratiquait souvent en solitaire ou en autiste, avec son casque audio sur les oreilles et sans aucune considération pour les personnes alentour.

Les lieux rassemblant le plus de monde étaient les 4 restaurants, la salle de spectacles pour les films, les shows et les conférences et la boîte de nuit, l'Universal. L'affluence variait selon les moments de la journée ou de l'année, mais elle restait toute relative. Hormis le repas du commandant, un rite instauré à chaque embarquement important, les passagers dînant au restaurant ou assistant à un spectacle se comptaient souvent sur les doigts d'une seule main. Passant une tête dans la salle, Andor était plus d'une fois tombé sur des tours de chant ou des *standups* joués pour une seule personne ou un couple. Ce qui aurait déprimé n'importe quel artiste — une salle fantomatique et des chaises vides pour tout public — était une réalité du bord, acceptée de fait. Elle constituait même une disposition contractuelle : les artistes étaient tenus d'assurer leur représentation, quel que soit le nombre de spectateurs. Certains des passagers fuyaient d'ailleurs ces rassemblements et se cantonnaient à leur appartement ou à leur suite, se complaisant dans leur *privacy* et dans un certain ennui.

Andor parvint aux étages inférieurs, eux aussi déserts en apparence. Il suffisait pourtant de faire coulisser une cloison pour pénétrer dans l'espace du personnel. Là, de jour comme de nuit s'activaient quelques dizaines de cuisiniers, de domestiques, de garçons de salle, de blanchisseuses, de femmes de chambre… Plus d'une quarantaine de nationalités se côtoyaient dans cette discrète Babel : les pays représentés étaient, sans surprise, les moins chers en matière de salaire…

Le lieu était vivant, à l'échelle du bateau : à tout moment de la journée, on était sûr d'y trouver au moins une vingtaine de personnes affairées ou plaisantant autour d'une table pendant leur pause. L'arrivée du commandant en visite d'inspection figeait un instant le naturel de cette assemblée enjouée, mais cette réaction immédiate était plus une marque de respect que la peur d'être sermonné pour une raison quelconque. La confiance avec le commandant s'était vite installée et à chacun de ses passages, Andor se voyait systématiquement offrir un café qu'il partageait avec les membres disponibles du personnel, échangeant des banalités ou discutant de sujets plus précis — la météo des jours à venir, les modifications dans la durée des escales. De manière plus subtile, Andor prenait aussi la température du bord, s'imprégnant des sentiments des uns et des autres, positifs ou négatifs, ou des informations qu'il faisait ensuite remonter — anonymement — auprès de l'équipage ou des cadres concernés.

Fouler les couloirs de chaque pont, descendre et monter les passerelles de son navire faisait du bien à Andor : il ne se lassait pas d'arpenter *L'Univers* et d'admirer la beauté de ce navire hors norme, suffisant, mais majestueux, qu'il avait la chance de commander.

Il ne s'attarda pas dans les étages inférieurs. Une visite rapide en salle des machines lui confirma le rapport que le chef mécanicien lui avait déjà transmis comme chaque matin. Tout était en ordre sur ce plan et les moteurs parfaitement réglés de *L'Univers* ronronnaient sans effort malgré le labeur exigé d'eux jour et nuit — mouvoir les 43 000 tonnes du bateau.

Parvenu au bout de sa promenade rituelle, Andor appela l'ascenseur réservé à l'équipage, remonta au pont supérieur et regagna le poste de pilotage.

Il demanda une tasse de thé vert qu'il sirota pendant qu'Erik, son second, restait aux commandes encore un moment. À ce stade de leur voyage, tenir la barre était, de toute façon, un jeu d'enfant. La mer était calme, l'itinéraire simple : après l'escale aux Canaries, ils suivaient d'abord un cap sud-ouest, puis plein sud et sud-sud-est. Le grand arrondi au large de l'Afrique de l'Ouest leur permettait d'éviter le golfe du Bénin infesté de pirates et de descendre sereinement vers Le Cap en Afrique du Sud, leur prochaine destination.

La navigation promettait d'être belle.

6

Le jour n'était pas encore levé que les cousins le déposaient à la gare routière, déjà bourdonnante malgré l'heure matinale. Les taxis vert et jaune, rutilants, avaient été nettoyés avec soin à grand renfort d'eau savonneuse et d'huile de coude, fin prêts pour leur nouvelle journée de labeur. Après quelques kilomètres, la poussière de latérite viendrait recouvrir de son voile aux teintes cuivrées sur tous ces efforts inutiles.

Le taxi interurbain qui desservait sa destination, Jos, était une 504 break spacieuse et en bon état apparent. Elle était déjà à moitié pleine, ce qui augurait d'un départ rapide. À la grande joie du chauffeur, Jibril et ses anges gardiens avaient vite fait leur choix et à peine discuté le prix du trajet. Ils avaient même acheté pour Jibril les 2 dernières places comme cela se faisait parfois, histoire d'avoir plus de confort et de partir plus tôt.

Le chauffeur recueillit quelques conseils de son patron, le propriétaire du taxi qui sirotait un thé à quelques pas de la voiture. Les portes claquèrent dans un cortège de « *Sauka Lafiya !* », la formule traditionnelle pour souhaiter bon voyage aux téméraires qui partaient affronter la grand-route. Le moteur répondit à la première sollicitation du démarreur. Évoluant avec précaution sur le sol défoncé, la 504 se dirigea vers l'arche de métal qui marquait la sortie de la gare routière. D'un œil morne, le soleil se leva pour les voir s'éloigner en direction du sud-ouest, vers Bauchi et le centre du pays.

Des échanges entre les passagers et le chauffeur ponctuèrent la première heure de voyage, puis le silence se glissa dans l'habitacle — tous étaient rattrapés par la fatigue du lever un peu trop matinal. La chaleur croissante, l'air déjà lourd et poussiéreux qui s'engouffrait par les fenêtres grandes ouvertes, les soubresauts réguliers infligés à la voiture par les nids-de-poule que le chauffeur n'avait pu éviter pesaient de tout leur poids sur les épaules et les paupières, fatiguaient la fatigue elle-même.

Des pointes d'inquiétude tourmentaient Jibril et le sortaient par moments de sa torpeur.

« *J'ai quitté Kofa Biu maintenant, mais est-ce que ça suffira à éloigner le danger pour la famille ? Les émeutiers d'hier soir peuvent revenir plus nombreux, mieux armés pour attaquer une deuxième fois le quartier et la maison. Ces fous de Boko, ils ne nous lâcheront pas tant qu'ils n'auront pas les "mauvais musulmans" — ces chiens, je connais mieux le Coran qu'eux ! Qu'est-ce qui va arriver aux parents, aux amis, aux voisins ? J'aurais dû rester pour les défendre, et là, je fuis... J'aurais dû refuser de partir... Mais on ne dit pas non à Baba. C'est l'aîné, je n'avais pas le choix. Et maintenant, je vais où ?* »

Ses pensées allaient et venaient, s'ensablant parfois dans un désert dans lequel le plongeaient la canicule, la somnolence ou, plus simplement, l'absence de réponses claires à toutes ses questions.

Il fut tiré sans ménagement de son voyage intérieur : on s'arrêtait. Le ralentissement brutal, le réveil soudain avaient tendu en un instant tous ses compagnons de route. À quelques centaines de mètres devant eux, des silhouettes de chaque côté de la chaussée, certaines tenant visiblement des armes.

D'un ton fataliste, le chauffeur lâcha ce que tout le monde avait déjà compris : « *Check-point.* »

Au beau milieu de la route, un obstacle prit forme quand ils furent assez près : une « herse » artisanale, en fait une longue planche étroite plantée de mauvais clous, mais encore capables de percer les pneus d'une voiture rebelle. Un militaire tenait cette planche au bout d'une maigre ficelle et ne la retirerait que sur ordre de son supérieur. Ce dernier, un sergent transpirant à grosses gouttes, était tout à son plaisir de voir venir à lui la proie facile qu'était ce taxi lourdement chargé de voyageurs et de bagages.

Vêtus de vert pour les militaires, de noir pour les policiers, les vautours en uniforme entourèrent la voiture, à l'affût d'une infraction. Dès qu'ils la trouveraient, ils s'appuieraient sur cet outrage à la loi pour prendre le chauffeur à partie et lui réclamer de quoi oublier cet affront.

Le taxi était irréprochable, ce qui mit les rapaces de fort mauvaise humeur. Le chauffeur étant déjà entre les griffes de l'officier, les policiers subalternes se mirent en tête de contrôler tous les passagers, de chahuter leurs bagages au hasard, sans raison. Le jeu était connu de tous : ne pas s'énerver, mais ne pas se laisser faire, répondre sans colère, opposer à l'arbitraire la force de l'inertie, le dos rond.

Parfois, l'humour dénouait la crise qui s'éternisait sur le bord de la route. Quand c'était possible, certains tentaient le bon mot qui, d'un coup, détendait tout le monde comme par magie. Le pari était risqué et c'était quitte ou double. Un flic mal embouché, susceptible ou qui ne comprenait pas le trait d'humour pouvait prendre la blague comme un manque de respect. Si par contre les policiers se mettaient eux aussi à rire, la partie était gagnée et ils finissaient par lâcher l'affaire. C'était le bon côté de l'arbitraire — ce harcèlement sans raison pouvait cesser aussi vite qu'il avait commencé. C'était un simple jeu de patience : qui se lassait le premier avait perdu.

Aucun des passagers, comme le taxi qui les acheminait, ne prêtait le flanc à la voracité des rapaces : tous avaient des papiers en règle, personne ne transportait de marchandises interdites ou, pire encore, d'objets de valeur qui auraient été confisqués dans l'instant. Emportés dans une danse incertaine, les vautours s'éloignaient de la voiture puis revenaient d'un coup pour s'assurer qu'ils avaient tout regardé et qu'il n'y avait vraiment rien à saisir ; les passagers, eux, rentraient et sortaient du véhicule, d'abord pour vérifier que tous leurs sacs étaient bien à leur place, ensuite pour se détendre les jambes ou pour prier — c'était l'heure.

Les tapis déroulés à même le sol par deux des passagers, le début des ablutions mirent un point final à l'interminable palabre entre l'officier et le chauffeur de taxi. « *Il faut aller prier* », déclara le chauffeur, se désintéressant subitement de la négociation en cours. Le policier, que cette irruption du sacré dans ses petites affaires mit mal à l'aise — ses subalternes les plus croyants étaient déjà en train d'étendre leur propre tapis —, rendit ses papiers au chauffeur et, d'un geste las de la main, lui fit signe d'y aller.

Après la prière, tous se hâtèrent de regagner la voiture. La herse des policiers fut tirée d'un coup sec par un grand échalas au regard mauvais, sans doute énervé de laisser repartir ses proies.

Sans surprise, la conversation roula immédiatement sur la plaie que constituaient, pour les voyageurs, ces « bandits en uniforme ». Une des passagères avait lancé cette expression qui fit mouche : les autres la reprirent instantanément dans la discussion. Cette matrone aux rondeurs imposantes achetait des fruits et légumes à Jos puis les remontait à Maiduguri.

— Je fais la route 2 fois par semaine, 4 trajets en tout, et à chaque fois il faut payer, se désolait cette marchande. Je travaille, c'est dur, mais je dois rogner mon bénéfice pour nourrir ces sangsues, à chaque fois ! Et sur 600 kilomètres, je peux vous dire qu'il y en a, des barrages !

La discussion dériva vers la corruption qui gangrénait le pays. Réalistes, cyniques, utopistes ou fatalistes s'affrontaient sur ce sujet qui les enflammait tous — chacun en souffrait au quotidien.

— Vous avez vu, on peut leur résister à ces charognards. Il ne faut rien leur donner et ils finissent par se lasser.

— On a eu de la chance cette fois-ci, c'est tout. J'ai été dans d'autres voitures où personne ne pouvait ou ne voulait donner un petit quelque chose : eh bien, on est resté deux heures à attendre sur le côté de la route. Le chauffeur a fini par craquer parce qu'il voyait que l'heure avançait et qu'on allait rouler de nuit. Plutôt que de prendre le risque de rencontrer les vrais bandits, les coupeurs de route, il a donné aux flics tout ce qu'il avait sur lui.

— Ces flics-là, hein, c'est surtout des mendiants en uniforme. Ils touchent quoi ? 2 000 ? 3 000 nairas par mois ? Psitt... Ils ont des familles, comment ils peuvent vivre avec ça ? Il faut bien qu'ils trouvent ailleurs... Si le gouvernement les payait mieux, ils n'iraient pas chercher un deuxième salaire dans nos poches.

— Ça ne changerait rien : regarde les fonctionnaires qui sont bien payés, les douaniers, les gens des ministères. Ils gagnent bien plus, et pourtant ils te demandent eux aussi leur petit cadeau.

— Alors, on fait quoi ? On laisse faire ?

— Les autorités essaient de faire quelque chose : elles ont créé cette commission contre la corruption, là, c'est un bon début…

— Mais ils viennent juste de virer la présidente de ce machin inutile tellement ça marchait mal ! Et son prédécesseur avant elle a aussi été viré. Et si ça se trouve même, ils étaient intègres et essayaient simplement de faire leur boulot ! Mais le gouvernement se mêle de leurs dossiers et les empêche d'avancer. Ils ont réussi à en traîner combien de ces pourris devant les tribunaux ? 20, 30 ? Et il y en a combien en prison ? 0 !

— Dieu les punira un jour, c'est sûr…

— Pour moi, c'est tout le Nigeria que Dieu punit déjà. On a eu trop d'argent du jour au lendemain avec tout ce pétrole, ça nous est monté à la tête… sans redescendre dans notre porte-monnaie.

La discussion se perdit en banalités et maintenant, Jibril n'écoutait plus. Son regard absent se noyait dans le paysage désolé qui défilait devant ses yeux. Des buissons rares ramassés sur eux-mêmes, des arbres faméliques, des étendues de terre sablonneuse où seuls les oignons et des tomates chétives s'efforçaient de pousser. Parfois, sur le bord de la route, surgissait un troupeau de zébus efflanqués, gardés par des Peuls : tous portaient leur long bâton passé derrière la tête, sur leur cou, et y accrochaient nonchalamment leurs bras fins, épouvantails de chairs et d'os semblant garder le vide lunaire qui les entouraient.

Sur la route s'émiettaient des villages qu'ils traversaient en ralentissant pour éviter les poules, les ânes, les enfants qui pouvaient apparaître à tout moment. Ils avaient le temps de voir les étals de bord de route où trônaient, sur des planches décharnées, tomates, piments ou oignons disposés en petites pyramides, poissons séchés et Nescafé, boissons gazeuses rôties par le soleil.

À mi-chemin entre Maiduguri et Jos, la première grande halte. Ils s'arrêtèrent à peine une demi-heure à Gombé pour laisser respirer le moteur, abreuver le radiateur, les passagers et le chauffeur. Un peu d'eau ou un paquet de biscuits pour certains, une brochette de *suyas* arrosée d'un Coca pour d'autres... Jibril acheta une bouteille d'eau déjà tiède et pressa le chauffeur de reprendre la route — *Mu tafi mana !* Comme une cloche battant le rappel, ce signal du départ fit réapparaître les passagers dispersés qui s'engouffrèrent dans le break.

La pause avait fait du bien à tous — Gombé n'était pourtant pas, et de loin, la plus tranquille des étapes. Des émeutes, toutes allumées par Boko Haram, avaient récemment secoué cette ville déjà cadenassée par la sharia depuis des années. Les façades noircies de certaines boutiques, la carcasse d'un minibus incendié — avec ou sans ses passagers ? — et laissé sur le bas-côté imprimaient leur sinistre marque sur les murs sans joie du centre-ville. On n'avait vraiment pas envie de s'attarder à Gombé.

Il restait près de 300 km à avaler — rien d'autre à faire que s'assoupir ou réfléchir.

Jibril put tout à loisir repenser à ce qu'il avait lu sur le bateau qui avait embarqué des milliers d'émigrés juifs — 4545 exactement — pour les emmener vers leur Terre promise. L'histoire de l'*Exodus 47* continuait de le hanter : au-delà de la chanson de Marley, qui parlait de vie ratée et de frustration, elle parlait d'émigration et de misère, de deuxième chance dans l'existence, de volonté impossible à abattre.

Même s'ils avaient eu toutes les difficultés à organiser leur projet, même s'ils avaient été pourchassés tout au long de leur voyage et même éperonnés, débarqués en Israël pour être rembarqués dans la foulée par des Anglais inflexibles qui les avaient finalement réexpédiés en Allemagne dans des camps, les Juifs ne s'étaient pas découragés et étaient revenus dans d'autres bateaux. Au bout du compte, ils avaient frappé un grand coup et réussi leur pari : vivre où ils le souhaitaient et faire reconnaître au monde leur droit d'exister, tout simplement.

Plus Jibril y réfléchissait et plus le lien entre les 2 situations lui semblait une évidence : Juifs de 47, Africains d'aujourd'hui, c'était le même combat. Leur Terre promise à eux, c'était l'Europe ; ceux qui leur barraient la route, ce n'était plus seulement une nationalité, mais les riches, les Occidentaux et tous les autres, barricadés derrière leurs visas, leurs tas d'argent empilés à leurs frontières comme autant de sacs de sable pour repousser les pauvres.

À l'époque, les organisateurs de l'*Exodus* avaient comparé leur voyage à un deuxième exode — le premier était la fuite des Juifs d'Égypte dans l'Antiquité. Celui que Jibril avait en tête serait le troisième.

Dans son esprit, le projet prenait forme : trouver un bateau de grande capacité, le remplir de milliers d'émigrés, arriver en masse. Seul un coup de force, comme celui des Juifs de 1947, pouvait faire reconnaître leur envie de vivre pleinement, de refuser de végéter plus longtemps et de pourrir sur pied dans leur pays trop empêtré dans ses problèmes pour permettre à ses enfants d'espérer, un jour, y mener une vie normale. Jibril, comme beaucoup d'autres, ne savait pas si l'Afrique s'en sortirait un jour. Mais, lui, comme beaucoup d'autres, n'avait pas le temps d'attendre.

Il se remémorait maintenant des passages entiers de l'histoire de *l'Exodus*. Une chose l'avait particulièrement frappé :

l'organisation très poussée des responsables du voyage. Celui-ci avait impliqué beaucoup de monde et toutes ces personnes étaient réparties en équipes sachant exactement ce qu'elles avaient à faire avant, pendant et après la traversée. Tous obéissaient à une organisation de résistance clandestine — il avait retenu un nom, la Hagannah, parce qu'on aurait dit un mot hausa. Malgré les épreuves qu'ils avaient vécues tout au long de leur voyage, les gens de l'*Exodus* avaient en permanence suivi les consignes, les ordres et n'avaient jamais perdu de vue leur objectif unique : arriver.

Avec ce projet, Jibril rêvait grand — cette démesure l'effrayait. Pour avoir une chance de réussir, il lui fallait aussi penser concret. Il discernait déjà, dans le sillage de ce voyage, les premières difficultés. Où trouver le bateau et l'acheter — il n'avait pas un sou ? Comment le préparer, avec quels matériaux et qui pourrait se charger de cet aménagement gigantesque ? Où se procurer de quoi nourrir les milliers de passagers du bateau ? Dénicher des volontaires ne lui semblait pas une tâche insurmontable — au Nigeria, les candidats à une vie meilleure étaient légion —, les organiser avant la traversée et les gérer sur le navire lui paraissait une tout autre affaire. Enfin, il se posait la question de l'équipage et, plus généralement, des personnes qui pourraient l'aider... discrètement.

C'était à ses yeux le principal écueil. Même avec leur structure clandestine très efficace, les Juifs de l'*Exodus* n'avaient pas réussi à garder leur projet secret. Comment ne pas ébruiter une émigration à si grande échelle ? Ce périple attirerait immédiatement l'attention des autorités du Nigeria ou des ambassades des pays occidentaux qui verraient, forcément, cet exode, cette émigration en masse d'un très mauvais œil.

Avec l'arrivée dans les faubourgs de Jos puis à la bruyante gare routière, il remit ses réflexions à plus tard. C'était la mi-journée et le soleil d'ivoire s'acharnait sur les véhicules, transformés en chaudrons roulants, et sur les vivants en ébullition. Les quelques plaques de goudron qui s'accrochaient encore à l'aire d'arrivée fondaient doucement. Certaines gardaient l'empreinte des pneus qui, parfois, balafraient la dalle du parking.

Il descendit rapidement du break, attrapa son grand sac de voyage et s'engouffra dans une camionnette qui desservait le centre-ville. Il lui fallut un autre taxi pour se rendre à la maison de son ami français.

Il n'avait plus maintenant qu'à se laisser porter. Son hôte l'accueillait toujours avec un bon repas, un lit douillet dans une chambre calme et climatisée. Si Jibril n'était pas trop fatigué, ils auraient comme à chaque fois une discussion passionnée sur le Nigeria et l'actualité du pays. Dans le cas contraire, le Français n'insisterait pas et après le dîner, lui proposerait avec tact d'aller dormir pour, selon son expression rituelle, « réparer les outrages du voyage ».

7

La sieste après le déjeuner, puis la longue nuit dans la chambre fraîche et douillette avaient remis Jibril d'aplomb. Son ami lui proposa de rester un peu plus longtemps à Jos, mais il déclina l'invitation. L'offre, pourtant, était tentante : perchée sur un plateau à 1 300 m d'altitude, la ville arborait un climat tempéré la plus grande partie de l'année et beaucoup s'y réfugiaient, pour quelque temps au moins, pour fuir les foudres de la saison chaude.

Mais Jibril ne s'y sentait pas en sécurité. Dans cette ville, depuis toujours, cohabitaient chrétiens et musulmans dont les relations étaient de plus en plus tendues. Les émeutes entre fanatiques des deux bords n'étaient pas rares. Il réalisa avec une certaine ironie qu'ici, il comptait sans doute deux fois plus d'ennemis, les fous de Dieu et les fous d'Allah. On devait être franchement d'un camp, et si possible avec excès. Un musulman modéré comme Jibril n'avait pas sa place dans cette ville ; mieux valait pour lui ne pas trop traîner et se fondre au plus vite dans l'anonymat de Lagos.

La route descendant du plateau était aux antipodes de celle qui l'avait amené à Jos. Prendre le chemin du Sud, c'était s'aventurer dans un nouveau pays. Plus attrayante, la nationale dessinait de longues courbes entre les collines aux formes voluptueuses et les lignes droites ombragées. Plus variées que dans les paysages du Nord, les couleurs, aussi, étaient à l'honneur, le vert de la végétation paradant avec le rouge brique de la latérite. Le parcours semblait une ligne de vie, égrenant une litanie de villages qui donnaient au voyageur l'impression d'être accompagné tout au long de son périple.

Comme ils traversaient le pays yoruba, les grosses villes succédèrent aux bourgs — Oshogbo, Iwo, Ibadan… — à un rythme croissant, comme si le voyage s'accélérait. Sur le bord de la route marchaient maintenant, d'un village à l'autre, des villageois en file ininterrompue, fourmis affairées les guidant vers le cœur de leur fourmilière.

Dans ce flot humain, les femmes étaient les plus nombreuses. Elles partaient au marché portant, sur leur tête bien droite, une bassine en émail lourdement chargée ou un panier pour rapporter des victuailles. À intervalles réguliers, les uniformes impeccables de groupes d'écoliers, sages ou turbulents, formaient des rubans de couleurs vives détonnant dans la procession sombre des marcheurs. Plus rares, les hommes portaient sur eux leur condition : les paysans étaient vêtus pauvrement — un habit sale ou déchiré, parfois un seul pantalon ou un bermuda fruste — et tenaient à la main ou sur l'épaule les outils des champs ; les employés et les fonctionnaires arboraient un vêtement repassé avec le plus grand soin et, souvent, une serviette pour protéger cahiers ou documents.

Villes et faubourgs se succédaient maintenant sans discontinuer. Jibril sentait presque la vibration de la métropole toute proche. Elle lui apparut d'un coup, à la sortie d'un virage surplombant la mégapole.

Tissé par les hommes au fil des années, un gigantesque tapis de bazar se déroulait jusqu'à l'horizon. La trame des autoroutes et des bretelles, des boulevards, des rues, des venelles entrelaçait maisons sur pilotis et immeubles présomptueux, églises et mosquées, Lagosiens et véhicules coulant en flots furieux ou, le plus souvent, figés dans les mares stagnantes des embouteillages. Sur ce tapis infini, les couleurs étaient en guerre : selon les quartiers de la ville, les reflets roux des toitures rouillées, le jaune curry des bus et des taxis, le blanc classieux des façades d'hôtel de luxe ou des résidences bourgeoises emportaient la bataille. Même malmenée, la nature se rappelait partout au bon souvenir des humains. À peine domestiquée, elle imposait souvent les touffes vert sombre des feuillages tropicaux entre les constructions. Plus fermement encore, les veines bleu acier des bras du lagon enserraient sans ménagement les différentes îles de la ville-monstre.

Le faubourg avait happé le taxi-brousse qui peinait maintenant parmi les baraques en bois disjoint coiffées de tôles fatiguées. Le break avançait au pas dans la foule affairée et peu soucieuse de l'hystérie des voitures, des bus, des motos eux aussi englués. Il leur fallut plus de deux heures pour atteindre la gare routière de Bamboo Area sur la voie express d'Orowonshoki, encore loin du centre.

Jibril devait continuer son chemin vers le quartier de Surulere où résidait le parent qui devait l'héberger. Sans autre solution pour s'y rendre, il s'engouffra avec fatalisme dans un *kabu-kabu*. Ces minibus à moitié fous, conduits de main de maître par des chauffeurs surexcités étaient les seuls qui parvenaient à rallier, à une vitesse frisant l'inconscience, les différents points de la ville dans des délais raisonnables.

Parvenu à destination, Jibril eut à peine le temps de descendre du bus que celui-ci reprenait sa course folle, l'associé du chauffeur hélant les futurs passagers par la porte latérale ouverte.

13, Oba Akitoye Crescent. Il était arrivé.

* *
*

Malgré toutes les politesses d'usage qui ponctuèrent son accueil dans la famille, Jibril sentit d'emblée qu'il n'était pas le bienvenu. L'hospitalité lui était bien accordée — le contraire était impensable, surtout pour un homme de la génération de son « oncle » — mais du bout des lèvres. La conversation avec son parent acheva de l'en convaincre.

— Bonne arrivée, mon neveu, bonne arrivée.

— Merci, mon oncle, merci. Qu'Allah te remercie pour ton hospitalité.

— C'est le devoir de tout bon musulman d'accueillir le voyageur… Combien de temps comptes-tu rester parmi nous ?

Ils n'avaient pas échangé 3 phrases que l'oncle lui posait déjà la question — directe, trop directe — de la durée de son séjour, et donc de son départ. Pour qui était habitué aux tours et détours des conversations africaines, elle était même brutale, d'une brutalité de Blanc ou de citadin qui aurait oublié la tradition de l'hospitalité sans bornes, surtout entre membres d'une même famille.

Cet oncle n'était pas un proche — il avait dû le rencontrer une ou deux fois à l'occasion d'un mariage ou d'un enterrement — mais il n'avait pas gardé de lui l'impression d'un homme égoïste et inhospitalier. Il devait y avoir autre chose. Peut-être avait-il peur de ce qui se passait à Maiduguri, peur de Jibril et des risques qu'il amenait avec lui.

— Je viens juste d'arriver, mon oncle ! Il faut me laisser le temps de réfléchir à tout ça…

— Bien sûr, bien sûr, tu as raison. Tu vas t'installer, j'ai déjà fait préparer ta chambre et tu dois te reposer après ton long voyage. Tu auras les idées plus claires après une bonne nuit de sommeil.

— Une seule nuit avant de repartir ?

— Mais non, mais non, tu restes autant que tu as besoin. Tu verras, le *boys' quarter* est très tranquille, personne ne viendra t'y déranger.

Le contraire était également vrai, pensa immédiatement Jibril sans le dire. Les logements des domestiques, entrant et sortant à toute heure, n'étaient certainement pas un endroit de tout repos. Mais le problème était ailleurs : installer un membre de la famille dans le *boys' quarter* était un affront qui allait à l'encontre de toutes les lois de l'hospitalité familiale.

Le message, en même temps, était très clair : l'oncle ne voulait pas de Jibril dans la maison principale. Il savait forcément pourquoi son neveu avait préféré fuir le Nord. Même loin de leurs bases, les Boko Haram avaient sans doute des ramifications jusqu'à Lagos, surtout dans un quartier musulman comme celui-ci. L'oncle souhaitait ne pas attirer l'attention sur sa maisonnée en hébergeant quelqu'un qui, avant d'être un parent, était une cible.

Prétextant la fatigue du voyage, il prit congé de l'oncle après avoir échangé des informations sur la famille et les salutations qu'il avait été chargé de transmettre. Le *boy*, un garçon d'une quinzaine d'années à peine, le conduisit à son logement. Une seule pièce avec une dalle en béton et des murs blancs fraîchement repeints, un lit une place, une table de nuit, une fenêtre unique voilée d'un rideau bon marché : fonctionnelle et austère, la chambre aurait comblé un étudiant sans le sou ou un religieux en mal d'isolement.

Jibril déposa son sac, récupéra la clé des mains du *boy* qu'il renvoya à ses tâches ménagères d'un « Merci, tu peux y aller maintenant. » Il regretta dans la seconde son ton un peu sec qui traduisait sans doute sa colère d'être traité de la sorte — le gamin n'y était pour rien. C'était peut-être mieux ainsi, pensa-t-il : cette chambre serait un simple dortoir, il ne serait pas tenté de s'y installer vraiment et avancerait plus vite dans ses projets, quels qu'ils soient.

Jibril n'était pas si fatigué après tout et une balade dans les rues de Lagos égaierait sa journée. C'était sans doute le meilleur moment pour le faire : il était encore tôt, 7 h à peine, et la chaleur de la ville n'avait pas encore plaqué sa moiteur sur la peau de ses habitants.

À la sortie de la résidence, il prit soin de se présenter aux gardiens pour que ceux-ci comprennent qu'il logeait ici maintenant et le laissent rentrer au retour. Un chauffeur de taxi au visage engageant lui proposa de le déposer. Il lui indiqua la première destination qui lui vint à l'esprit :

— Le port.

— Apapa ? C'est parti !

* *
*

Apapa était un spectacle à ciel ouvert, une ménagerie titanesque où les hommes-insectes s'affairaient dans un bestiaire de métal.

La lumière déjà intense des premières heures du jour braquait ses rayons sur le ballet des grues attentionnées et des camions dociles. Éléphants infiniment patients, les véhicules attendaient que les girafes d'acier chargent sur leur dos un ou deux containers. Entre leurs pattes graciles fourmillaient les hommes.

Quand le ventre d'un bateau était enfin vide, il s'éloignait du quai avec lourdeur, hippopotame pesant qui cédait sa place à un autre pachyderme qui mouillait à quelques encablures. Dès que le nouveau venu était à quai, des crabes affamés — chariots élévateurs, camionnettes, simples charrettes à bras — surgissaient des entrepôts pour leur arracher leurs marchandises. Une fois assurés de leur pitance, ils s'engouffraient à nouveau dans les hangars.

S'il était venu quelques heures plus tôt, Jibril aurait constaté que la nuit n'était pas moins agitée : Apapa, le port somnambule, ne dormait jamais. Même quand la ville s'assoupissait, les projecteurs des cargos des entrepôts, des grues balayaient encore les quais où s'empressaient toujours, autour des bateaux tardifs, dockers harassés, commissionnaires énervés et trafiquants affairés, plus discrets que des ombres.

Certains n'attendaient même que la nuit pour agir. Armés de leur lampe-torche et de leur carnet, des *trackers* inspectaient le troupeau des containers qui s'étendait à perte de vue. Sur les portes ou les flancs des boîtes de métal, ils recueillaient toutes les informations sur leur provenance, leur contenu, leur destination. Leur travail prenait fin aux premières lueurs du matin : les maîtres du port pouvaient alors récolter leur moisson d'informations et connaissaient avec exactitude les sillons de marchandises.

Jibril s'était fait déposer à l'entrée d'un quai. L'accès aux bateaux était libre : aucune grille, aucun gardien n'étaient venus empêcher ses déambulations. Il avait adopté une attitude qui, souvent, suffisait à convaincre : il marchait du pas décidé de celui qui a une destination précise, qui sait où il va.

Il longeait les grues de déchargement, restant à distance prudente des déplacements des camions et, surtout, des chariots élévateurs : ces buffles aux mouvements frénétiques, secoués de soubresauts imprévisibles, étaient potentiellement dangereux.

Cargos, vraquiers, pétroliers, remorqueurs se disputaient le quai. L'ailleurs y était amarré avec un grand pavois de pays et de ports d'attache. Certains étaient familiers à Jibril — Monrovia, Accra, Abidjan, Dakar, Le Havre... —, d'autres lui étaient totalement inconnus : Brême, Hanovre, Shanghai, Tianjin, Ningbo...

Éloigné de l'agitation des hommes et des machines, comme en quarantaine, un navire était en laisse tout au bout du quai. Jibril s'en approcha pour connaître son nom et son port d'origine. À la poupe s'affichaient les mots *Primo-Levi* et *Genova*. Malgré l'usure du temps et la corrosion, les lettres se détachaient avec netteté, presque tranchantes sur la coque constellée de rouille.

Plus il s'avançait vers le bateau, plus celui-ci imposait à Jibril sa masse, sa hauteur, son immobilité majestueuse. Même à Abuja, la capitale où les immeubles rivalisaient d'arrogance architecturale, il n'avait pas vu des ouvrages nés de la main de l'homme aussi impressionnants.

Plus on s'approchait, plus il semblait que le cargo flottait dans un bassin trop petit pour lui, comme un cétacé coincé dans une baignoire. Même dans cet environnement étriqué, le navire-titan ne perdait rien de sa superbe ; même à l'arrêt, sa puissance, naturelle, incontestable, s'imposait. Une lassitude, aussi, paraissait se dessiner sur le corps du géant.

Une absence, enfin, drapait le bateau comme une brume : on n'y percevait aucun des signes habituels de la vie à bord. Personne n'était accoudé au bastingage, aucune lumière ne filtrait des hublots. Évanouis aussi les sons qui, d'ordinaire, trahissaient les conversations et le travail des marins ou, plus indisciplinés encore, les gémissements incontrôlables du métal ou du bois échappés des gréements ou des ponts tel un vol de mouettes criardes. La vie, l'habituelle agitation des hommes du bord et les plaintes du navire lui-même paraissaient avoir fui ce fantôme flottant.

Jibril avait remonté le quai jusqu'à la proue du bateau, long de plus de deux cents mètres. Il fit encore une vingtaine de pas puis se retourna pour avoir une vue d'ensemble du navire de commerce, comme s'il voulait contempler une œuvre d'art. À cette distance et sous cet angle, le *Primo-Levi* donnait la pleine mesure de sa majesté. Pour qui savait dépasser les apparences et ne voyait là qu'un géant immobile, le cargo laissait entrevoir sa nature profonde de vagabond des mers. Avec son rostre de métal, l'étrave tranchant déjà les eaux boueuses du port paraissait tendue vers le large — un voyageur en souffrance. Aujourd'hui sédentaire par la seule volonté des hommes, mais nomade jusqu'au tréfonds de ses cales, le *Lévi* semblait vibrer — mais peut-être la chaleur expliquait-elle ce mirage — dans cette attente contre nature. Il ne demandait qu'à repartir.

Les gardiens d'un des entrepôts tout proches avaient fini par repérer cet homme seul auprès du navire paria. Ils se dirigèrent vers Jibril et décochèrent leurs questions soupçonneuses. Il leur répondit avec autant d'assurance qu'il avait pu en déployer pour déambuler sur les quais sans qu'on lui en interdise l'accès.

Il leur raconta qu'il cherchait à retrouver un frère embarqué sur un de ces navires de commerce quelques mois auparavant. La famille était sans nouvelles et comptait sur lui pour améliorer sa subsistance grâce aux mandats qu'il avait envoyés d'abord régulièrement, puis de manière plus épisodique. Les parents avaient enjoint Jibril de retrouver sa trace et le rappeler à ses obligations familiales.

Dans un mélange d'incrédulité et d'empathie, les gardiens firent semblant d'avaler l'histoire du frère indigne tout en demandant à Jibril de déguerpir. Pendant qu'ils le raccompagnaient jusqu'à l'entrée du quai, Jibril, sans en avoir l'air, leur soutira quelques informations sur le *Lévi*.

Lâché par son armateur qui refusait de payer les frais de commissionnement puis de séjour dans le port nigérian, le bateau avait été saisi par la justice locale plus de deux ans auparavant. Un temps consigné à bord, l'équipage — une bordée de marins des pays de l'Est et d'Asie — avait peu à peu « pris le large », rentrant chez eux grâce à une ambassade compatissante ou par leurs propres moyens.

Selon les gardiens, seuls le capitaine, le second et quelques hommes d'équipage étaient restés à bord pour éviter le dépeçage en règle du géant. Ils se montraient peu — d'où l'apparente désolation qui pesait sur le navire — et quand ils le faisaient, ils étaient armés. Les réserves du bateau puis la solidarité internationale ponctuelle permettaient à ces marins échoués de tenir. Peut-être croyaient-ils encore au versement de leur solde, disparu dès les premiers aléas juridiques de l'armateur. Sans doute espéraient-ils aussi, en marins par nature assoiffés d'horizon, larguer à nouveau les amarres.

8

Sur la terrasse de sa suite, nichée dans le flanc tribord de *L'Univers*, Dana prenait le frais. Se lever tôt était une habitude, même si elle n'avait rien de particulier à faire dans la journée comme c'était souvent le cas. Pendant ces quelques heures, la chaleur restait supportable et elle en profitait pour s'allonger dans le transat aux coussins moelleux qu'elle avait fait venir tout exprès de chez elle, en Floride. Pendant son break matinal, elle reprenait la lecture d'un de ses magazines ou attaquait un nouveau roman, s'assoupissait de temps en temps, laissait filer ses pensées en regardant la mer.

« J'ai sorti le carnet de chèques, et puis voilà ! »

La phrase de Mitch, son mari encore endormi à cette heure lui trottait dans la tête. La veille, ils avaient été interviewés pour un reportage promotionnel de la Compagnie qui gérait le bateau. La journaliste les avait longuement interrogés sur leur vie à bord de *L'Univers*, sur leur choix d'y habiter à l'année à la différence de la majorité des « résidents » qui n'y passaient qu'une à deux semaines par an. Elle avait ensuite cherché à comprendre comment ils avaient pris leur décision et alors que Dana s'apprêtait à lui expliquer ses motivations, Mitch, avec sa simplicité fruste, avait lâché sa phrase lapidaire. Au cours de l'interview, il n'hésita pas à répéter deux fois sa formule, fier, certainement, de montrer qu'il pouvait décider vite et sans trembler. À chaque fois, Dana avait éprouvé un sentiment de gêne, fugace, mais bien réel.

« Un chèque, et puis voilà. C'est vrai qu'un chèque règle beaucoup de choses — tout sans doute. Et puis Mitch n'aime pas quand ça traîne, et là, ça n'a pas traîné. Même si c'était vraiment un gros chèque — 8 ou 9 millions de dollars, je ne me souviens plus —, il n'a pas hésité à les sortir. Ensuite, tout s'est enchaîné si vite. On a vendu la maison, mis les meubles dans les caisses, fêté notre départ. On a à peine eu le temps de souffler. C'est toujours comme ça avec Mitch. Il est si… efficace. »

Après avoir longuement fixé la mer et l'horizon, le regard de Dana balaya l'intérieur de la suite qu'elle pouvait apercevoir à travers la baie vitrée impeccablement propre.

« Maintenant que la décoration est terminée, on est vraiment chez nous. J'aime bien ce style vieille Angleterre, ça a de la classe. Et puis, les motifs sur les coussins et le canapé sont vraiment originaux, cette décoratrice a du talent, elle est vraiment créative. Elle a demandé un peu cher, mais j'imagine que c'est le prix à payer pour avoir quelque chose d'unique. Et ça se marie tellement bien avec le marbre qu'on a choisi pour le salon.

Il faut que je fasse descendre la dernière caisse à la cale. Quatre-vingt-dix caisses pour récupérer toutes nos affaires de Floride, mon dieu, quel travail ça m'a donné ! Mitch tenait absolument qu'on emmène tout avec nous. On aurait peut-être pu en laisser là-bas, s'alléger un peu… Enfin, c'est fini maintenant. Heureusement qu'il y avait l'équipe des déménageurs du bateau, ils nous ont vraiment bien aidés. Et si patients quand on ne savait pas où mettre telle ou telle chose, de vrais anges… »

La suite était obstinément silencieuse. Seul le bruit d'un léger ronflement s'échappait de la chambre — Mitch dormait toujours. Dana décida de s'octroyer une balade — elle reviendrait prendre son petit déjeuner avec son mari. Elle sortait souvent, au moins une fois par jour. Elle se sentait parfois comme recluse dans leur appartement-cabine malgré sa taille respectable et ses multiples pièces. Certains jours, elle étouffait.

Elle enfila un jogging aux couleurs un peu passées, griffonna un mot qu'elle laissa sur la table de la cuisine à l'attention de Mitch, puis sortit de la cabine.

Elle parcourut les couloirs pendant de longues minutes sans rencontrer âme qui vive. Ce bateau, par moments, lui faisait froid dans le dos. Elle avait beau savoir qu'elle n'était évidemment pas seule — il y avait l'équipage, mais on le voyait peu, et au moins quelques autres résidents, mais souvent confinés dans leur foyer et dans leur *privacy* —, elle avait fréquemment l'impression de voyager sur un vaisseau fantôme, un sentiment renforcé, certains matins, par les jeux étranges du soleil qui nimbait les coursives de lueurs irréelles.

Elle passa rapidement devant le centre de remise en forme — pas de résidents sur les vélos et les tapis de course, il était bien trop tôt. La bibliothèque était encore fermée ; elle referait un saut certainement plus tard dans la journée pour y trouver, avec un peu de chance, de nouveaux romans policiers. Elle s'attarda devant la galerie d'art — elle reviendrait sans doute avec Mitch, un des tableaux lui plaisait beaucoup et irait très bien chez eux.

Ses pas la menèrent presque naturellement vers le *mall*, le Palais des merveilles comme l'avait surnommé certains des résidents. Même si elle n'y achetait pas quelque chose à chacune de ses visites, elle aimait flâner dans ce long et vaste couloir flanqué de magasins de standing — magasins de mode, boutiques de cadeaux précieux, épicerie fine et même un bijoutier mondialement renommé qui avait réussi à s'installer à bord. Ces lieux de luxe composaient à son passage comme une haie d'honneur, en hommage à la cliente fidèle qu'elle était.

Elle s'attarda devant le Club cigare, une boutique tenue par un jeune homme fringant passionné de cigares qui la salua au passage — elle était déjà venue avec Mitch. Il pouvait disserter des heures sur le goût exceptionnel des cigares cubains — Monte Cristo, Cohibas, Punch, Romeo and Juliette... ou la perfection du système d'humidification des armoires qui conservaient intactes les précieuses feuilles de tabac. Mitch n'en avait presque plus, une boîte offerte à l'impromptu le ravirait.

Elle s'attarda plus longtemps devant la vitrine sobre du bijoutier, attirée par les bagues et les colliers exposés comme à la parade. Diamants jaunes d'Afrique du Sud, cristaux de diamant rose d'Australie, émeraudes, saphirs... Les pierres les plus rares étaient réunies dans cette échoppe, gigantesque écrin à la décoration minimale qui s'effaçait obséquieusement derrière la magnificence de ses protégées et la richesse de ses visiteurs.

« Leurs colliers sont vraiment bien, j'aime beaucoup la finesse de celui-ci. Il irait bien sur ma robe de gala, la rouge brique. Je me demande combien... 470 000 dollars ? Dieu, c'est quand même un prix... Je vais voir avec Mitch, je reviendrai peut-être avec lui. S'il lui plaît bien, ou s'il veut juste me faire plaisir, il sortira le carnet de chèques. Et puis voilà. »

9

« Je flotte dans l'air, sous mes pieds défile la route. Autour de moi, du sable que constellent des touffes d'herbe maigre et des pierres à la noirceur changeante, comme autant d'éclats de la nuit passée. Par endroits, acacias et argousiers se redressent pour me voir passer. Mon corps en suspens vole au-dessus d'une route à la robe pie que se disputent nids-de-poule aux couleurs blêmes et plaques de goudron noirâtres et craquelées.

Mon vol s'accélère sans que je produise le moindre effort.

Je fends maintenant des plaines interminables, des champs de roches. Les collines font le dos rond, troupeau docile. J'atteins bientôt les premières villes. Je glisse sur une mer de métal, des vagues de tôle ondulée d'où pointent parfois les piques d'un minaret, d'un clocher, d'un immeuble de bureaux. Je suis étoile filante balafrant le ciel et les hommes que j'aperçois ne sont que des points minuscules, si fugaces.

Voici l'océan. Mon corps ne marque même pas une seconde d'arrêt à l'approche du rivage. Maintenant que j'ai quitté la terre ferme et que je fonce au-dessus de l'eau, il accélère encore. Je croise des navires, des bancs de poissons et de dauphins, de gros cétacés parfois. Je fuis les champs de pétrole avec leurs plates-formes, leur enchevêtrement de métal, les fumées âcres de leurs torchères, leurs vomissures huileuses qui souillent l'océan et, derrière moi, les fleuves, la terre.

L'horizon est mon cap, mon point de fuite que je fixe du regard sans jamais l'atteindre. Sur mes flancs défilent les immensités que mon corps avale maintenant à toute allure. Après les premiers icebergs, titans de glace aux avant-postes du continent, surgit un désert infiniment blanc ; sa lumière crue, violente n'offre au regard aucun répit. À moitié aveugle, je ferme les yeux, mais le blanc incandescent brûle encore mes paupières.

Peu à peu, la lumière se fait moins douloureuse — l'enfer de neige et de glace est enfin derrière moi. J'ai dû voler plus vite pour m'en échapper : je rouvre les yeux sur une forêt de béton et de verre, une ville grande et moderne — New York, Londres, Paris ? Malgré moi, je ralentis, fasciné par la beauté des monuments, palais anciens ou tours futuristes, par son bouillonnement, par le nombre et la régularité de ses rues, de ses routes, les ondulations serpentines de ses périphériques.

C'est la nuit, mais la ville brille : les fenêtres éclairées, vers luisants aux aguets dans la pénombre, trahissent la présence d'une famille, d'un bureau, d'une activité humaine. Elles se jouent de l'obscurité qui souhaitait les éteindre, et de moi qui espérais les compter toutes. Elles m'accompagnent un instant alors que je survole la métropole, elles disparaissent que je m'éloigne. Vue de loin, la cité est comme coiffée de lumière — son énergie, sa vibration incessante lui sont montées à la tête.

J'ai continué mon périple aérien qui, je le sens, ralentit et me ramène à mon point de départ — j'ai déjà vu cette terre épuisée, affronté cette fournaise. Je reste suspendu dans les airs, maintenant immobile. Le voyage s'est inversé : je ne bouge plus et tout semble se déplacer dans ma direction. Vers moi se meuvent des formes incertaines qui se précisent alors qu'elles se rapprochent : des hommes, des femmes, des enfants marchent à ma rencontre, seuls ou en petits groupes. Les chemins tortueux qu'ils empruntent, les obstacles naturels ou humains qui s'imposent à eux ne les détournent pas d'un centimètre. D'où je suis, j'ai l'impression de suivre la route de chacun pas à pas ; sans hésiter, sans faillir, ils convergent — je suis leur aimant.

Alors qu'ils progressent, la terre se met elle aussi en mouvement : annoncées par des craquements assourdissants, des lézardes se creusent et balafrent les vastes étendues, morcelant le paysage en plaques terrestres enfin libres de s'ébrouer.

Sur ces icebergs de terre et de sable, les hommes piégés roulent des yeux d'effroi et hurlent leur panique à mesure que les secousses s'amplifient sous chacune des plaques, saisies par d'autres tremblements, déchirées par d'autres crevasses. Malgré des efforts désespérés pour rester sur leur îlot de terre, tous finissent par sombrer dans un gouffre, ne pouvant se raccrocher à rien d'autre qu'à leurs cris.

De chaque ravine, de chaque crevasse coule désormais une rivière de sang, nourrie par les centaines de personnes broyées par les convulsions de la terre. Une à une, les rivières se rejoignent et abreuvent un fleuve d'un rouge mauvais.

Sur un pont fragile jeté au-dessus de cette furie liquide, je regarde, tétanisé. Sous mes pieds coule un fleuve de sang. »

* *
*

Le bruit de ferraille de la climatisation arracha Jibril à son cauchemar. Le rêve s'effritait rapidement, mais les images les plus saisissantes restaient gravées dans son esprit comme sur la surface sensible d'une pellicule : le voyage accéléré autour du monde, la multitude convergeant vers lui, le tremblement de terre, le fleuve charriant le sang et les hurlements.

Il s'habilla en quelques gestes — besoin de prendre l'air, d'effacer ces visions. Il s'extirpa de la touffeur de sa chambre-cellule, sortit de la parcelle et s'engagea sur le boulevard tranquille qui longeait la propriété de son oncle.

Ce n'était certainement pas la première fois que ses nuits étaient agitées de rêves. Dans son esprit, les excès, les coups durs, les émotions trop longtemps enfouies semaient souvent leurs germes. Mais ce rêve-là était bien plus long, bien plus détaillé que tous ceux qu'il avait jamais eus. Il y voyait, surtout, comme une représentation déformée de son projet, comme un verre grossissant qui prend plaisir à défigurer la réalité. Son rêve était-il prophétique, comme un avertissement chuchoté par son inconscient ? Ce scénario sanglant charriait-il seulement ses peurs, somme toute compréhensibles, face à un dessein si ambitieux, si démesuré, si irréaliste ?

Marcher lui faisait du bien. Même si la nuit était tombée depuis longtemps déjà, il n'était pas si tard — 10 h, 11 h du soir peut-être — et l'air redevenait respirable. Les caprices du vent déposaient sur sa peau le sel des embruns venus de la lagune. À intervalles réguliers, les reines de la nuit lui faisaient l'offrande de leur parfum entêtant, concentré dans des buissons qui colonisaient les murs, les grilles des maisons. Le long du boulevard, les marchands de rue attendaient les derniers clients à la lumière chétive de leur lampe-tempête. D'autres n'attendaient plus vraiment et somnolaient, d'un sommeil que les voitures, maintenant rares et discrètes, rendaient plus facile. La nuit était douce, Lagos semblait s'être glissée dans des draps de calme.

Le hasard de ses pas le mena devant une église de quartier mal dégrossie, tout en parpaings et en tôle, mais que sa décoration extérieure rendait presque élégante. Des tentures entrelacées, violettes et jaunes, habillaient l'arche qui gouvernait l'entrée de l'édifice. Au-dessus, sur le fronton, un panneau aux mêmes couleurs exhortait le passant à pénétrer dans cet humble lieu :

Église évangéliste de l'Afrique de l'Ouest — ECWA
Le Christ rédempteur t'attend
Tu n'as qu'un geste à faire :
pousser la porte de notre église !

Devant la grille qui ouvrait sur la parcelle, quatre jeunes gens — trois garçons endimanchés et une jeune fille — tentaient de capter l'attention. Commerciaux zélés de leur Dieu, ils attiraient le chaland, incitaient les rares passants à entrer dans l'église pour assister au service religieux en cours dont on entendait, depuis la rue, les chants ponctués d'exhortations. Les trois hommes étaient les plus actifs, presque agressifs dans leur façon d'agiter sous le nez de ceux qui passaient à leur portée la page de la Bible qui prouvait à ces inconnus qu'ils étaient dans le péché.

La jeune fille ne disait rien. Elle regardait Jibril, sans ciller, dans un mélange étrange d'intensité et de douceur.

L'ovale de son visage, la finesse de ses traits, son corps élancé lui donnaient une élégance naturelle, une noblesse discrète. Sa peau claire, ambrée, semblait réfléchir la moindre trace de lumière qui venait de la rue — la lueur fragile d'une lampe à pétrole, le néon criard d'un marchand de pièces détachées — et l'apprivoiser, s'en parer comme de bijoux de passage. Elle portait un chemisier couleur curry, une jupe et des sandales noires. Dans sa simplicité même, sa tenue paraissait s'effacer pour mieux révéler la beauté de la jeune évangéliste.

Le charme opérait sur Jibril qui ralentit puis, sans s'en rendre compte, s'arrêta à quelques mètres du petit groupe.

Un des garçons le repéra et entreprit d'aller vers lui d'un pas vif. D'un geste net de la main, la jeune fille bloqua son coreligionnaire dans sa course, lui lançant un regard qui ne souffrait aucune contestation. C'est elle qui irait à la rencontre de cet nouveau venu.

Ils furent directement dans l'échange, sans les habituels détours qu'empruntent des inconnus avant de commencer à livrer un peu d'eux-mêmes.

— Bonsoir. Je m'appelle Angela. Vous croyez ?

— Je crois en beaucoup de choses, et en d'autres plus du tout.

— Je veux dire croire en Dieu.

— C'est important ?

— C'est important de croire en quelque chose.

— C'est mon cas, mais ça ne s'appelle pas forcément Dieu. Mais je ne devrais peut-être pas dire ça à quelqu'un comme vous…

— Quelqu'un comme moi ?

— Vous êtes évangéliste, non ? Et suffisamment engagée pour essayer de convaincre les gens dans la rue…

— Évangéliste, oui ; fanatique, non. Les points de vue différents, ou même opposés ne me dérangent pas, au contraire. Et puis, ces contacts avec les passants, c'est surtout pour accompagner mes amis. Pour faire de nouvelles rencontres, aussi. Alors, vous croyez en quoi ?

— À la volonté individuelle, déjà. Au courage aussi que chacun peut avoir s'il essaie de suivre cette volonté personnelle. Je crois aux individus, je ne crois plus à l'Homme en général, aux groupes, aux religions même si, là encore, je ne devais pas vous dire ça à vous…

— Pourquoi ?

— Je vous l'ai dit : vous êtes religieuse.

— J'ai besoin de croire, j'ai besoin de sens, aussi. Pour l'instant, la religion me sert à ça, mais il y a certainement d'autres voies. Je ne dois pas correspondre vraiment à votre vision de la bigote évangéliste.

— Pour l'instant, ma seule vision, c'est vous. Je m'appelle Jibril.

— Jibril, Gibrail… C'est la traduction arabe de Gabriel, l'archange de la Révélation chez les musulmans comme chez les chrétiens. Un messager pour tout le monde, en quelque sorte.

— Vous me l'apprenez.

— En tout cas, enchantée, Jibril. J'ai l'impression que votre vision de moi est un peu floue. De mon côté, je n'arrive pas non plus à vous cerner, vous êtes une brume… Il y a une terrasse là-bas, vous m'offrez un Fanta ? Discuter ouvre souvent les yeux…

Angela planta là ses coreligionnaires, sans même daigner leur donner un mot d'explication. Ils traversèrent la rue sans cesser de parler, s'assirent à la terrasse, commandèrent.

Par bribes, Angela lui raconta sa vie toute fraîche — elle n'avait que 22 ans. Sa jeunesse à Abakaliki, où sa curiosité d'enfant laissa vite la place à l'ennui dans une ville trop petite pour ses envies ; l'université de Nsukka comme une échappée belle, avec les études, les rencontres, les amis pour nourrir son esprit avide de nouveautés, d'échanges d'idées, de ressentis, d'interrogations ; la fuite à Lagos pour ne pas rentrer dans sa ville maintenant trop étroite et subir un destin tout tracé, l'incontournable mariage.

Par ses questions précises, directes sans être agressives, Angela dissipa vite la « brume » derrière laquelle, jusqu'ici, Jibril s'était toujours dissimulé. Il se sentait en confiance et lui raconta tout : son enfance tchadienne, sa fuite au Nigeria à cause des multiples guerres qui avaient ensanglanté le pays, son installation à Maiduguri chez ses cousins, sa vie tranquille et indolente dans sa communauté. Puis il lui relata le début des troubles qui le concernaient particulièrement et qui l'avaient mené ici, à Lagos. Il préféra garder pour lui son projet « Exodus », plus un rêve de fou qu'un projet d'ailleurs, de peur d'être moqué ou, plus sûrement, d'effrayer Angela et de rompre le charme.

Après avoir chacun conté à l'autre son histoire, ils reprirent leur discussion sur la religion et, surtout, sur leurs croyances, leurs idées, leurs valeurs. Angela comme Jibril avaient le plus profond mépris pour l'hypocrisie derrière laquelle se cachaient, fréquemment, les plus religieux de leur communauté respective, chrétiens comme musulmans. Ils honnissaient, également, la passivité résignée des masses qui suivaient prêtres, pasteurs ou imams sans mot dire, même si ces troupeaux de croyants n'étaient pas dupes. Derrière le paravent religieux se dissimulaient trop souvent, de chaque côté de ce rideau de croyances, des faiblesses humaines, trop humaines.

L'un comme l'autre avait choisi, dans son existence, l'individu plutôt que le groupe. Pas de manière explicite, bien sûr : ils se seraient mis d'eux-mêmes au ban de leur famille, de leur village et leur vie en Afrique aurait été impossible. Angela et Jibril découvrirent qu'ils avaient, en la matière, la même stratégie de survie : ils donnaient le change, donnaient des gages à la communauté quand ils ne pouvaient pas faire autrement. Mais discrètement, par petites touches, ils traçaient leur chemin personnel sans que quiconque parvienne à leur en faire modifier le cours, a fortiori à leur barrer la route avec des conventions ou des choix de vie qui n'auraient pas été les leurs. Au fil des mots apparaissait ce qui les unissait : une tactique, toute en finesse et en souplesse, pour réussir à survivre dans une communauté qui, quand ils y réfléchissaient, leur était étrangère. Au plus profond d'eux-mêmes, bien dissimulée, grondait une volonté presque animale de ne jamais se laisser imposer quoi que ce soit par les autres, par leur peur, finalement, de choisir et d'assumer leur vie.

La nuit était déjà bien avancée — ils le remarquèrent au calme qui s'était emparé de la rue que ne sillonnait plus aucune voiture. Les compagnons d'Angela s'étaient éclipsés, pensant sans doute qu'il valait mieux ne pas déranger cette « évangélisation express » qui avait l'air si bien partie.

— Je dois m'en aller, glissa Angela au détour d'une phrase, presque à contrecœur. J'habite loin et il n'y aura bientôt plus de taxi pour rentrer.

— Je comprends. Marchons un peu, je vais vous aider à en trouver un.

— Merci.

L'attente ne fut pas bien longue — on finissait toujours par dénicher des taxis en maraude dans cette ville couche-tard. De la portière d'une guimbarde hors d'âge qui passait en sens inverse surgit la tête du chauffeur puis sa main qui, d'un léger tournoiement de la paume vers le ciel, posa silencieusement la question de la destination. « *Ikeja !* », lança Angela d'une voix chantante. Le taxi opina d'un subtil mouvement de tête, ralentit sa course, fit son demi-tour un peu plus loin et entreprit de venir à leur rencontre.

— « *J'ai beaucoup aimé notre...* », démarrèrent-ils en chœur avant de s'arrêter, surpris de prononcer la même phrase au même moment.

Sur le visage de Jibril s'afficha un sourire apaisé ; Angela, elle, lâcha un petit rire sec, une gêne légère qui se dissipa dans l'instant.

— Si on résume, on a tous les deux apprécié la discussion.

— Ça m'a bien l'air d'être ça. C'est rare d'échanger comme ça, sans se connaître, et sans avoir peur de se connaître, aussi.

— Ce que vous disiez résonne en moi, c'est la première fois que je trouve quelqu'un qui exprime exactement ce que je pense. Ça fait du bien de se sentir écoutée et comprise.

— On n'aura qu'à reprendre la discussion et le plaisir là où on les a laissés. Votre taxi vous attend…

— C'est vrai. Je suis souvent à cette église, au moins 2 à 3 fois par semaine. Vous savez où me trouver.

— En attendant, merci aussi pour cette discussion. Je suis d'accord avec vous : une rencontre comme celle de ce soir, c'est plutôt rare.

Ils se serrèrent la main un peu gauchement, puis Angela s'engouffra dans le taxi. La voiture s'éloigna puis vira à droite au premier croisement. Jibril suivit du regard le panache bleuté du pot d'échappement, comme la traîne irisée d'une princesse envolée.

10

Baga, le 3 janvier.

La nuit encore souveraine règne sur le village.

Il est très tôt, mais c'est déjà l'heure de la première prière et beaucoup s'apprêtent. Les femmes, les yeux encore embués de sommeil, s'affairent dans la maison, enchaînant les corvées. Les autres — les vieux, les enfants — dorment toujours pour récupérer de la chaleur de la veille.

C'est l'aube, le moment que préfèrent les Boko pour faucher les vies. Ils foncent sur le village, arrivant en même temps de 3 directions différentes pour empêcher tout semblant de résistance.

D'abord, les crieurs. Les gosses courent à toutes jambes vers les maisons en hurlant « Allah Akbar », la tête embrumée et les yeux exorbités par la peur ou la démence. Ils ont bien pris leurs drogues avant l'assaut, les chefs s'en sont assurés. Ainsi, cette chair à canon remplira sa mission : provoquer la surprise au sein des milices locales chargées de la défense de la ville. La plupart sont balayés par les premières rafales des tirs de la milice de Baga. Beaucoup resteront là à pourrir au soleil, boulottés peu à peu par les charognards. Les cadavres des autres seront ramassés par les Boko au moment du repli, plus pour leur faire les poches et leur soutirer argent et gri-gri que pour leur donner une sépulture décente.

La horde des tueurs succède à la première vague. À deux sur des petites motos, à une dizaine sur des pickups hors d'âge, par camions entiers — plus de 20 ce matin-là —, ils déferlent. Sitôt arrêté, chaque véhicule vomit dix, quinze assassins. Vêtus d'un boubou hausa couleur sable, d'un manteau sombre ou d'un treillis militaire moucheté de vert cru et de noir, ces frelons masquent leur visage d'un turban noir ou bleu. Dans leurs mains, couteaux et machettes, pistolets et kalachnikovs, parfois d'une simple pierre — tout fait arme. Dans leur tête, la soif de faire couler des flots de sang. Les impies doivent rendre gorge.

Ce matin-là, ils ont étanché leur soif.

La milice qui avait, dans un premier temps, repoussé la première attaque n'est plus que débandade. Les frelons harcèlent et tuent, beaucoup. Seuls ou en groupe, avec méthode ou dans la plus complète anarchie. Sur les corps qui commencent à s'amonceler dans les rues du village, certains s'amusent à rouler, consciencieusement, avec leur moto ou leur camion pour s'assurer que les morts sont bien morts. Le bruit des os qui craquent, des chairs qui explosent sous le poids des véhicules leur arrache un rire fou, un cri de satisfaction ou un remerciement à Dieu — *Nagode, Allah !*

Quand ils en ont fini avec les gens trouvés dans la rue, ils pénètrent dans les parcelles, fermées par une porte de méchante tôle qu'ils enfoncent d'un seul coup de pied ou d'une rafale. Là, ils découvrent les femmes, implorantes ou hurlantes, les enfants aux yeux agrandis de stupeur, pleurant parfois ou attendant sagement la mort, comme s'ils avaient déjà compris. Selon l'inspiration du moment, les tueurs dégainent leurs couteaux et égorgent tous les vivants ; dans d'autres parcelles, déjà fatigués, ils arrosent juste toutes ces vies du jus de leurs kalachs, repassant une ou deux fois sur les corps à terre. Et puis, méthodiquement, ils incendient la maison, ressortent, passent à la suivante.

Mohammed — les copains l'appellent Mo — s'est isolé de son groupe pour « travailler » un peu en solo. Lui et ses amis se sont donné un surnom : les « Islamissimes ». Chez les Boko Haram, ils se sont taillé une réputation de « guerriers parmi les guerriers », prêts à tuer plus que tous, plus cruellement souvent, champions lancés dans une course sans fin pour recevoir l'hommage des autres, comme une prime à l'horreur.

Mo erre de maison en maison, il ne reste plus grand-monde à massacrer. La chaleur et la lumière aveuglante du soleil impitoyable, le crépitement des armes et des cris le plongent dans un état second. Les lunettes de soleil qu'il porte en permanence cachent ses yeux rougis par l'herbe et l'alcool qu'il consomme en quantités presque inhumaines depuis qu'il s'est engagé chez les fous de Dieu.

À la sortie d'une parcelle, il s'arrête net, alerté par un bruit pourtant si faible. Une voix. Il a entendu distinctement le gémissement étouffé d'une femme — le léger cri semblait venir d'un grand bâtiment sur sa droite, l'hôpital de la ville. Il pénètre dans le jardin puis dans la bâtisse, se laisse guider par les petits sons aigus qui reviennent, par intermittences. Après avoir enfilé plusieurs couloirs, il finit par trouver la pièce d'où s'échappe la plainte.

C'est une salle d'accouchement. Au milieu, une femme, allongée sur un lit, ses deux jambes surélevées prises dans deux étriers. Seule, abandonnée là par les infirmières et les médecins paniqués, elle est en train d'accoucher.

Lorsqu'elle voit entrer Mo, la femme se fige et interrompt le travail de délivrance. Le bébé est déjà à moitié sorti.

Les yeux de la femme croisent ceux de Mo, du moins tente-t-elle de les deviner à travers les lunettes fumées. Elle ne cherche pas à l'implorer. Elle se sait plus forte que lui — elle donne la vie. Son regard posé, serein essaie juste d'atteindre l'humanité, ou la faible lueur qui en tient encore lieu, dans le cœur ou la raison du tueur.

Mo reste interdit un instant devant la scène. Aucun homme d'ici ne voit jamais ce qu'il a sous les yeux, il reste figé par le visage calme de cette femme qui le fixe. Cette vision si opposée au chaos qui l'attend à la porte le secoue plus qu'il ne l'aurait pensé. Il sait toutefois se reprendre : il arme, puis tire une rafale en direction du ventre énorme. La femme se dresse puis retombe, tuée sur le coup.

Le bébé était déjà à moitié sorti.

* *
*

Quelque chose clochait — Jibril le sentit dès le seuil de la maison. Une tension inhabituelle, un silence épais semblaient avoir pris possession de la bâtisse d'ordinaire si vivante le jour, si apaisante la nuit.

Une lumière bleutée s'échappait du living-room, aucun son ne se faisait entendre. Il s'avança dans le couloir et à l'entrée du salon, il remarqua que quelqu'un veillait encore. Son oncle était là et regardait la télévision — en apparence tout du moins. Le bruit des pas de Jibril le fit sursauter et se retourner. Il ne marqua toutefois aucune surprise, comme s'il n'attendait que son neveu ; il posa sur lui un regard fixe, intense. Jibril y décela dans l'instant de la tristesse.

— Les nouvelles ne sont pas bonnes, Jibril. Viens t'asseoir là.

— Des nouvelles de qui, de quoi ?

— Des nouvelles de Maiduguri, et de la famille aussi.

— ...

— Le plus simple, c'est que tu regardes à la télé, c'est justement l'heure des actualités. La télécommande est devant toi, j'avais coupé le son en t'attendant.

Sur l'écran, les deux présentateurs égrenaient des chiffres, des actions militaires, des noms d'officiels ou de criminels. Derrière eux, une carte du pays avec un gros plan sur l'État de Borno et sur Maiduguri. Puis vint le reportage.

Ce que racontait la voix off, c'était la guerre, dans un décor qu'il croyait connaître depuis toujours, mais qu'il ne reconnaissait plus. Les rues qu'ils voyaient défiler dans le sujet, avec ses patrouilles militaires, ses carcasses noircies, ses tas de cadavres alignés le long des rues, tout se déroulait dans sa ville, Maiduguri, dont il arpentait encore les rues quelques semaines auparavant. Parfois, dans les images de terreur et de mort, il lui semblait même identifier des visages.

Ce que lui raconta son oncle acheva de le convaincre que le cauchemar qu'il regardait était bien réel. L'armée fédérale avait décidé d'en finir une bonne fois pour toutes avec les Boko Haram et d'employer les gros moyens, envoyant ses troupes dans le nord-est du pays. Comme tous les Nigérians, Jibril savait ce que cela voulait dire — de la souffrance pour tous.

L'armée avait agi comme elle l'avait fait tant de fois par le passé. Envahir la ville et la terroriser, arrêter et massacrer les habitants qui passaient à sa portée n'était que la première étape ; la seconde consistait à concentrer les fanatiques dans un quartier facile à encercler puis à le bombarder pour le raser.

Épaulés dans leur sale besogne par la police locale, ces semeurs de mort avaient laissé libre cours à leur brutalité officielle et ravagé presque tous les quartiers à l'exception notable de GRA, le *General Residential Area* qui abritait les notables du coin et le gouverneur. Leur chasse à l'homme pour retrouver les Boko Haram les avait amenés à regrouper les membres de la secte, réels ou supposés, dans un quartier du centre-ville. Une nasse, dont personne ne devait ressortir vivant. Kofa Biu, son quartier.

Les images qui défilaient à l'écran laissaient Jibril sans voix. Des larmes muettes coulèrent bientôt sur son visage-miroir où se réfléchissait la désolation étalée par le reportage.

Plus une seule maison n'était debout. Les murs défoncés et noircis des enceintes ou des façades des propriétés, les flammes qui s'en échappaient encore, les corps qui gisaient çà et là, entassés devant les caniveaux : tout disait que la mort avait remporté là une victoire absolue, sans conteste. Comme un fleuve pour toujours asséché, toute la vie s'était retirée de ce quartier jadis si bouillonnant. Les seuls êtres vivants visibles sur les images étaient des zombies en uniforme qui patrouillaient dans la zone dévastée, le regard vide, parfois gorgés d'une violence à peine contenue, si peu humains.

Jibril pleurait sans bruit, atterré par ces images et par ce que lui révélait maintenant son oncle de sa voix douce et triste. Il ne restait plus rien de la propriété familiale qui avait subi deux attaques coup sur coup.

La première était venue des Boko Haram, piégés dans le quartier par l'offensive militaire. Leur situation sans issue et la fin à venir avaient transformé leur désespoir en furie. Avant de disparaître, ils avaient décidé de régler leurs comptes avec les « traîtres » et réussi à forcer l'entrée de la maison de la famille. Baba, ses frères et tous les hommes présents s'étaient défendus, mais n'avaient pas pu retarder bien longtemps le carnage.

Leurs assassins n'eurent que quelques instants pour savourer le fruit de leur folie. Quelques dizaines de minutes à peine après leur massacre, roquettes et obus éventraient les murs d'enceinte et les toits, les mitrailleuses lourdes prenant le relais pour faucher ceux qui n'avaient pas déjà été emportés par le premier assaut.

Jibril pleurait sans bruit.

Le monde qui l'avait entouré jusqu'ici, sa famille, la maison, le refuge de son quartier avaient disparu, pulvérisés par l'affrontement enragé, monstrueux, sans merci de la secte et de l'armée. Tout ce qu'il connaissait n'existait plus, tout un pan de son histoire avait été déchiré — comme si la mort de ceux qu'il aimait l'avait dépecé vivant.

Sa vie d'avant n'était plus.

D'autorité, l'oncle prit la télécommande des mains de Jibril pour éteindre le téléviseur, coupant net le flot indécent des images et des commentaires. Tous deux restèrent côte à côte, sans mot dire, pendant de longues minutes.

Le silence absolu enveloppait les deux hommes sans parvenir à repousser la douleur qui les étouffait. L'oncle rompit le silence comme on rompt le jeûne pendant le ramadan : comme la première tasse de thé atténue l'épreuve d'une journée d'abstinence, ses premiers mots, prononcés avec douceur, tentaient de soulager.

— Paix à leur âme, ils ont fini de souffrir, ils sont maintenant avec Allah.

— … Allah est sans pitié.

— La douleur te fait blasphémer, Jibril.

— Ah oui ? Explique-moi alors pourquoi Allah, « le miséricordieux », a laissé massacrer toute une famille, hommes, femmes et enfants. Les plus petits, les jumeaux d'Aïsha, n'avaient pas six mois !

— C'est Lui qui décide et il a décidé de les rappeler à Lui.

— Mais s'il tenait absolument à rappeler des gens à Lui, pourquoi ne pas taper dans la troupe des militaires ou dans le tas des Boko Haram ? C'est eux qui sont responsables de tout ça ! Allah s'est rangé dans le camp des plus forts ou des plus fous, Il méprise les innocents au point de les laisser tuer.

— Tu blasphèmes à nouveau...

— Je ne blasphème pas, je suis logique : si Allah était vraiment miséricordieux, il empêcherait ces massacres de personnes qui, en plus, étaient très croyantes et Lui accordaient beaucoup de respect. Et les plus petits, ils étaient même trop jeunes pour avoir de la religion. Quel mal avaient-ils eu le temps de Lui faire ? Explique-moi ça, mon oncle !

— La folie des hommes...

— Mais Allah est au-dessus de tout ça, non ? Il est vraiment tout-puissant, non ? Si ces horreurs ont lieu malgré tout, il n'y a que deux explications possibles : Il laisse faire et c'est un monstre, ou alors...

— Mesure tes paroles, Jibril, ne dis pas des choses que tu regretterais...

— Ou alors « Il » n'existe pas, et c'est tout. Personne ne met fin à ces horreurs parce qu'il n'y a personne là-haut pour les arrêter.

Le silence qui s'abattit sur eux fut plus lourd encore qu'à l'arrivée de Jibril dans la maison. L'oncle le regardait par moments, semblait vouloir parler, mais refermait la bouche, encore stupéfait, à bout d'arguments. Comme un poisson en manque d'air dans le filet d'une rivière.

La « logique » de Jibril le scandalisait, le désarmait aussi. Elle n'entrait pas dans son fonctionnement d'homme pieux qui exigeait de lui de croire, pas de raisonner. Mais cette « logique », typique des Blancs ou de ces Africains qui avaient passé trop de temps en Occident, avait cette solidité qui ébranlait ses croyances, faisait écho, surtout, à ses questionnements personnels restés sans réponse.

S'il était homme de foi, l'oncle était également une personne réfléchie, qui ne se satisfaisait pas du prêt-à-penser que leur imposaient les imams. Secrètement, lui aussi cherchait à comprendre l'inexplicable, sans jamais révéler ses interrogations à quiconque — trop dangereux. La réaction abrupte de Jibril aux événements de Maiduguri, même motivée par la douleur d'avoir perdu tous ses proches, bousculait les propres doutes de l'oncle et jetait sur elles une lumière crue, elle aussi impitoyable. Même s'il ne l'admettrait jamais ouvertement, l'oncle partageait les interrogations de Jibril, au moins en partie.

Entre Jibril et son parent, la discussion se poursuivait, sans un mot. Assis côte à côte sur le canapé, chacun sentait que l'autre était plongé dans le même tourbillon de souffrance et de questions, dans le même abattement que faisait naître l'absence de réponses.

Jibril fut le premier à se reprendre. Il se leva, souhaita mécaniquement la bonne nuit à son oncle et, plutôt que de rentrer dans sa chambre étouffante, ressortit de la maison.

La rue avait changé. Il devait être un peu plus de cinq heures du matin, car au loin, au-delà des immeubles et de la lagune, le jour commençait à poindre. La ville était en train de se réveiller : devant certains étals, de jeunes commis ou les commerçants eux-mêmes se mettaient à balayer, à répandre de l'eau pour laver le sol. D'autres, déjà, ouvraient les portes de métal ou levaient la grille de sécurité de leur boutique.

Dans la rue se bousculaient les premiers bus. Sur un coup de tête, Jibril grimpa dans le premier qui ralentit à sa portée, sans se soucier de demander la destination. Il voulait juste s'éloigner de la maison et de ce qu'il y avait appris, se laisser emporter, rouler sans réfléchir. Il y avait encore des places assises disponibles à cette heure matinale ; il s'octroya la meilleure, au premier rang à droite du chauffeur, près de la fenêtre. Lagos et son flot urbain coulaient vers eux, contournaient le bus au dernier moment, ruisselant le long de ses flancs.

Avec leur livrée safranée, les taxis et les *danko* de Lagos semblaient des taches de soleil parsemées sur le bitume, en éclaireurs du jour à venir, affairés, par leurs allées et venues, à propager le jour naissant, à réveiller la grisaille des murs de parpaings laissés à l'état brut. Coiffés d'une tignasse de lignes électriques débordant des branchements sauvages, les immeubles hirsutes paraissaient à peine sortis d'une nuit agitée. À leurs pieds, les tables des étals encore vides, recouverts d'une toile ou renversés, signalaient aux passants que la ville dormait toujours.

Le bus courait maintenant le long de bâtiments plus cossus, sièges d'administrations locales ou églises de toutes obédiences, ceinturées de grilles et de murets soigneusement peints, gardés par des hommes à l'uniforme impeccable. Devant les entrées, des petits massifs bien entretenus déployaient un bouquet de plantes tropicales — hibiscus rouges ou orangés, plumerias dorés, oiseaux de paradis multicolores, bougainvillées violacées — à l'intention des visiteurs ou de simples passants.

Entre les bâtisses, les incontournables égouts venaient gâcher la fugitive impression de beauté et d'harmonie du matin naissant : parfois recouvertes d'une dalle de béton, parfois laissées à ciel ouvert, ces saignées purulentes vomissaient les remugles de Lagos, comme des taches persistantes sur des atours qui se voulaient respectables.

Au loin, les tours prétentieuses des grands hôtels — l'Eko, l'Ikoyi —, des immeubles de bureau et d'autres plus luxueux, pour les nantis, toisaient la vaste étendue des bâtiments de trois ou quatre étages. Ces géantes suffisantes semblaient ignorer superbement le reste de la ville. Elles fixaient avec insistance l'horizon et la mer qui projetait déjà sur leur façade vitrée sa lumière crue.

« Baba, Giwa, Aïsha, les enfants... C'est à moi qu'ils en voulaient, et c'est eux qui sont morts. J'aurais dû rester pour les défendre, au moins essayer. On y serait tous restés de toute façon. Les Boko et l'armée en même temps, on n'avait aucune chance. Mais qu'est-ce qui se passe dans la tête de ces monstres ? Ils savent qu'il y a des gosses, ils en ont certainement eux aussi, et ça ne les arrête pas. Tuer des bébés, des gamins, des innocents, ils font ça sans se poser de questions. Faire souffrir, éliminer quelqu'un, ça ne les touche pas, ça les laisse indifférents. Pour eux, on n'est pas des personnes à respecter, des êtres humains, on peut nous égorger comme des moutons, nous écraser comme des cafards. Pas de cœur, pas de cerveau chez ces salauds de militaires et les Boko, eux, ils ont la tête en flammes. Baba, Giwa, Aisha... comment je vais faire sans vous, maintenant ? »

Perdu dans sa tristesse, Jibril ne se rendit compte de la destination du bus qu'à la toute fin du trajet quand, délaissant ses pensées, il réalisa le changement de paysage, maintenant plus industriel. Ils longeaient une file interminable de camions-citernes qui attendaient leur cargaison au pied des cuves dodues siglées aux noms de compagnies étrangères — Shell, Exxon, British Petroleum... Ils étaient arrivés au terminal d'Apapa.

Jibril paya sa course et descendit comme tout le monde, désorienté par cette errance qui, une fois de plus, le ramenait au port et à la mer. Il y voyait bien plus qu'une coïncidence : le hasard entêté se chargeait de lui faire comprendre que son destin s'écrirait ici. Il n'attendait plus que lui.

Il suivit un groupe de camionneurs qui se dirigeaient comme un seul homme vers le *Drivers' Shelter*, une cafétéria tout en néons et en couleurs criardes. Le bâtiment de trois étages possédait une terrasse d'où les clients avaient une vision quasi panoramique sur le terminal, les bateaux à quai ou ceux qui patientaient au loin.

Jibril s'installa près de la vitre, assez loin des routiers pour ne pas être dérangé par leurs éclats de voix. Il put contempler tout à son aise le spectacle qui s'offrait à lui : la lente procession silencieuse des camions qui, l'un après l'autre, venaient récupérer leur précieux chargement d'or noir ; le jeu du soleil sur les infrastructures métalliques du terminal et sur l'eau des bassins et des canaux et, plus loin encore, les entrepôts et les bateaux. Il crut apercevoir le château arrière du *Primo-Levi*, isolé de la meute des autres navires. Il n'en était pas sûr — les quais où étaient amarrés les cargos étaient si distants — mais l'impression de reconnaître cette silhouette familière suffit à réveiller en lui son projet. De plus en plus, son Grand Voyage semblait vouloir imposer sa présence, s'extraire du remous de ses rêves pour accoster sa vie aujourd'hui fracassée.

Qu'avait-il à perdre maintenant ?

11

Le *danfo* qui l'avait ramené à la maison passait devant l'église d'Angela. Jibril, machinalement, chercha la jeune femme du regard. Ce n'est qu'à sa descente du bus que leurs yeux se retrouvèrent : elle était assise à la terrasse du café où ils avaient longuement discuté, sirotait un Coca et l'observait, fixement, comme à leur première rencontre.

Sans doute devina-t-elle les tourments qui submergeaient Jibril : le visage de la jeune fille, qui affichait encore une expression rêveuse quelques minutes auparavant, se voila d'inquiétude. Elle sortit de sa poche quelques nairas chiffonnés pour régler sa consommation, se leva et vint directement vers lui.

Comme la première fois, elle ne s'embarrassa pas de préliminaires et entra dans le vif du sujet :

— Bonjour, Jibril. Ça n'a pas l'air d'aller…

— … Ça se voit donc tant que ça ?

— Le visage est un livre ouvert pour qui sait le feuilleter.

— Et sur la page d'aujourd'hui, tu lis quoi ?

— De la tristesse. Du désarroi. De la colère aussi…

— Tu devines tout cela rien qu'en me regardant ? Comment peux-tu être aussi sûre ?

— J'essaie simplement de deviner, de sentir la personne en face de moi. Ce que l'on me dit ensuite me permet de savoir si j'ai vu juste. Mais tu n'as peut-être pas envie d'en parler…

Il avait très exactement envie du contraire.

Angela, qui était sur le point de rentrer chez elle, lui proposa de l'accompagner sur le chemin du retour — « *Marcher apaise* », souffla-t-elle. Elle semblait lui parler autant qu'à elle-même.

Les paroles de Jibril tombèrent une à une, parfois espacées d'un silence lourd de larmes contenues. Angela les recueillit sans dire un mot, attentive, ne le quittant pas des yeux. Phrase après phrase, il lui confia sa douleur d'avoir perdu tous les siens, sa colère face à son oncle s'en remettant à Dieu pour justifier cette horreur, sa détresse, aussi, face à sa vie que le sort, en une nuit, avait amputé de son passé.

Ils marchaient côte à côte, presque épaule contre épaule, sans un mot. Ils portaient maintenant à deux ce bagage de souffrance.

— Que vas-tu faire ?

— Je ne sais pas… J'avais des choses en tête, un vague projet. Mais avec ce qui vient de se passer… Tout ça m'a trop secoué, je ne sais pas ce que je veux maintenant, je ne sais plus si ça tient la route.

Entre doute et douleur, Jibril ne savait pas s'il devait aller plus loin. Parler à cette fille l'apaisait, elle savait écouter, son silence attentionné était comme un onguent sur ses plaies. Mais il ne savait pas s'il pouvait pousser plus loin ses confidences. Il ne la connaissait pas après tout, lui confier son projet de voyage, délirant même à ses yeux, pouvait lui attirer les sarcasmes de la jeune fille, voire un jugement à l'emporte-pièce et forcément blessant. Elle pouvait même vendre la mèche et en parler autour d'elle, lui attirant ainsi les pires ennuis. Sa méfiance se heurtait, pourtant, à ce qu'il ressentait en lui parlant, en la regardant : quelque chose en elle lui faisait comprendre qu'il pouvait s'avancer en toute confiance.

Comme un écho à ses interrogations, la jeune fille reprit la parole :

— Si tu as envie d'en parler… Moi, j'ai envie de t'écouter.

— Je peux te faire confiance ?

— Tu peux.

— Depuis plusieurs jours, j'ai dans la tête une idée, un projet peut-être… Ça tient sans doute de la folie, mais dans ce pays de déments, être fou, c'est sans doute être normal…

Il hésita encore un moment, ne sachant pas maintenant s'il saurait formuler son idée sans paraître puéril, incohérent ou complètement dérangé. Sa réserve naturelle, qui l'avait souvent préservé de gros ennuis dans ce pays de tracasseries, l'incitait également à la prudence : une fois révélé à quelqu'un, même à quelqu'un qui semblait digne de confiance, son projet n'allait-il pas se retourner contre lui ? Il savait que pour avoir une chance quelconque de réussite, son envie d'exode devait rester secrète le plus longtemps possible. Il ne fallait pas être grand devin pour réaliser qu'une fois dévoilée, son idée attirerait des gens qui, pour une raison ou une autre, lui mettraient des bâtons dans les roues.

Les yeux d'Angela, son attention tout en discrétion et en légèreté, sans curiosité malsaine finirent de le convaincre. Jibril avait tant besoin de se confier… Même en proie au désarroi, il restait pragmatique : de toute façon, son projet n'irait nulle part s'il ne trouvait pas de l'aide et, au moins, une première personne de confiance pour y réfléchir et l'échafauder. Cette première personne, c'était peut-être Angela.

Il décida de s'ouvrir à elle et les phrases s'enchaînèrent. Au fil de ses confidences, Jibril se rendait compte que dans son esprit, l'idée avait fait son chemin. Son projet était maintenant bien plus avancé qu'il ne le pensait.

Méthodiquement, il détailla pour Angela la genèse de ce Grand Voyage qu'il mûrissait depuis son départ de Maiduguri : la chanson de Marley, la découverte de l'aventure de l'*Exodus*, l'envie de partir pour l'Europe.

— Quand les gens partent d'ici, s'emporta Jibril, chacun fait son voyage dans son coin, la tête baissée, comme s'il avait honte. On fait ça comme des voleurs qui espèrent passer entre les mailles. Moi, ce que je propose avec ce voyage, c'est de partir ensemble pour imposer notre droit de vivre mieux, ailleurs.

Maintenant, plus posé, plus concret, il poursuivit : « C'est ça l'idée, Angela : partir et arriver à plusieurs milliers de personnes. On frapperait un grand coup comme ont fait les Juifs en 1947. Le monde entier a fini par reconnaître leur existence. Si nous aussi on veut se faire respecter, il faut agir comme eux, collectivement et au grand jour. »

Il lui parla ensuite de ses déambulations sur le port où il avait repéré le *Primo-Levi,* sans doute assez grand pour contenir la foule de ceux qui aspiraient à une nouvelle vie en Occident.

Leurs pas les avaient menés sur Victoria Island, l'un des petits paradis de Lagos. Un cocon de barbelés, une caricature d'éden.

Le long de larges avenues ombragées et calmes fleurissaient les belles maisons bourgeoises, les immeubles de standing, les clubs nautiques. Dans l'effervescence urbaine de Lagos, cette douceur de vivre dont jouissait les expatriés ou les riches Nigérians qui résidaient ici avait presque quelque chose de déplacé, d'indécent. Les piques de métal et les barbelés agressifs qui serpentaient sur les murailles, les gardes armés qui veillaient sur l'entrée des riches demeures juraient avec la quiétude apparente. L'argent suintait de ces bâtisses incongrues et enviées et leur clinquant attirait, de jour comme de nuit, les cambrioleurs armés, tels des insectes vibrionnants, fascinés par la richesse aux reflets hypnotiques. Chez les simples quidams qui s'en approchaient, cette aisance faisait naître un sentiment partagé d'envie, de jalousie, d'indignation.

Longeant ces résidences bourgeoises, Jibril et Angela n'échappaient pas au charme pervers de ces îlots de luxe baignant dans l'océan de la pauvreté lagosienne. Mais une fois les premières maisons passées, ils ne virent plus l'opulence omniprésente, absorbés qu'ils étaient par leur conversation.

Angela avait écouté Jibril quasiment sans mot dire. Elle n'avait fait que relancer son monologue quand, à deux ou trois reprises, un silence par trop pesant avait écrasé les mots. Plus leur échange se poursuivait, plus elle était troublée.

L'entière confiance que lui accordait Jibril la touchait : il se livrait complètement à elle alors qu'ils étaient encore des quasi-inconnus l'un pour l'autre. Elle trouvait, en outre, sa personnalité peu commune chez un homme : un mélange plutôt rare de sensibilité et de fragilité — qu'il n'avait pas peur de montrer et de partager — mais aussi de force et d'ambition. Son projet, par sa démesure, parlait pour le jeune homme, dessinait une personnalité troublée par ce qu'il vivait depuis quelques heures, troublante aussi. Il y avait quelque chose de grand en lui.

Pour Angela, cette idée d'embarquer plusieurs milliers de personnes dans un exode vers l'Europe n'avait rien de démentiel : c'était simplement un plan d'une envergure exceptionnelle, à la dimension de ces êtres qui, comme Jibril, rêvaient grand. Les rares portes qui lui laissaient son existence trop bien réglée étaient déjà mi-closes, et plus le jeune homme évoquait ce voyage, plus elle les voyait s'ouvrir à nouveau. Cette aventure qui entrait dans sa vie, cette intrusion bienvenue, portait en elle un souffle quasi messianique. Elle y décelait une dimension spirituelle qui, déjà, bousculait son horizon.

Jibril était le messager — il ne faisait que lui dévoiler la mission. À elle maintenant de s'en saisir, et de l'accomplir.

Angela commençait à entrevoir tout ce qu'elle pourrait apporter à cette aventure : sa parfaite connaissance de Lagos, la ville qu'elle avait choisi de faire sienne et qu'elle arpentait aujourd'hui comme si elle y était née ; les contacts qu'elle avait dans tous les milieux, et pas seulement dans son univers évangélique ; son sens pratique et ses talents d'organisatrice, enfin, qui lui avaient valu des responsabilités de plus en plus importantes dans la gestion et le développement de son église. Elle saurait se servir, en temps utile, des ressources que lui fournissait sa communauté.

Elle fut tirée de ses réflexions par la voix inquiète de Jibril :

— Tu m'écoutes toujours ?

— Oui, je réfléchissais juste à ton projet.

— Tu dois me prendre pour un fou…

— Non. C'est simplement un grand projet, bien plus grand que la vie ordinaire que nous menons tous, c'est ça qui peut faire peur. Mais ce n'est pas une folie, ce n'est pas irrationnel, au contraire. Puisque tous ceux qui tentent de gagner l'Europe échouent souvent individuellement, c'est logique d'essayer collectivement. C'est ce qu'ont fait les Juifs dont tu me parles, là…

— Ils ont échoué, finalement.

— Oui et non, d'après ce que tu m'as dit. Leur bateau a été arrêté, mais ils sont revenus ensuite et ont fini par faire reconnaître leurs droits et créer leur État.

— Ils étaient nombreux et bien organisés. Moi, je suis seul avec mon envie de partir…

— Plutôt que de voir les problèmes, essaie de voir les solutions. Tu es seul ? Trouve des personnes pour t'aider à réaliser ce que tu veux faire. Mais tu ne pourras pas les convaincre si tu doutes en permanence, si tu pars battu d'avance, si tu n'y crois pas toi-même.

— J'ai assez de colère pour y croire.

— La colère, ça peut servir au début, mais ça ne suffira pas. Il faut de l'espoir, aussi, si on… euh si tu veux y arriver.

— … Tu as envie de préparer ce voyage avec moi ?

— Peut-être…

D'abord interloqué par cette dernière réponse, Jibril l'interpréta comme un « oui » timide, mais qui n'osait encore se dire. Ils continuèrent à marcher sous les frondaisons des rues de Victoria Island, en silence pendant un moment. Puis la discussion reprit, à l'initiative d'Angela.

— Tu dis que tu as repéré un bateau, pourquoi celui-là ?

— Il est grand, en bon état et bloqué à Apapa. Je me suis renseigné auprès des dockers pour savoir pourquoi : leur armateur ne veut pas payer les frais de port et les amendes, alors les autorités l'ont consigné à Apapa. Ça fait plus de deux ans que ça dure, ils ne reçoivent même plus de nouvelles de l'armateur qui a tout planté là, le bateau et l'équipage. Les marins ne peuvent même pas s'en aller par leurs propres moyens, ils ne reçoivent plus leur solde depuis des mois. Mon projet leur donnerait une bonne occasion de repartir, leur prison flottante redeviendrait leur navire et ils se rapprocheraient de chez eux, en Europe ou ailleurs.

— Mais il te faudra quand même beaucoup de conviction pour les persuader d'embarquer autant de gens à bord. Beaucoup de conviction... ou beaucoup d'argent. Tu comptes faire comment ?

— Chacun paierait pour son voyage. Même si on ne leur demande pas beaucoup, si tu multiplies par le nombre de passagers, ça fait une belle somme...

— Il faudra les nourrir, trouver de l'eau pour toute la traversée, du carburant pour les moteurs. Tu as une idée du nombre de jours en mer pour arriver en Europe ?

— Une douzaine de jours en partant de Lagos, je pense. Les marins nous le diront précisément, eux savent.

— Et puis, ces bateaux, même s'ils sont assez grands pour transporter beaucoup de monde, ils ne sont pas faits pour ça. Il faut des lits, des toilettes, il faut...

— Il faut l'aménager, je sais. C'est même la première chose qu'ils ont faite sur l'*Exodus*. C'est un gros boulot, mais ce n'est pas ça le principal problème...

— Et c'est quoi selon toi ?

— Que tout le monde tienne sa langue. Dès que le projet sera connu, au Nigeria ou ailleurs, tout le monde nous tombera sur le dos. Ça, j'en suis sûr. Soit pour nous soutirer de l'argent, soit pour empêcher tout simplement que ce voyage se fasse.

— Tu as sans doute raison : ton idée, si elle peut se réaliser, fera des envieux... ou en énervera plus d'un.

— Exactement : la clé, c'est le secret. En tout cas, aussi longtemps que ce sera possible. Et puis, comme pour les Juifs en 1947, il nous faudra de l'organisation, une préparation très bien pensée et de la discipline, avant de partir, mais surtout pendant le voyage. 4000 personnes en mer lâchées comme ça, livrées à elles-mêmes, c'est la catastrophe assurée si les gens font ce qu'ils veulent. Je n'ai pas envie de finir comme les Sénégalais et leur *Jolo*...

Jibril continua à égrener les conditions de la réussite et les obstacles à prévoir. Angela réalisa qu'il avait bien son voyage en tête — ce n'était pas une vague idée, mais un vrai projet, envisagé très concrètement. Mais on était encore très loin du compte et Jibril ne pourrait jamais le réaliser sans aide.

La matinée avait filé sans qu'ils s'en rendent compte, on était maintenant à l'heure de midi et la promenade devenait plus pénible. La chaleur moite essorait chaque passant et les gouttes de sueur perlaient sans discontinuer sur chaque front, comme une averse ruisselant sur chaque visage.

Angela et Jibril avisèrent une buvette qui faisait face à la mer et s'y installèrent. La brise qui venait de l'océan agitait doucement les parasols de paille synthétique et promettait aux passants ombre et fraîcheur.

En face d'eux, au large de Victoria, la plage de Tarkwa Bay. C'était l'une des rares dignes de ce nom à Lagos et le lieu de prédilection des jeunes branchés et des expatriés. Dans la baie, des tankers en mal d'accostage, procession de moines géants, défilaient en silence. Jetée sur leurs monstrueuses épaules, leur bure de métal sombre projetait sur l'eau des formes obscures, troubles, menaçantes. Souvent, plus d'une cinquantaine de ces bateaux se côtoyaient sur le plan d'eau, patientant parfois des semaines avant de pouvoir décharger. Écrasé par les mastodontes d'acier, le soleil pourtant ardent devait se battre contre ces ombres toutes-puissantes, se frayer un chemin entre les coques et luire à nouveau.

Angela et Jibril contemplaient cette noria de navires sans mot dire, plongés dans un silence fertile. L'un comme l'autre laissaient courir leurs pensées bien au-delà du paysage qu'ils avaient sous les yeux. Tous deux planifiaient déjà les étapes du projet, s'affairaient en pensée dans les flancs du cargo, faisaient le point sur le pont du bateau qui remontait la côte africaine, accostaient en Europe.

Angela fut la première à rompre le silence.

— À quoi penses-tu ?

— Je suis loin d'ici, très loin.

— Reviens sur terre. Commence par le commencement, sinon ton projet n'ira nulle part. Va rencontrer le capitaine de ce bateau et son équipage, sonde-les pour voir s'ils seraient vraiment partants pour ce voyage. Sinon, cherche ailleurs.

Il était temps pour Angela de rentrer : on l'attendait dans son église. Ils réglèrent leurs consommations puis, à la sortie de la buvette, ils eurent juste le temps d'attraper au vol un *danfo* qui les ramènerait vers leur destination respective.

Parvenus à bon port, ils descendirent ensemble, se serrant à nouveau la main de manière un peu gauche, presque froidement, comme pour un adieu. Le regard qu'ils échangèrent, toutefois, les rassura : l'un comme l'autre savait qu'ils se reverraient bientôt.

12

« Peut-être… »

Angela avait prononcé ces deux mots pour se protéger, donnant presque l'impression de faire machine arrière alors que depuis le début de sa conversation avec Jibril, elle l'avait poussé à aller jusqu'au bout de son idée. Mais sous les coups sourds de ses envies, « *peut-être…* » était un rempart bien dérisoire.

« *Tout ça va trop vite. Je le connais à peine, ce Jibril, je ne l'ai vu que 2 fois après tout ! Et déjà, je m'enflamme, je ne te reconnais plus, ma fille… Un grand voyage ? Une grande folie, oui !* »

C'est justement cette folie qui l'attirait. Elle dessinait un nouvel horizon derrière les nuages opaques et gris d'une vie si prévisible.

Jusqu'ici, la religion avait été, pour Angela, la seule porte de sortie. La seule façon d'échapper à un destin tout tracé. Obscurément traditionnels, ses parents l'avaient élevée avec ses sept frères et sœurs sans faillir, avec toujours de quoi manger dans l'assiette, mais sans véritable amour non plus.

Un élevage en batterie, comme des poulets dans la ferme familiale, avec en outre une nette préférence pour les poulets et un dédain certain pour les poules. Son éleveur de père menait d'une main de fer la destinée de ses enfants. Et la seule perspective qu'il offrait à ses filles était de se marier, et le plus tôt possible.

Depuis la mort de sa mère, éreintée par ses maternités et par les tâches domestiques qu'elle seule assumait, le père s'était assombri et était devenu plus strict encore.

Angela avait su composer avec cette exigence. Travailleuse, consciencieuse, méthodique, elle était irréprochable dans ses études, passant sans difficulté tous les examens. Non seulement elle y trouvait une échappatoire et une nourriture intellectuelle, mais elle gagnait aussi en valeur aux yeux de sa famille : une fille diplômée avait une meilleure « cote » sur le marché du mariage.

Les études ne pourraient pas éternellement la préserver de la volonté paternelle. Elle parviendrait, sans doute, à gagner un an avec son service national — étape obligée pour tous les jeunes diplômés à la fin de leurs études — mais pas plus. Elle retomberait ensuite sous la coupe de son père et du destin qu'il lui avait sans doute déjà choisi. Consciente de la menace qui se profilait, Angela eut l'idée d'accomplir ses obligations civiques dans une église évangélique, une idée que son père, religieux plus par convenance sociale que par foi véritable, ne pouvait qu'accueillir favorablement.

Son « ouverture au Christ » fit le reste.

Tout au long de son *youth service*, Angela s'immergea dans le monde évangélique : d'abord consignée aux tâches ingrates liées à l'organisation des nombreux services religieux — son église accueillait souvent plusieurs centaines de personnes qu'il fallait renseigner, canaliser et solliciter financièrement —, elle s'impliqua ensuite dans les groupes de réflexion et d'étude des Évangiles. Elle aimait ces réunions : une fois qu'on en retirait le décorum — les incontournables prières collectives —, elles étaient le lieu d'échanges « encadrés », mais réels entremêlant souvent le divin et le profane, la théologie et le social, la philosophie et la politique.

Angela y excellait. Son raisonnement n'était pas bridé par la toute-puissance et l'immanence de Dieu, de son Fils ou de ses représentants comme c'était le cas de beaucoup de ces « penseurs-croyants ». Là encore irréprochable, elle partait de la doctrine comme point d'appui pour construire des raisonnements souvent très sociaux, s'interrogeant sur le quotidien d'un pays sans pitié. La dimension politique affleurait dans ses diatribes qui laissaient plus d'un bigot conquis et sans voix.

La hiérarchie de l'église repéra vite les qualités d'Angela pour le débat, sa capacité à donner du sens à leur dogme et à accroître la motivation des fidèles. Certains des notables évangéliques, pourtant, « craignaient sa bouche » : on ne savait jamais dans quel sens et jusqu'où « cette femme » allait emmener les discussions. Angela fut assez fine pour sentir ces résistances teintées de machisme. Quand il le fallait, elle donnait des gages à ces évangélistes apeurés à l'idée de se faire dépasser et déposséder d'une part de leur pouvoir sur les esprits. Mais la communauté moutonnière des fidèles comptait peu de gens de la qualité d'Angela, et on avait besoin d'elle, de sa logique inspirée pour attirer d'autres croyants. Vite intégrée aux responsables de la communauté, elle fut happée par ses activités évangéliques.

À l'issue de son année de volontariat, il lui fut facile, ensuite, de faire admettre à son père que la religion avait pris toute la place dans sa vie et qu'elle s'était, en quelque sorte, « *mariée au Christ* ».

« Tu comprends, Papa, Jésus est entré dans ma vie ! »

Le père d'Angela ne vit même pas la part de provocation et de manipulation dans les explications faussement enthousiastes de sa fille. Il n'était pas aisé pour lui d'aller à l'encontre de sa volonté : chercher à la soustraire de cette soudaine vocation aurait pu lui valoir les foudres de la famille et du voisinage. Et puis, après tout, c'était plutôt valorisant pour lui d'avoir une fille entrée au service de Dieu. Elle voulait consacrer sa vie à la religion ? Grand bien lui fasse, avait pensé le père, au moins il n'aurait plus à se soucier de la caser.

Du côté des évangélistes, elle jouait exactement le jeu contraire : celui d'une jeune fille de bonne famille qui ne saurait aller à l'encontre des volontés de son père qu'elle dépeignait, sans trop de difficultés, comme sévère. Elle mettait aussi à distance les coreligionnaires qui s'intéressaient un peu trop à elle, prétextant de vagues projets de mariage arrangé par sa famille.

Mener sa vie comme elle l'entendait était, pour l'heure, sa seule priorité.

Tenant à distance la tradition ou la pression sociale, elle voulait se laisser le temps de la réflexion pour décider, seule, quelle vie elle voulait vivre. Parvenue à se libérer sans trop de mal du poids du père, elle n'avait aucune hâte de tomber dans les griffes d'un mari et de sa famille.

Dans le monde évangélique, elle avait les coudées franches. À force d'actions concrètes et d'échanges théologiques, elle s'était fait une place bien à elle, aussi active dans ses actes que dans ses idées, engagée dans les multiples actions sociales à l'initiative de l'église comme le monde spirituel, ferraillant avec les bigots craintivement accrochés à leur dogme. Son implication dans le quotidien des hommes qui souffraient plaidait pour elle. On discutait souvent dans le dos de cette « libre-penseuse », mais elle, au moins, mettait ses idées en actes.

Angela voyait déjà autour d'elle de nombreux « candidats au départ » qui avaient mille raisons d'embarquer sur le bateau de Jibril : travailleurs au salaire de misère, diplômés alternant petits boulots minables et longues périodes chômées, jeunes, vieux, filles-mères sans le sou, sans un toit, souvent sans avenir, pauvres de toutes provenances... À chaque office, l'église accueillait les rangs serrés de ces vies diminuées, élimées, fracassées. Les yeux clos par le recueillement ou écarquillés par l'extase, ils s'immergeaient dans la foule rassurante des fidèles, venaient chercher la chaleur de la communauté, l'espoir ou, à défaut, l'oubli le temps d'une messe.

De plus en plus présente dans ses réflexions, l'idée folle de Jibril la portait, la galvanisait.

Si ce projet se concrétisait, elle rassemblerait cette foule avide de renouveau. Revêtant le costume de la prophétesse portée par une illumination, elle les préparerait à un voyage spirituel qui, peu à peu, basculerait dans le concret avec le départ vers l'Europe sur un navire bien réel.

« *Je n'aurais pas grand effort à faire pour que tous voient dans ce voyage un embarquement vers une nouvelle Terre promise. Ce cargo rempli de frères africains sera pour eux, pour nous, un nouvel épisode de la Bible, une "arche de Cham". Je leur dirai, les convaincrai : chassé dès les premières heures de l'humanité par les Saintes Écritures, le paria noir, grâce à nous, reviendra sur le devant du monde, fermement décidé à faire valoir ses droits.* »

Plus elle y réfléchissait, plus Angela pensait à sa « prophétie » comme la couverture idéale pour garder le secret jusqu'au bout. Du côté des fidèles, personne ne songerait à éventer ce qui ne serait pas un secret pour eux, mais un épisode de plus dans le « feuilleton biblique » auquel ils s'accrochaient désespérément. Mieux encore : dès qu'Angela parviendrait à convaincre ses nouveaux adeptes, ils n'hésiteraient pas une seconde à financer cette odyssée, promesse d'une vie meilleure. Habituée à donner, la communauté évangélique le ferait plus encore de bon cœur pour ce voyage vers une nouvelle vie.

Hors les murs de la congrégation, la prophétie, même si elle venait à être connue de gens plus ou moins bien intentionnés, passerait pour une illumination, pour une lubie de plus qui ne mériterait pas qu'on y prête attention.

Explorant toutes les facettes du projet de Jibril, Angela repéra également deux écueils qu'il lui faudrait contourner. Elle devrait, d'abord, convaincre les responsables de son église de l'aider ou, du moins, de la laisser faire. Elle devait les gagner à son projet tout en en gardant le contrôle.

Elle devrait réussir, ensuite, le passage du mystique, de l'illumination prophétique au départ bien réel, une étape qu'il lui faudrait mener finement pour que ce passage apparaisse à tous comme l'aboutissement ultime et logique d'une quête spirituelle. Le jour J, si elle savait y faire, elle emmènerait ce peuple illuminé vers les lueurs de l'Occident.

Au fil de ses réflexions, Angela s'était elle-même convaincue de la sincérité de sa démarche. Elle considérait maintenant ce voyage comme le meilleur moyen de servir sa congrégation en offrant à plus de 4 000 personnes la perspective d'une nouvelle vie. Elle aussi saurait saisir cette chance.

13

Sur son dos dévalait la sueur, de la naissance du cou jusqu'au creux de ses reins. Chacun de ses gestes la faisait ruisseler, il transpirait encore même quand il marquait une pause pour reprendre son souffle. La chaleur du hangar, la moiteur dans lequel travaillaient Jibril et les autres dockers, étaient telles qu'il fallait, souvent, changer les équipes en cours de journée pour garder le rythme, pour que les bateaux soient déchargés au plus vite — ou pour ne pas perdre un ou plusieurs hommes, terrassés par un coup de chaleur.

Les marchandises arrivaient dans le hangar à intervalles réguliers, déposées dans l'allée centrale par les chariots mécaniques. Sitôt débarrassés de leur fardeau, les clarks ressortaient pour quémander de nouvelles marchandises aux bateaux prodigues. Sous le hangar mal ventilé, la chaleur était aussi infernale que la cadence, et mieux valait ne pas mollir : le contremaître, un grand type au regard mauvais, ne se séparait pas d'un morceau de câble électrique qu'il levait au moindre amoncellement de marchandises dans le passage. Il frappait alors paradoxalement ceux qui venaient dégager ce tas et qui payaient pour les autres, les plus paresseux ou les plus fatigués.

Un travail de forçat, librement consenti.

Jibril l'avait pris pour une seule raison : s'approcher le plus possible du monde du port, se faire accepter, nouer des contacts pour préparer son voyage. Même si cette besogne harassante était mal payée, il en retirait un peu d'argent, ce qui lui évitait de trop se reposer sur son oncle pour vivre. L'intense travail physique auquel il se soumettait six jours par semaine, enfin, était aussi son refuge. La sueur de ses journées, rivière impérieuse et irrésistible, emportait dans son flot la douleur d'avoir perdu Baba, Giwa et tous les autres.

Les marchandises que Jibril et ses compagnons de labeur devaient manipuler, déplacer, stocker ou gerber à longueur de journée étaient de toutes natures : petits cartons d'oranges ou de bananes légers et odorants, cartons plus volumineux, légers comme ceux des écrans plats ou des ordinateurs, lourds comme ceux enceints d'équipements divers — machines-outils, machines à coudre, petites motos, tondeuses à gazon de la taille d'un tracteur. Dans les mains des dockers passaient tous les produits manufacturés que l'homme avait pu imaginer, déversés dans leur hangar par l'Europe, la Chine, l'Inde ou d'autres pays africains. Plus rarement, le courant s'inversait et faisait grimper à bord des bateaux la production du Nigeria, principalement des fruits venus de tous les coins du pays. Ici, l'économie bancale du Nigeria se voyait à l'œil nu — une des plaies du pays, toujours à vif. Si les fruits poussaient quasiment tout seuls, si le pétrole, puisé par les compagnies étrangères, coulait à flots dans le golfe du Bénin — littéralement, diraient les Ogonis dont les terres, proches des zones d'extraction étaient irrémédiablement souillées —, le Nigeria ne fabriquait rien, ou rien qui ait une valeur marchande quelconque pour le reste du monde.

Le commissionnaire était venu dire à Folashade, le contremaître, que le bateau qu'ils déchargeaient depuis les premières heures du matin était maintenant vide. Le suivant, qui patientait un peu plus loin dans le port, devrait attendre que le bateau vide quitte le quai, s'avance suffisamment dans le chenal pour permettre à un nouveau cargo de s'approcher puis de manœuvrer. Déjà délestés de leur chargement, les autres navires restaient amarrés et ne reprendraient pas la mer avant le lendemain, ou même avant plusieurs jours pour ceux qui ne voulaient pas repartir à vide et attendaient une cargaison.

Les bras croisés à hauteur de visage, Folashade fit signe à tous ses dockers, dispersés dans tout le hangar, que leur travail était pour l'instant interrompu. Un soupir général de soulagement, des épaules soudain affaissées, quelques sourires arrachés à la fatigue accueillirent la pause imposée.

Comme tous les autres, Jibril sortit du hangar-fournaise, repéra des ballots de coton stockés le long du mur de l'entrepôt et s'y installa. Assis sur une balle, le dos calé par une autre gerbée plus haut, il lâcha prise après cette matinée qui avait asséché toutes ses forces.

Soufflant depuis la mer toute proche, la brise se faufilait entre les bateaux et les portiques, s'emparant de la chemise et du pantalon de Jibril pour les sécher peu à peu. Il se laissait faire, doucement massé par le filet d'air qui décontractait ses épaules, son dos, ses cuisses. Son regard voletait d'un navire à l'autre, se concentrant sur un détail — un nom, une plaque de rouille, un drapeau, un marin sur un pont — sans y accorder une quelconque signification. Trop fatigué pour réfléchir.

Fixant l'extrémité du quai où se dessinait une silhouette, de plus en plus précise, il eut tout le loisir de voir arriver le vieux. Le buffle blanc.

L'homme devait avoir entre 60 et 70 ans — c'était difficile à dire, pour Jibril les Blancs se ressemblaient tous, surtout après un certain âge. Plus qu'un homme, c'était une masse : tout en chair et en sueur, il présentait un corps charpenté et lourd, rendu presque cylindrique par une bedaine et des flancs tout d'un bloc, surmonté d'une tête elle aussi d'une seule pièce, couronnée de cheveux luisants de sueur, gris et sales. Agrandis par des lunettes carrées aux verres grossissants, ses yeux d'un bleu vif roulaient en permanence, observant tout autour de lui, comme un insecte avide auquel n'échappe aucun détail, aucune proie.

Comme tous les Européens que Jibril avait pu croiser jusqu'ici, le vieil homme, harcelé par la chaleur, était plus rouge que blanc, virant parfois au jaunâtre quand des plats incertains ou l'excès de bière chahutaient son foie. Les enfants d'ici avaient même une chanson toute prête pour se moquer de ces Blancs aux couleurs changeantes — ils la chantaient dès que l'un d'entre eux passait à leur portée : « *Yellow Pepper, niama niama pepper, you go yellow pepper...* » Sous la chemisette délavée à peine boutonnée flottait un pantalon sans forme, soutenu par une ceinture vaillante qui retenait au mieux le ventre menaçant. Les jambes, enfin, s'agitaient sous cette masse mobile, tout en vigueur et en violence contenue.

Jibril sortait de sa léthargie, intrigué par le manège du vieux. Le « buffle » s'arrêtait devant certains des hommes du port, stoppant net sa lourde démarche. Il les dévisageait un moment, de ses yeux exorbités qui fixaient ses interlocuteurs par-dessus ses lunettes, semblait presque les renifler de son mufle comme le ferait un animal avant de charger. Puis il commençait une discussion rapide, véhémente, dans laquelle il paraissait exiger des informations ou des services, avec les moulinets saccadés de ses avant-bras pour ponctuer la conversation.

Après quelques contacts infructueux, il trouva apparemment ce qu'il cherchait : houspillé par le vieux, un contremaître que Jibril avait plusieurs fois croisé opina du chef pendant l'échange puis finit par entraîner le « buffle » à sa suite vers un entrepôt, à l'abri des regards.

— C'est qui, ce Blanc ? demanda Jibril à son voisin le plus proche.

— Lui ? Il vient souvent, il est toujours en train de trafiquer à droite, à gauche sur le port. Il dit qu'il est au Nigeria depuis des années, avant même que la plupart d'entre nous soient nés, qu'on doit l'aider par respect pour son âge et son ancienneté dans le pays. Tu parles ! C'est juste un Blanc perdu, quoi : il est chez nous depuis si longtemps qu'il ne peut plus rentrer chez lui, mais il ne sera jamais vraiment d'ici. Pour moi, c'est juste un vieux voyou, c'est tout.

— Il vient d'où ?

— De France, je crois. En tout cas, c'est pas un British ou un Américain, il suffit de l'écouter quand il nous parle anglais, il a un accent ! Ses mots, c'est du vrac… C'est comme s'il te les jetait à la figure et après, faut ramasser !

— Et il vient faire quoi ici ? Je l'ai vu discuter avec le contremaître, qu'est-ce qu'il lui veut ?

— Je ne sais pas exactement, mais c'est pas dur à deviner… Il trafique, quoi. Il repère des lots de marchandises, il sait qu'il pourra les revendre avec son réseau. Alors, il s'arrange avec le contremaître pour qu'une partie du lot « disparaisse » et il file ensuite sa commission à celui qui l'a aidé. Il connaît tout le monde ici, il a donné des *dashes* à beaucoup de gens et les gars qui contrôlent vraiment tous les trafics sur le port le laissent faire, sans doute parce qu'il est vieux et qu'il n'est pas trop gourmand. Regarde, Folashade nous fait signe, faut qu'on y retourne, vaut mieux pas traîner !

* *
*

À 16 h tapantes, le flot des dockers qui avaient terminé leur journée s'écoula du hangar. Les dix heures de travail ininterrompu — ils avaient démarré dès 6 h, le petit matin les avait gratifiés d'une heure ou deux de fraîcheur — avaient desséché tous ces hommes, essorant chaque goutte de leur force. Ils marchaient par automatisme, drapés dans leur fatigue extrême. La souplesse qui, le matin encore, rythmait leur démarche s'était depuis longtemps évaporée et leur corps était un arbre sec, tout en raideur, à l'écorce vidée de sa sève, presque pétrifié. Chaque geste était un tel effort, s'ajoutant à tous ceux consentis pendant la longue journée. Il leur fallait pourtant rentrer, marcher au moins jusqu'au bord de la route où un taxi, un minibus viendraient les charger, aussi inertes que les ballots, les paquets, les caisses qu'ils avaient manipulés la journée durant.

À la différence de la plupart de ses collègues, soucieux de rentrer chez eux à temps pour la prière du soir, Jibril n'était pas pressé. Il préférait profiter des dernières heures du jour — la nuit tombait invariablement vers 18 h — pour retrouver des forces en bougeant le moins possible. Cajolé par les ultimes lueurs de la journée et le souffle marin qui le revigorait, il sentait aussi ses pensées reprendre forme et son projet, comme une bouée insubmersible et têtue, remonter obstinément à la surface.

— Tu m'as entendu ? Il est encore là, Folashade, ou il est déjà parti ?

Extrait sans ménagement de sa rêverie, Jibril se retrouva quasiment nez à nez avec le mufle du vieux Blanc. Celui-ci était venu au plus près de son interlocuteur comme à l'accoutumée, et Jibril comprit que cette façon de faire tenait autant à la rudesse habituelle du vieil homme qu'à sa forte myopie — pour mieux voir sans doute, ses yeux sautillaient en permanence, passant du regard direct au regard déformé par le verre épais des lunettes.

— Il doit être parti comme tout le monde, c'est bientôt l'heure de la prière. Qu'est-ce que vous lui voulez ?

— C'est pas tes affaires, c'est à lui que je veux parler. Toi, je ne te connais pas.

— Mais moi, je vous connais, comme tout le monde ici, d'ailleurs...

— Et alors ? Moi aussi, je connais tout le monde ici. Même toi, je t'avais repéré, tu sais. Tu es arrivé il y a quelques semaines seulement, tu travailles dur, sans te plaindre et sans bavasser non plus. C'est Folashade qui m'a dit tout ça.

— Pourquoi vous lui avez demandé tout ça ?

— Par curiosité, si tu veux savoir. Je me demandais pourquoi un gars comme toi travaillait sur le port, tu ne ressembles pas aux gens d'ici. Tu es d'où, du Nord, non ? Hausa ? Kanuri ? Tchadien, peut-être ? Tu es un peu loin de chez toi ici...

Jibril était stupéfait. Quelques phrases avaient suffi au « buffle » pour mettre à mal la discrétion de Jibril et balayer les précautions qu'il avait prises pour approcher le plus habilement possible le monde du port. Le Blanc pouvait repérer ses origines, assez évidentes pour quelqu'un qui, comme lui, savait lire les « cartes d'identité africaines » — les formes des visages, les couleurs de peau, les scarifications, les corps même, filiformes ou trapus. Le vieux était myope, c'était un fait, mais il y voyait diablement clair.

Jibril invoqua son oncle et sa famille pour justifier sa présence à Lagos, une vague explication qui, il le savait, ne tromperait pas ce vieux singe — il lui faisait plutôt penser à cet animal, maintenant.

Au fil de la discussion, il se rendait compte que cette rencontre inattendue, cette première joute verbale avec le vieux était peut-être le déclic qu'il espérait pour sortir son projet de ses pensées et commencer à le réaliser.

Il décida de tâter le terrain pour voir comment cet interlocuteur idéal, mi-Blanc, mi-Africain, réagirait à son idée de grand voyage.

— Et vous ? Qu'est-ce qu'un vieux Blanc comme vous vient faire ici ?

— Moi ? Je fais des affaires, comme tout le monde ici.

— Comme les Nigérians ?

— Comme les Nigérians…

— Vous savez trafiquer, quoi…

— Appelle ça comme tu veux. Ce n'est pas moi qui ai inventé la magouille, je sais m'adapter aux règles du pays. Chez moi, on dit : « Si tu vis à Rome, fais comme les Romains. » Et puis, je dois vivre comme tout le monde et je fais même vivre des tas de gens grâce à mes « trafics », comme tu dis. Moi, j'appelle ça du commerce.

— Les noms, c'est juste des étiquettes, on choisit souvent celle qui nous convient le mieux…

— Et toi, il y a quoi sous ton étiquette de « docker » ?

— Un passé, un présent, un avenir, des envies aussi. Peut-être même un projet qui pourrait intéresser un « commerçant » comme vous…

— Qu'est-ce qui te fait croire que ça m'intéresserait ? Tu ne me connais pas, et moi, je ne sais rien de toi.

— C'est vrai, mais ce que je sais de vous m'intéresse. Comme vous l'avez dit, vous connaissez tout le monde ici. C'est précieux, ça. Et puis, avec votre expérience des « affaires », je suis sûr que vous savez trouver tout et n'importe quoi sur ce port ou dans cette ville. Je me trompe ?

— C'est vrai, mais c'est moi qui décide des affaires que je prends, si c'est du bon business ou pas. Et c'est certainement pas toi, que je connais depuis quelques minutes seulement qui vas me dire ce que j'ai à faire. Et tout ça pour une « affaire » dont tu n'as toujours pas dit un traître mot !

Même lâchée sous le coup d'une apparente colère, cette dernière phrase montrait à Jibril que le vieux, l'air de rien, commençait à renifler l'appât, juste pour voir... En bon prédateur, il ne laisserait pas passer l'espoir d'une proie.

— Ce n'est pas vraiment l'endroit pour discuter de ça, assis entre deux caisses. Ni le moment non plus : j'ai fait ma journée, je suis épuisé et je n'ai qu'une envie maintenant, rentrer et me doucher, manger et me coucher. Et puis, je ne suis pas seul sur ce projet. Le mieux serait qu'elle soit avec moi pour vous en parler.

— Elle ?

— Mon amie, Angela. Elle saura vous expliquer tout ça aussi bien que moi. Dans un endroit calme, sans oreilles qui traînent... À votre bureau ou chez vous peut-être ?

Le vieux resta silencieux un moment. Jibril avait noté un léger changement dans son attitude quand il avait mentionné Angela. Pour quelle raison, il l'ignorait : la présence d'une deuxième personne rendait-elle le projet plus crédible aux yeux du vieux Blanc ? Ou au contraire, plus dangereux ? Peut-être le vieux redoutait-il de se faire berner, voire attaquer par un duo — tout est possible au Nigeria — mais même dans ce cas-là, c'était le genre de bonhomme à savoir prendre ses précautions. Ou était-ce tout simplement la perspective d'une rencontre féminine qui alléchait le vieil homme ? En matière de sexe — les sentiments, ou la simple curiosité de l'autre, n'avaient rien à voir là-dedans —, ce genre de grigou ne raccrochait jamais : l'envie de charmer, de renifler, de toucher de nouvelles femmes ne disparaissait jamais vraiment.

L'attitude de Jibril acheva sans doute d'emporter la décision : certes, il lui avait tenu tête, d'égal à égal, mais sans non plus lui manquer de respect ; il se dégageait aussi de Jibril, il s'en rendait compte parfois, une impression de simplicité et de franchise exempte d'agressivité qui mettait les gens à l'aise. Souvent, des inconnus engageaient la discussion avec lui dans la rue, dans les bars ou dans les transports publics, inconsciemment rassurés par son aspect tranquille et serein.

— D'accord, tu viendras me raconter ton histoire avec ta copine. L'adresse de mon bureau est sur cette carte. Le gardien m'appellera et je passerai vous chercher. Demande à parler à M. Pierre. Et toi, c'est... ?

— Jibril.

— OK, Jibril. Je suis toujours chez moi à partir de 18 h, mais téléphone avant de venir.

À la surprise de Jibril, mais peut-être réciproque, leurs deux bras se tendirent pour une poignée de main rapide. La poigne du vieux broya presque les doigts fins et longs de Jibril.

Dans le bus qui le ramenait chez son oncle, Jibril massa sa main endolorie pendant de longues minutes. Cette douleur qui s'effaçait progressivement lui rappelait que cet échange avec le vieux Blanc n'était pas encore le fruit d'une de ses rêveries — cette rencontre avait vraiment eu lieu. Avec une facilité qui le surprenait encore, il venait peut-être d'entamer la première étape de son grand voyage.

14

Le corps tendu par la fureur, la gorgone noire allait s'abattre sur les visiteurs. Son regard incandescent avait déjà pétrifié Angela et Jibril sur le seuil comme ils entraient dans la maison du vieux Blanc.

Surmontés de sourcils épais, plantés au sommet d'un masque livide, les yeux de la furie fixaient les deux jeunes gens de leur intensité brûlante. Plus impressionnante encore était le reste de la statue — une divinité idoma de taille humaine. L'ébène parait le corps de la déesse d'une lueur sombre et inquiétante. De fines lignes dorées couraient horizontalement, d'une épaule à l'autre, ou dévalaient à la verticale, du dessous du cou jusqu'au nombril où le trait s'élargissait avant de se rétrécir à nouveau et de plonger dans le sexe rebondi de la statue. La divinité dardait ses seins vers les intrus : fermes et menaçants, ces deux crocs de chair ne demandaient qu'à dévorer le mécréant ou l'impie.

Dans toute la maison de Pierre trônait un Nigeria depuis longtemps disparu. Effrayés par leur rencontre avec la statue,

Angela et Jibril avaient pénétré avec prudence dans ce panthéon, saisis par le nombre d'antiquités africaines que le vieux Blanc, au cours de quarante années passées dans son pays d'adoption, avait accumulées. Du couloir au salon, dans tous les recoins disponibles se dressaient les réminiscences, humbles ou flamboyantes, de l'art nigérian.

Coiffes de chefs hérissées de plumes, masques-heaume au faciès de crapaud, récipients d'où émergeait une tête hurlant à faire fuir esprits ou maladies, instruments de cérémonie étranges et stoïques, statuettes Mumuye graciles, bibelots minuscules ou imposants — plus d'une centaine de pièces se disputaient l'endroit. Un des murs du salon arborait des pans de porte ouvragés comme il n'en restait sans doute plus dans le pays, même dans les palais des sultans du Nord ou des obas du Sud.

Touché par l'émerveillement sincère d'Angela et de Jibril, Pierre les guidait et s'arrêtait avec eux devant les pièces les plus précieuses, précisant leur provenance, dévoilant ici des rites pour leur utilisation, là les circonstances historiques qui leur donnaient toute leur valeur. Parfois, il se laissait aller à expliquer comment il avait « récupéré » — c'était son mot — l'objet d'art, souvent soutiré à vil prix ou tout simplement subtilisé.

Angela et Jibril déambulaient de siècle en siècle, d'ethnie en ethnie, découvrant en accéléré l'histoire de leur pays et, au-delà, la créativité de ceux qui les avaient précédés. Aucun musée du Nigeria ne disposait d'un tel trésor, amassé au fil des pérégrinations de Pierre, plus en amoureux des cultures nigérianes qu'en véritable collectionneur avisé.

— C'est mon Nigeria à moi, c'est mon histoire aussi, s'enflammait le vieil homme, enthousiaste et nostalgique à la fois. Derrière chaque pièce de mon musée, il y a un de mes voyages, des rencontres, parfois une aventure…

— Comment ferez-vous pour les emmener quand vous partirez ? l'interrogea Angela.

— Mais ma petite, les gens comme moi ne repartent pas ! Ma vie s'est déroulée ici, elle se terminera ici. Si j'ai le temps et si j'en ai envie, je ferai ce qu'il faut pour créer un musée qui restera après moi, peut-être.

— Vous n'avez pas peur qu'on vous les vole ?

— Pour l'instant, peu de gens savent ce qu'il y a ici ou choisissent d'ignorer ce qui, pour eux, n'est qu'un ramassis de vieilleries, difficiles à revendre de toute façon. Certains pourraient être tentés, mais ils sont sans doute peur de mes gardiens et de leurs armes. Et puis, le bruit court que si j'ai pu garder ce trésor depuis toutes ces années, c'est parce que tous les esprits qui habitent ces objets me protègent. C'est peut-être vrai. En tout cas, je laisse courir la rumeur… C'est même moi qui l'ai inventé !

Il les installa autour de la table du salon. Le *boy* avait déposé des boissons fraîches, une cruche de jus de tamarin, une de citronnade et les habituelles bouteilles de Fanta et de Coca, tout juste sorties du frigo et déjà ruisselantes sous l'effet de la chaleur.

— Allez, racontez-moi votre histoire.

— Avant de démarrer, vous devez nous promettre une chose : vous garderez ce qu'on va vous dire pour vous, même si vous choisissez de ne pas nous aider. On est d'accord ?

— *Wallai*, c'est à ce point-là ? Je ne pensais pas recevoir des agents secrets… Soit vous vous montez la tête tous les deux, soit ce projet est diablement intéressant, peut-être même trop pour moi.

Angela prit la parole, soutenue par Jibril qui ajoutait, quand c'était nécessaire, une précision. Le projet lui-même tenait en peu de mots — partir, très nombreux, pour forcer l'Europe à les accueillir plutôt que risquer sa vie en solitaire.

Elle se concentra sur les aspects pratiques de l'aventure : trouver le bateau et l'aménager en secret, prévoir l'approvisionnement en vivres, en eau, en fioul, acheminer plusieurs milliers de personnes jusqu'au navire et dans la plus grande discrétion, partir sans éveiller l'attention.

— Rien que ça ? s'écria Pierre qui afficha un demi-sourire.

Son regard amusé flotta un moment dans la pièce, il ne semblait plus voir ou regarder au-delà. Puis il ajouta :

— C'est quand même incroyable, répéta-t-il à plusieurs reprises, comme s'il se parlait à lui-même.

Il n'avait pas l'air de se moquer d'eux, il paraissait simplement interdit, dépassé par ce qu'il venait d'entendre, troublé aussi.

— Ça vous semble impossible ? Ça a déjà été fait, vous savez...

Avant que Jibril ne rentre dans le détail du précédent de *l'Exodus,* Pierre lui coupa la parole :

— Oui, je sais.

— Vous connaissez l'histoire de *L'Exodus,* alors ?

— D'une certaine façon, j'en ai fait partie...

Jibril et Angela restèrent bouche bée, attendant qu'il poursuive pour comprendre.

— Vous êtes juif ? Vous étiez sur les bateaux ? C'est impossible, c'était il y a très longtemps et vous n'êtes pas si vieux ?!

— Je vais prendre ça pour un compliment... Mais tu as raison sur deux points : je ne suis pas juif et je n'étais pas sur ces fameux rafiots.

— Comment vous connaissez cette histoire, alors ?

— Je viens du sud de la France, d'un petit port près de Marseille qui s'appelle Port-de-Bouc. Si vous connaissez un peu l'histoire du bateau, ça doit vous rappeler quelque chose...

— Je comprends maintenant pourquoi vous la connaissez si bien, cette histoire…

— Oui, d'autant que des années après, un groupe de ces Juifs qui étaient sur les bateaux est revenu à Port-de-Bouc pour revoir ce lieu où ils avaient souffert, un peu comme un pèlerinage. La ville leur a organisé une cérémonie d'accueil. Les gens n'avaient pas oublié. Par hasard, j'étais de passage au village lorsqu'il y a eu cette petite fête. C'était un petit groupe, quelques hommes et 2 femmes, mais même après toutes ces années, tu sentais qu'ils avaient encore une sacrée volonté, même s'ils étaient vieux.

Un voile de silence se posa sur la pièce-panthéon. Les statues, les masques, les heaumes, tous pointaient leur regard vers le centre de la pièce et les 3 personnes qui restaient perdues dans leurs pensées. Tous, divinités et humains, semblaient se recueillir, évitant d'interrompre les monologues muets. Angela, la première, osa briser le silence.

— Alors, vous allez nous aider ?

— La vie aime les pirouettes, non ?

— Je ne comprends pas…

— Cette histoire d'exode qui refait surface dans ma vie des dizaines d'années après… C'est comme un manège, retour à la case départ. On dirait que la vie aime faire des tours complets, revenir sur ses pas et puis se répéter, presque à l'identique…

— Vous devez nous aider, alors…

— Tout doux, ma belle, tout doux… Ton projet est aussi fou que le leur, qui a échoué, je te le rappelle. Leur bateau a été attaqué par les Anglais, il y a eu des morts et ils ont finalement ramené tout le monde au point de départ. Et pourtant, les Juifs étaient très bien préparés, ils avaient leur organisation de résistance qui contrôlait tout. Tu crois vraiment qu'au Nigeria les gens pourraient s'organiser aussi bien ?

Ne vous vexez pas, mais vous savez bien que c'est le bordel ici ! C'est chacun pour soi, et les autres, Dieu s'en occupera. Alors, monter un projet collectif, impliquant autant de personnes… vous rêvez en couleurs !

Jibril et Angela avaient écouté le vieil homme sans l'interrompre, d'abord par respect pour son âge et aussi parce que M. Pierre avait raison : cette vérité toute crue, qu'ils avaient eux-mêmes entraperçue sans vouloir s'y attarder, leur barrait le chemin. Une fois encore, c'est Angela qui rompit le silence.

— Pour moi, il y a surtout deux problèmes : avant toute chose, dénicher un bateau et le préparer pour le départ et ensuite, trouver les gens prêts à partir et les organiser. Jibril connaît bien le port, il a déjà repéré celui qui fera l'affaire. Vous, M. Pierre, vous connaissez tout le monde grâce à votre business. On peut y arriver avec vos relations, vous connaissez certainement la bonne personne qui peut nous couvrir et nous aider. Pour ce qui est des passagers et de leur organisation, je m'en charge.

— À toi toute seule ?

— Je ne suis pas seule… J'ai une église derrière moi et l'organisation, ça nous connaît. Nous avons l'habitude des grands événements de la communauté qui attirent des centaines ou des milliers de fidèles, nous savons « rassembler nos brebis ».

— Il ne s'agit pas simplement de les réunir, mais de les pousser à partir.

— Je sais convaincre…

Elle avait lâché ces trois mots avec une détermination qui surprit les deux hommes. Jibril réalisait qu'elle avait fait sien son projet et en prenait naturellement les rênes. Le pragmatisme sans faille, la volonté intense, presque brutale de la jeune femme rappela à Jibril, un court instant, la statue idoma qui les avait figés sur le pas de la porte : il y voyait la même violence froide et imaginait Angela prête à fondre sur tous ceux qui oseraient lui barrer le chemin.

— Alors, M. Pierre, que décidez-vous ? Vous allez nous aider ?

— Je n'ai pas l'habitude qu'on me force la main, ma petite. Je vous ai écoutés me présenter votre idée délirante, c'est déjà beaucoup. Restons-en là pour ce soir, j'en ai assez entendu. Je vais prendre le temps de réfléchir à votre projet. Même si je ne vous suis pas, j'aurais peut-être des conseils à vous donner par la suite. En attendant, vous pouvez être sûr d'une chose : ma langue est dans ma poche et je ne vous trahirai pas. Il se fait tard, vous devriez rentrer maintenant si vous voulez trouver un taxi pour vous ramener. Je vous raccompagne.

Surpris par cette façon abrupte de donner congé, Jibril et Angela eurent à peine le temps de le remercier pour son accueil que, déjà, il les conduisait vers la porte et leur serrait la main sur le seuil.

— Rentrez bien. En sortant de chez moi, mettez-vous sous le lampadaire. Il y a encore des taxis qui passent à cette heure-là et ils vous verront plus facilement. Une dernière question, Jibril : comment s'appelle le bateau que tu as repéré ?

— Le *Primo-Levi*. Il est juste…

— C'est bon, je vois où il est. Bonne soirée, prenez soin de vous.

Ils étaient à peine parvenus sous le lampadaire indiqué par Pierre qu'un taxi en maraude, un *kabu kabu*, ralentit à leur hauteur. Ils s'engouffrèrent sans un mot à l'arrière du véhicule qui fila dans l'obscurité.

Pierre rentra à nouveau chez lui, cadenassant la grille extérieure puis celle installée, comme une deuxième sécurité, derrière la solide porte d'entrée. Il retourna au salon, sortit une Gulder du frigo sous le bar, chercha sans succès le décapsuleur et finit par ouvrir la bière avec une de ses canines, comme le faisaient les soûlards un peu pressés, recracha la capsule. Il revint dans le couloir qui menait au salon et fit une halte devant la statue idoma. Il décocha un clin d'œil moqueur à son cerbère d'ébène.

« *Alors, ma jolie, tu en penses quoi de tout ça ? La vie me joue des tours, on dirait. Ça fait 3 fois que cette histoire d'exode me revient dans les pattes. C'est plus une coïncidence, c'est de l'acharnement, tu passeras le message à Dieu si tu le croises ! Et toi, ma mégère, tu dis rien ? Je suis censé faire quoi, maintenant ? Aider ces agneaux avec leur projet délirant ? Ils vont se retrouver avec tout le monde sur le dos, autant les mener tout de suite à l'abattoir. Putain, Dieu, tu me forces la main, là !* »

La bière était terminée, Pierre lâcha un rôt définitif pour conclure son monologue. Il ne déciderait rien ce soir, mieux valait aller dormir. Il y verrait sans doute plus clair demain avant de se décider.

Dans le taxi, Angela et Jibril s'étaient tous les deux installés confortablement sur la banquette arrière — ils étaient les seuls passagers jusqu'à présent — et restaient silencieux, le regard fixé sur la route et les idées en bataille. Le chauffeur, lui aussi, se taisait et l'habitacle, malgré les bruits permanents des suspensions et de la carlingue gémissante, semblait une coque à l'abri du monde, protectrice et ouatée.

Par réflexe, Jibril et Angela avaient chacun agrippé la poignée de la porte pour éviter d'être ballottés par les virages et les secousses, leur deuxième main était posée sur la banquette, à quelques centimètres l'une de l'autre. Sous l'effet d'une secousse un peu plus brusque, les deux mains libres finirent par s'effleurer. Aucun des deux ne songea à retirer sa main — ce soir, la gêne n'était pas la bienvenue. Après quelques cahots, Angela posa sa main sur celle de Jibril.

15

Ils arrivèrent d'abord chez Angela. Elle demanda au chauffeur de s'arrêter devant une vieille maison lagosienne, visiblement bien entretenue par son propriétaire — un lointain parent d'Angela qui lui louait un de ses *boys' quarters* inoccupés.

Sans se concerter, ils descendirent tous les deux du taxi. Ils longèrent la maison massive sur le côté gauche où une allée suivait une grille métallique colonisée par une végétation aux senteurs envoûtantes. Dans ce maquis trônaient les Reines de la nuit ; à peine humé, leur parfum capturait les sens de qui passait à leur portée et les accompagnait longtemps, comme si ces fleurs-reines n'acceptaient qu'à regret de perdre leurs proies.

« Bienvenue chez moi », chuchota Angela.

L'heure tardive expliquait cette précaution, tout comme le soin de ne pas attirer l'attention de voisins volontiers inquisiteurs. Un pan de rideau levé, une ombre mal interprétée et la machine à ragots se mettait en route. Les réputations des uns et des autres étaient volatiles, toutes passaient sous le jugement des gens de la parcelle ou du quartier. L'alambic de leurs aigreurs et de leurs frustrations personnelles distillait ensuite un concentré de médisances qui, parfois, coulait jusqu'au village des parents.

Angela vivait sa vie en toute autonomie — c'était déjà, en soi, un comportement répréhensible pour tous ceux qui ne la comprenaient pas ou pour les femmes qui la jalousaient. Elle ne tenait pas à perdre cette indépendance que pouvait à tout moment réduire en miettes un ultimatum paternel — « Tu rentres au village » ou « Tu dois te marier maintenant » étaient des ordres qu'elle espérait bien ne jamais entendre.

Le *boys' quarter* était une enfilade de pièces individuelles, la cuisine et les toilettes étant communes et extérieures. Celle d'Angela était minuscule, mais son occupante avait réussi, par une multitude de petites touches féminines, à faire de cette cellule de parpaings et de béton une cache sereine, chaleureuse et sensuelle.

L'éclairage, tamisé et doux, était l'œuvre de plusieurs lampes basses disposées avec astuce dans toute la pièce — au pied du lit, sur une commode ancienne, sur les deux fragiles étagères qui supportaient vaillamment le poids des nombreux livres et de quelques CD — Tracy Chapman, Asia, Kezia Jones, un vieux Myriam Makeba.

Le sol de béton brut était recouvert d'une natte aux teintes chaudes représentant une scène indienne traditionnelle — forêt luxuriante et palais immaculé en arrière-plan, éléphant paisible fixant le centre du tapis au milieu duquel évoluaient deux danseurs, un homme et une jeune fille, entourés de musiciens assis en cercle autour d'eux.

Les murs de la chambre ajoutaient au spectacle. Les parpaings étaient masqués alternativement par des batiks de

— C'est moi qui ai lu l'histoire sur Internet, intervint Jibril. Je n'ai pas tout retenu, mais je me souviens qu'ils parlaient des bateaux qui revenaient vers la France.

— Des bateaux ? Des cages pour les animaux, plutôt, et tous ces gens y crevaient de chaud. Les Anglais les avaient parqués en face de chez nous, à Port-de-Bouc — je les voyais même de ma chambre. J'étais tout minot, mais je me rappelle bien ces bateaux, ils me faisaient peur avec leurs grilles et leurs barbelés.

— Vous les avez vus, les gens ?

— Très peu parce qu'ils ne voulaient pas descendre, on en voyait juste quand ils évacuaient les blessés. Mais comme mon père était boulanger, il devait faire des pains en plus, beaucoup de pain pour nourrir les gens des bateaux. J'étais tout petit, j'avais 5-6 ans, mais je m'en souviens bien. Le four ne s'est pas arrêté pendant les quatre semaines où ils sont restés sur leurs bateaux, je donnais un coup de main au fournil pour fourrer tous ces pains dans de grands paniers. Ensuite, des gens venaient les chercher chez nous, ils les mettaient dans des barques et ramaient jusqu'aux bateaux.

— Et après ?

— Ben après, ils sont partis. Ça a fait un grand vide dans le village, tant d'activité et puis plus rien ! Mon père a arrêté de faire du pain pendant deux jours tellement il était épuisé ! On n'a plus entendu parler d'eux pendant un moment, et puis mon père m'a dit qu'il avait lu la suite dans les journaux. Les Anglais les ont débarqués de force — il y a même eu des blessés parce qu'ils ne se sont pas laissé faire, ils étaient coriaces ! — puis fourrés dans des trains qui les ont ramenés dans des camps en Allemagne. Mon père m'a raconté après que ça avait choqué tout le monde à l'époque : les ramener là où on avait essayé de les exterminer, c'était vraiment dégueulasse.

différentes tailles — là encore, les couleurs dominantes, le rouge, l'orangé et le crème, réchauffaient la pièce — et de nattes en osier sur lesquels étaient accrochés des vêtements, des colliers ou, sur celui le plus proche du lit, des boucles d'oreilles exposées comme à la parade sur plusieurs rangées horizontales.

Près du lit, sur une table de chevet, tout un fouillis féminin : des boîtes de crème de toutes sortes, quelques bagues, des colliers aux perles d'un gris de cendre, une plume rouge et verte récupérée dans le sillage d'un perroquet sans doute distrait. Dans un cadre, une photo représentait Angela en costume universitaire, souriant entre un homme et une femme en habits traditionnels, ses parents peut-être.

Le plafond était comme une fenêtre grande ouverte sur la nuit. Toute sa surface avait été recouverte d'une peinture d'un bleu profond, celui dont se parent certains soirs d'été sans nuages, vierges des lumières des villes trop proches, trop violentes. Sur ce ciel d'encre, un peintre — Angela ? — avait reproduit la Voie lactée avec toutes ses étoiles et ses constellations. La lune à demi voilée était traversée d'un mince nuage, Saturne au loin arborait ses anneaux. Plus vive que les autres, l'étoile du Nord brillait plus fort, comme une matriarche parmi ses filles. Dans un coin de la voûte céleste, la Grande Ourse veillait sur la Petite.

Le créateur de cette voûte nocturne avait même poussé le détail jusqu'à insérer, dans certaines parties du ciel, quelques points lumineux. On pouvait, si on prenait la peine de les fixer, remarquer qu'elles augmentaient puis baissaient très doucement en intensité — grâce, sans doute, à une guirlande discrète et parfaitement dissimulée — à la manière d'étoiles esseulées lançant leur appel lointain. Reproduit à la perfection, ce ciel en trompe-l'œil était l'espace rêvé pour le songeur sur le point de s'endormir, une promesse d'échappée belle pour qui savait prendre le temps de se perdre dans la nuit.

Intimidé et émerveillé par cet univers qu'il découvrait peu à peu, Jibril s'était assis sur l'unique chaise de la pièce. Angela avait fait de même sur le rebord du lit. Elle le fixait posément, avec le calme de ceux qui sont sûrs de leurs choix. Ce fut Jibril qui, le premier, brisa le silence.

— Tu as pensé quoi de cette soirée ?

— Ça m'a aidée à réfléchir. C'était bien de trouver quelqu'un pour expliquer ce que l'on veut faire. Ça rend ce projet plus concret, ce n'est plus seulement dans nos têtes. Il fallait bien argumenter pour qu'il nous croie et qu'on ne passe pas pour 2 doux dingues.

— Et le bonhomme ?

— Drôle de bonhomme, justement. Un vieux filou, c'est sûr, mais il faut l'être pour parvenir à rester tant de temps ici. Un vieux cochon aussi, j'étais contente de ne pas le voir seule. Tu as vu comment il me regardait par moments ? J'ai parfois eu l'impression qu'il parlait à mes seins ! Je suis sûre que même à son âge, il ne doit pas hésiter à fourrer des jeunettes dans son lit, celles qui ont le plus besoin de son argent. Ils sont tous comme ça, ces vieux Blancs : qu'ils soient seuls ou mariés, la jeune chair noire les fait saliver encore et encore, mais ils sont incapables de se poser et d'en épouser une. Peut-être qu'aucun des deux ne veut vraiment d'ailleurs, ils se servent l'un de l'autre… Et toi, tu en as pensé quoi de ce type ?

— J'ai vu comment il te regardait, moi aussi, et ça ne me plaisait pas… Pour le reste, attendons de voir ce qu'il décide, mais je crois qu'il peut être l'homme qu'il nous faut pour nous lancer. D'abord parce qu'il connaît toutes les ficelles ici et qu'il sait y faire ; ensuite parce qu'on a de la chance : notre histoire lui rappelle son histoire. Ça peut le pousser à nous aider, à prendre ce risque. Tu ne crois pas ?

— Si, on a sans doute les astres avec nous. Je l'ai vu hier soir en regardant longuement mon plafond, c'était écrit. Viens t'asseoir près de moi si tu veux, tu verras mieux.

Jibril n'était pas dupe, mais choisit de se laisser faire. Il était amusé par le stratagème, à la fois habile et sans façon, dont usait Angela pour arriver à ses fins. De toute façon, il en avait envie tout autant qu'elle. Quand il l'eut rejoint sur le rebord du lit, elle poursuivit :

— Quand j'étais petite, ma mère m'emmenait souvent quand la nuit était tombée sur une colline derrière chez nous pour regarder le ciel. Elle savait « lire les étoiles » comme on dit chez moi. Les gens venaient même la voir pour qu'elle leur prédise l'avenir. Depuis, j'ai lu beaucoup de livres d'astronomie, c'est passionnant, tu sais ! L'en-haut explique beaucoup de choses de notre univers d'en bas. Les étoiles nous éclairent, elles nous envoient des signes pour comprendre notre présent et prédire l'avenir, nous n'avons plus qu'à les interpréter.

— Et là, tu vois quoi ?

— Là, pas grand-chose. Pour bien voir, il faut être bien allongé...

L'audace d'Angela les fit éclater de rire.

Quelques secondes après, dans un même mouvement, ils laissèrent leur corps s'affaisser sur le lit. Étendus côte à côte, ils fixaient le ciel noir pour déchiffrer les étoiles, Jibril jouant le bon élève et Angela le guide.

— Tu as sous les yeux la Voie lactée, commença-t-elle d'un ton docte, un disque d'un diamètre de 100 000 années-lumière qui s'est formé il y a près de 13 milliards d'années. Elle compte entre 200 et 400 milliards d'étoiles — la plupart des scientifiques s'accordent sur cette estimation. Difficile évidemment de connaître le chiffre avec précision, disons que c'est un nuage très dense d'étoiles. Il est composé d'un anneau extérieur, l'Anneau de la Licorne, de six bras en forme de spirales (dont celui d'Orion qui contient notre système solaire) et enfin de deux grandes parties abritant, chacune, 16 ou 17 constellations. Les plus connues sont les constellations des Gémeaux et du Sagittaire, mais il y a aussi celles de Persée, d'Andromède, de Cassiopée — c'est joli comme noms, tu ne trouves pas ? —, du Taureau, du Lézard, de l'Aigle, du Petit Renard, du Serpent...

— Autant de bêtes au-dessus de nos têtes !

— Les hommes ont pris ce qu'il y avait le plus proche d'eux pour décrire ce qu'ils découvraient dans le ciel. Tu sais, chez nous, les anciens ont fait de même et placé des divinités un peu partout dans leur univers immédiat. Les Blancs, eux, ont choisi de cacher certains animaux derrière les étoiles. Leurs anciens à eux, les Grecs, avaient une légende pour expliquer pourquoi on appelle ce ciel la Voie lactée. Un de leurs grands dieux, Zeus, s'était uni à une mortelle qui lui avait donné un fils, Héraclès. Pour le rendre immortel, Zeus mit son fils dans les bras de son épouse endormie, la déesse Héra, afin qu'il puisse téter son sein. Quand la déesse se réveilla, elle s'aperçut que ce bébé n'était pas son fils et le repoussa. Le lait jaillit alors de son sein et se répandit dans le ciel en une grande traînée blanchâtre qui forma la Voie lactée.

— Ils ont autant d'imagination que nos griots, ces Grecs. Mais l'histoire est belle... Et toi, tu arrives à voir des choses dans toutes ces étoiles ?

— Bien sûr ! Là, c'est le Cocher et sa constellation, il est tourné vers le nord et il suit la constellation de la Flèche, elle pointe vers l'ouest. C'est l'Occident, c'est notre destination.

— C'est bon signe ?

— Au moins, il nous montre le chemin...

— Et sur le voyage lui-même ?

— Tu vois cette pointe là-bas ? C'est la proue de notre bateau, l'arrière est là, avec la traînée d'étoiles à l'intérieur ? Elles sont emmenées par le vaisseau, chaque étoile est une des vies que nous allons emporter avec nous.

— Tu as de l'imagination…

— Mais c'est vrai ! Je le sais, c'est moi qui l'ai inventé, affirma Angela avec un sérieux de charlatan. Et puis, regarde exactement là, sur l'avant, ces deux étoiles plus brillantes que les autres, eh bien c'est nous. Non, tu ne regardes pas au bon endroit, là !

En appuyant sa démonstration, Angela s'était tournée vers Jibril et leurs deux visages posés sur le lit, maintenant, se faisaient face, distants de quelques centimètres seulement. Les mots n'étaient plus de mise, il leur suffisait de se regarder pour que la conversation continue. Ils savourèrent encore un peu cette intimité muette avant que leurs lèvres scellent cette relation que chacun désirait ardemment depuis le début.

Ce premier baiser leur sembla d'une douceur sans fin : chacun paraissait explorer l'autre d'une curiosité tranquille et lui offrir, mû par une même confiance innée, le début de ses secrets. Tous deux sentaient qu'ils pouvaient se donner.

Ils se déshabillèrent mutuellement, avec lenteur, s'efforçant de ne pas rompre par leurs mouvements, ou le moins possible, la conversation dans laquelle leurs lèvres étaient engagées. À présent, celles-ci s'affairaient à découvrir d'autres parties du corps ami — le cou, les épaules, la poitrine, le ventre — que chacun devinait dans la semi-clarté que les lampes basses avaient composée pour les deux amants.

Quand, un instant, Jibril rouvrit les yeux pour jouir de la vue du corps fin et souple qui se lovait autour du sien, il crut avoir une hallucination : les étoiles lumineuses qu'ils avaient repérées ensemble se reflétaient maintenant, au plus fort de leur intensité, sur la peau délicate d'Angela — ces lucioles effrontées glissaient sur une joue, une lèvre, l'extrémité sombre d'un sein. C'était comme si la voûte céleste tout entière s'était glissée dans le corps couleur nuit de la jeune fille.

Quand, parvenus tous deux au plus fort de leur désir, leurs corps se mélangèrent l'un à l'autre, Jibril eut l'impression de plonger dans l'espace au-dessus de leur tête, comme s'il faisait l'amour à la nuit même.

De peur d'attirer l'attention du voisinage, tous deux s'efforçaient de rester silencieux, transformant les cris que faisait naître leur plaisir croissant en longs baisers doucement gémissants, en étreintes plus appuyées et presque douloureuses, en soif de l'autre impossible à étancher. Le sommeil dut patienter à la porte de la chambre — pour cette première nuit partagée, il ne fut pas toléré dans la pièce avant plusieurs heures.

D'un commun accord, Angela et Jibril avaient décidé qu'il partirait avant le lever du jour. Cette discrétion permettrait à Angela d'éviter les commérages et à Jibril de passer chez lui se doucher et se préparer avant de se rendre sur le port. Il fallut à Jibril un dernier baiser, une dernière caresse sur la joue d'Angela, maintes fois répétés, pour se détacher à regret du corps qui l'avait enflammé toute la nuit.

Pendant qu'il s'habillait, elle le regardait, silencieuse, dans l'état second que procure la fatigue extrême. Il fut bientôt prêt à partir et se retourna vers elle — Angela dormait déjà. Un prospectus de l'église d'Angela, trouvé sur la table basse, fit office de bloc-notes ; il lui griffonna qu'il l'appellerait le soir même, après son travail — un peu plus tôt, elle lui avait confié son numéro de portable, « *juste pour rediscuter de ce projet* », avait-elle cru bon de préciser. Puis il ouvrit sans bruit la porte de la chambre, autant pour ne pas éveiller les mauvaises langues que pour respecter le sommeil de celle qui l'avait accueilli cette nuit-là.

Parvenu dans la rue, il n'eut besoin que de quelques minutes pour croiser la route d'un taxi matinal. Il indiqua sa destination au chauffeur et lui demanda de le prévenir un peu avant. Sage précaution : à peine assis, il posa sa tête contre le montant de la porte et sombra dans un sommeil que même les cahots des rues de Lagos ne purent perturber.

DEUXIÈME PARTIE

En partance

16

Posée sur ses avant-bras lardés de cicatrices, sa tête pesait des tonnes. Piotr était avachi sur la rambarde du bastingage, à la proue du bateau, et fixait l'espace entre le quai et la coque. Poussés par la marée ou par le passage des autres navires, bouteilles en plastique, bidons, sandalettes et quelques cadavres d'animaux surnageaient dans ce boyau de pierre et de métal, pendant quelques minutes ou quelques heures, flottant dans les eaux du port irisées par endroits par les nappes d'huile suintant des bateaux. Même à la dérive, les déchets semblaient plus libres que le marin du *Primo-Levi*.

Lourdes et mi-closes, les paupières que le marin clignait avec peine tentaient de filtrer la lumière quasi incandescente — le soleil tombait dru. Si la fournaise de la mi-journée statufiait Piotr sur le pont bâbord, la soirée d'hier était aussi pour beaucoup dans son état d'hébétude. Tous avaient bu plus que de raison et celle-ci avait, comme à l'accoutumée, pris la tangente dès les premiers verres.

Les breuvages classiques — bières locales, mauvais gin, whisky à l'étiquette visiblement contrefaite — avaient vite cédé la place à l'*ogogoro*, une eau-de-vie de canne à sucre grossièrement raffinée qui donnait l'impression, à chaque gorgée, de décoller la boîte crânienne de ceux qui se risquaient à l'avaler. Piotr, comme les autres marins du bord, s'en foutait : le liquide translucide et explosif remplissait son office et matait toute sensation. À court de munitions, ils s'étaient rabattus sur l'alcool à 90° de la pharmacie du bateau — tant pis pour les blessures. Avec leur activité réduite à néant depuis qu'ils avaient échoué à Apapa, à quels risques pouvaient-ils être exposés de toute façon — leurs plaies béaient plutôt du côté de leur âme ? Trente mois qu'ils étaient cloués là, lâchés par leur armateur qui se souciait d'eux comme d'une guigne. Ce salaud n'avait aucune intention de payer les frais de port que les Nigérians avaient, de surcroît, alourdis de pénalités insensées.

Tournant la tête vers la poupe du grand navire, Piotr les vit arriver d'un pas décidé : le vieux Blanc, de sa démarche pesante et saccadée, et un couple d'Africains juste derrière. Dans sa robe de coton léger, la fille était jeune et fine comme une liane — « *Belle gazelle !* », ne put s'empêcher de penser Piotr en vieux loup toujours en chasse malgré sa monumentale gueule de bois. L'homme était à peine peu plus âgé, plus râblé et vêtu à l'européenne. Tous trois marchaient d'un pas décidé sur le quai quasi désert — on était dimanche — et semblaient se diriger vers le *Primo-Levi*, ce qui se confirma quand ils arrivèrent au pied du navire et s'engagèrent sur l'échelle de coupée.

Piotr rassembla ses esprits et se dirigea vers le groupe qui avait déjà atteint le haut de l'échelle et posait le pied sur le pont.

— C'est privé ici ! Vous n'avez rien à foutre sur ce bateau, dégagez !

— Au lieu de brailler, fit le vieux, conduis-nous au capitaine de ton rafiot, il nous attend.

— Ça m'étonnerait, dans l'état où il est, et puis il dort encore…

— À midi ? Eh bien, il est temps de le réveiller, non ?

— Tu es qui, toi, pour me donner des ordres ? Et si je te fendais la tête avec cette clé pour t'apprendre à mieux me parler ?

— Doucement, messieurs, doucement, s'empressa de dire la jeune fille qui se glissa juste à temps entre les deux hommes. Il fait un peu trop chaud pour s'agiter comme ça inutilement, vous ne croyez pas ? Mettons-nous à l'ombre le temps qu'on puisse lui parler. Il est peut-être réveillé maintenant, vous pourriez vérifier pour nous s'il vous plaît ? Ce serait dommage qu'on se rate et que nous soyons venus pour rien. Je suis sûre qu'il vous sera reconnaissant de l'avoir réveillé, c'est important qu'on se voie, vous savez ? On vous attend là, à l'abri du soleil. On ne bouge pas, promis !

Piotr n'en revenait pas du culot de ces trois inconnus, et plus particulièrement de cette fille qui lui tenait tête, à la fois habile — elle avait désamorcé leur combat de coqs en quelques phrases — et effrontée. Elle ne semblait pas avoir peur de Piotr qui, pourtant, la dépassait de deux bonnes têtes et aurait pu la passer par-dessus bord d'un simple revers de la main. Il hésita un instant sur la conduite à tenir puis se décida à essayer de réveiller Sana, le capitaine. Si celui-ci attendait vraiment ce drôle de trio, il serait reconnaissant à Piotr de l'avoir prévenu. Si, en revanche, ce rendez-vous était bidon, le capitaine, ou lui-même, se feraient le plaisir de pratiquer au moins un exercice physique dans la journée — la descente du bateau à grands coups de pied dans le derrière.

Pour ce qui est de faire jouer ses contacts, M. Pierre avait visiblement du savoir-faire. Grâce à ses relations sur le port, il avait rapidement appris tout ce qu'il avait besoin de savoir sur ce bateau. D'abord, le quasi-abandon par l'armateur qui, aujourd'hui, possédait le *Lévi* : M. Pahati, un magnat de Singapour, lâchait, de temps en temps, un peu d'argent pour nourrir ses marins et entretenir le navire, mais pas assez pour rapatrier tout le monde ou payer ses dettes et faire repartir le cargo.

Pierre s'était ensuite renseigné sur la composition de l'équipage et leur état d'esprit, assez facile à imaginer après plus de deux ans au mouillage dans le chaos moite de Lagos. Après les premières défections, ils étaient encore 11 à bord, de 5 nationalités distinctes : un Russe, un Ukrainien, 2 Indiens, 2 Pakistanais, 4 Malaisiens et le capitaine Sana Shermann, originaire du Liberia, recruté tout autant pour ses compétences que pour sa nationalité qui facilitait beaucoup de choses. Le bateau battait en effet pavillon libérien, cette mauvaise copie du drapeau américain — bandes horizontales rouges et blanches, une étoile sur fond bleu — qui en disait long sur l'histoire du pays asservi.

Lorsqu'ils avaient embarqué, tous pensaient partir pour une mission de six mois tout au plus ; au bout du compte, ils avaient passé deux années supplémentaires à rôtir au soleil nigérian. Seules l'autorité de Sana, une vague solidarité de marins et l'attente illusoire des arriérés de salaire les avaient maintenus à bord. L'alcool les aidait à prendre leur mal en patience. De temps en temps, dans leurs promenades sans fin sur le port, les marins trouvaient bien quelques filles pour leur vider les bourses dans un coin d'entrepôt discret puisqu'il était exclu de les ramener dans leur cabine — aucun étranger à bord, c'était la règle du capitaine et ils s'y tenaient. Cet interdit expliquait, en partie, la réaction épidermique de Piotr à l'arrivée du trio. Pas de passe-droit, y compris pour le capitaine qui devait donner l'exemple.

Sur l'état même du *Lévi* — une donnée importante pour le projet de Jibril et d'Angela —, Pierre n'avait pu apprendre que peu de choses. Bien sûr, l'état extérieur du navire livrait déjà quelques informations : quelques points de rouille apparaissaient bien çà et là sur la coque, montrant les effets de la forte humidité tropicale sur l'acier, mais cette dégradation restait superficielle et n'empêcherait pas le bateau de naviguer. Ce qui importait était l'état des moteurs, du gréement, des équipements qui ne pouvait s'apprécier depuis le quai. Un des contremaîtres auprès duquel Pierre s'était renseigné lui avait révélé une information précieuse : si le bateau était tombé en léthargie il y a plus de deux ans, on voyait très régulièrement s'activer son équipage sur le pont, au moins jusqu'à l'heure du midi, comme si un départ imminent demeurait une éventualité. Le capitaine leur expliquerait sans doute ce mystère.

Pierre et Jibril étaient restés assis à l'ombre de l'emménagement, rendus muets par la chaleur, pendant qu'Angela se promenait sur le pont, apparemment sans but. Avant de se retrouver peut-être devant le capitaine, Jibril voulait obtenir une réponse de la part du vieux.

— Pourquoi vous faites tout ça pour nous, M. Pierre ?

— Ça m'amuse de voir jusqu'où vous pourrez aller avec votre projet de dingue, et puis ça me change de mes business habituels. Ça me rappelle même certaines de mes affaires quand j'étais encore fou comme vous. À l'époque, j'essayais tout ce qui me passait par la tête, tout semblait possible ici, c'est tellement le western ! Une fois, j'ai fait des pieds et des mains pour faire venir en container des bons vins français et les faire découvrir aux bourgeois d'ici qui ne savaient pas quoi faire de leur fric. J'ai réussi mon coup, au moins jusqu'à Lagos. Le container est bien arrivé avec ses 10 000 bouteilles. Ce que je n'avais pas prévu, c'est que ces salauds de douaniers allaient me faire lambiner pendant six mois avant que je puisse sortir le container de la zone de douane. Résultat, le vin avait bien chauffé dans le container, tout était madérisé, c'était invendable. Bon, j'ai quand même réussi à écouler des bouteilles en douce, pas aux bourgeois, mais aux petits bars de Lagos, c'était déjà ça.

— Vous nous aidez juste pour revivre vos belles années ?

— Oh, il n'y a certainement pas que ça… Je t'ai dit déjà, ça me rappelle Port-de-Bouc. Ça m'avait marqué gamin, tous ces gens derrière des grillages. Et ceux qu'on avait descendus de force parce qu'ils étaient trop malades étaient pas beaux à voir, je te jure. Et puis votre projet à vous, ça a de la gueule. Vous n'essayez pas d'arriver en Europe en loucedé, chacun pour soi, sur une barcasse surchargée pour finalement crever noyés dans votre coin ou parqués comme des moutons à l'abattoir dans leurs camps avant d'être réexpédiés manu militari au point de départ. Non, vous, vous voulez partir à 4000 sur un gros cargo et envoyer ça à la gueule des Européens. C'est comme si vous leur disiez : « Eh oh, on existe, on a le droit de vivre, poussez-vous un peu et faites-nous une place. » Faut oser, faut être fou, mais vous êtes encore assez jeunes pour tenter un truc aussi barré.

Ils furent interrompus par Angela qui, de loin, leur faisait signe de venir. Elle se tenait au bord de ce qui semblait être un panneau de cale énorme, replié à moitié.

— Regardez, c'est la cale. Je n'ai jamais rien vu d'aussi grand, on pourrait y mettre plusieurs villages.

Ils se penchèrent en s'appuyant sur le rebord du panneau. Sous leurs yeux, l'abime : une cale titanesque, segmentée en 7 caissons. Une demi-pénombre régnait sur cette grotte gigantesque tant par sa hauteur — une bonne trentaine de mètres — que par sa largeur et sa longueur qui ne pouvaient se voir en totalité de l'endroit où ils étaient. Il leur aurait fallu descendre pour apprécier toute la place disponible et c'était pour l'instant hors de question.

La cale était vide et nue, seule s'en échappait une légère odeur de riz — sa dernière cargaison, peut-être. Elle avait sans doute été nettoyée avec précaution dans l'attente de son prochain chargement, mais l'odeur persistait. Ils restaient tous les trois muets devant ce vide métallique, ce gouffre façonné par de multiples mains d'hommes et qu'ils projetaient de peupler de milliers de passagers. Derrière leur silence se cachait bien plus que l'ébahissement : Angela et Jibril réfléchissaient, calculaient, échafaudaient déjà.

Le beuglement de Piotr les sortit brutalement de leurs réflexions.

— Bordel, vous faites quoi, là ? Vous deviez attendre tranquillement, sans bouger ! Arrêtez de fouiner et montez ici, le capitaine vous attend.

* *
*

Quand ils entrèrent dans la cabine du capitaine, Sana, avachi dans son fauteuil, le fit pivoter sur son axe pour leur faire face. Il se redressa un peu contre le dossier et resta silencieux.

Ses yeux croisèrent rapidement ceux de Pierre, qu'il connaissait de réputation. Pendant les balades qu'il s'accordait de temps à autre sur les quais ou un peu plus loin entre les entrepôts, il avait pu découvrir le petit monde des magouilleurs du port. Le vieux y occupait une place de choix à en croire quelques contremaîtres et dockers en mal de confidences. Ni intégré, ni rejeté par les gens du port, il faisait parfois sourire quand il réussissait un bon coup ou, le plus souvent, rire jaune ceux qui n'avaient pas pu être plus filous que lui. Tous lui accordaient — souvent du bout des lèvres — le respect dû aux vieux ; beaucoup pensaient qu'il en abusait, voire qu'il dérogeait à son statut de Blanc avec ses arnaques. Sana, lui, n'avait pas d'a priori. Il savait à quoi s'en tenir et le vieux avait de la ressource et des contacts. Ça pouvait toujours servir si un jour ils parvenaient à se tirer d'Apapa.

Faisant durer le silence, il prit son temps pour dévisager les deux autres. La fille avait de l'allure — un visage allongé, une peau lisse et sans défaut, un corps délié bougeant avec grâce, mais sans affectation, à la différence de nombreuses filles d'ici — Sana aimait ce genre de classe naturelle. Des pommettes un peu hautes lui dessinaient des yeux légèrement bridés et sur chacune de ses tempes, trois petites cicatrices, trois griffes rappelaient son ethnie — une Sudiste, sans doute. Le regard direct, intense sans être agressif, captivant, convoquait l'attention de son interlocuteur.

À la gauche de la fille se trouvait le troisième de ses visiteurs, un garçon tout en longueur. Les cheveux décrêpés, la peau cuivrée, les traits délicats soulignés par une fine moustache, il paraissait venir d'un pays arabe. Un Peul ou une ethnie du désert, du Tchad ou du Niger peut-être. Il se tenait droit sans être raide, de son port se dégageait une prestance dépourvue d'arrogance, comme la fille. Sans doute étaient-ils liés, mariés peut-être, en harmonie sûrement. Ils se jetaient souvent des regards où l'on décelait la complicité, la confirmation chez l'autre des pensées de chacun, l'apaisement. Ils savaient visiblement où ils allaient, ces deux-là, et ils y allaient ensemble.

— On aimerait vous parler seul à seul, capitaine.

Le silence n'eut pas le temps de s'installer ; la réaction de Sana fut quasi instantanée.

— Tu peux nous laisser, Piotr, merci.

Un éclair bref traversa le regard de l'Ukrainien, qu'il se garda de montrer à Sana. Il se faisait congédier comme un vulgaire matelot alors qu'il était second sur ce rafiot. La petite troupe avait fini par éveiller sa curiosité et il aurait volontiers écouté ce que ces trois-là voulaient demander au capitaine, ne serait-ce que pour tuer l'ennui qu'il retrouverait sitôt sorti de la cabine.

Mais Sana restait le patron à bord. Piotr se raccrochait à ce qui subsistait des règles du *Lévi* — la hiérarchie en était sans doute le dernier vestige et lui-même était très tatillon sur ce point, n'hésitant pas à rappeler à l'ordre les autres marins qui étaient sous sa coupe. L'Ukrainien, de plus, respectait Sana qui n'était pas un capitaine de papier. En mer, par gros temps notamment, il avait montré toute sa valeur de marin, donnant calmement les ordres précis et pertinents que les situations difficiles exigeaient. Depuis qu'ils étaient échoués à Apapa, Sana avait aussi su défendre les intérêts de l'équipage et du bateau, auprès de l'armateur comme des autorités du port, ou tenir à distance les escrocs qui rôdaient autour du navire, des vautours qui ne pensaient qu'à les dépecer — et la tâche était rude. Si ces trois-là leur proposaient une embrouille, le capitaine saurait les remettre à leur place et les renvoyer d'où ils venaient. Si au contraire ils avaient en tête une opportunité intéressante pour l'équipage du *Primo*, Piotr serait le premier à l'apprendre. Calmé par ces évidences, Piotr ouvrit la porte métallique de la cabine et sortit.

— Vous pouvez vous vanter d'avoir un nouvel ennemi, s'amusa Sana. Et un Slave en plus, c'est ce qui se fait de mieux.

— Qu'est-ce qu'on lui a fait ?

— Il est curieux comme une hyène et vous lui demandez d'aller promener sa curiosité ailleurs…

— Nous avons une proposition à vous faire, on voulait vous en discuter en tête-à-tête.

— *Wallai !* C'est ma curiosité à moi, maintenant, que vous affamez. Donnez-lui donc votre mystère à déguster…

Le trio parla pendant plus d'une heure. Si Angela était la plus prolixe, elle avait l'intelligence de faire circuler la parole et de laisser Pierre et Jibril s'exprimer pour aborder un point précis. Elle avait tout de suite exposé la nature de leur projet en quelques mots simples — un convoyage massif d'immigrants vers l'Europe — puis avancé les raisons, les chiffres. Jibril était plus dans la partie pratique, égrenant toutes les étapes qu'il leur faudrait franchir : l'aménagement de la cale en espace de vie, la construction des lits, l'avitaillement, l'embarquement des passagers évidemment discret, la navigation à la lisière des eaux internationales le long des côtes africaines avant de remonter, le plus directement possible, vers l'Europe. Le vieux, lui, s'exprimait peu et semblait s'amuser de la passion de ses deux protégés — Sana eut l'impression qu'il se tenait en réserve, gardant ses interventions pour les aspects les plus délicats de cette entreprise qui n'en manquait pas.

Le capitaine du *Primo-Levi* les écouta jusqu'au bout, visiblement attentif, mais délibérément muet, attendant posément qu'ils en disent davantage et lui livrent tous les détails de la proposition. Ils cessèrent enfin de parler, guettant sa réaction. Sana joua encore quelques minutes avec le silence qui s'était installé, les fixa puis prit la parole.

— Vous êtes sérieux ?

— Vous pensez qu'on serait venus vous voir si ce n'était pas le cas ?

— Alors, vous êtes sérieux. Ou fous, ce qui revient au même pour ce genre d'aventure. Et qu'est-ce qui vous fait croire que je vais rentrer dans votre folie ? Et pour commencer, pourquoi venir me voir moi, ou plutôt nous — j'ai encore tout mon équipage avec moi, et ils comptent aussi, eux.

— Parce que vous nous comprenez et que vous savez pourquoi on s'embarque tous dans ce projet : pour avoir le droit de vivre notre vie, tout simplement. Parce que vous êtes abandonnés là depuis deux ans par votre armateur, parce que ce salaud se moque complètement de ce que vous devenez et de son bateau et que vous crevez d'envie de reprendre la mer. Notre voyage vous donne l'occasion de rentrer chez vous.

— Vouloir quitter ce trou à rats et renaviguer est une chose, se foutre dans les emmerdes avec 4 500 personnes à trimballer jusqu'en Europe en est une autre.

— Si vous êtes capitaine d'un cargo, c'est parce que vous savez gérer les emmerdes, justement. Ceux de la cargaison, de l'équipage, de la météo, c'est pas ce qui manque et ça ne vous empêche pas de mener un navire d'un port à un autre. Vous avez l'habitude, non ? On ne vient pas vous proposer un traquenard, simplement une porte de sortie.

— Est-ce qu'au moins vous avez de l'argent pour le réaliser, votre projet ? Aménager le *Lévi*, acheter la nourriture, le fioul et l'eau, graisser la patte des bonnes personnes, nous payer aussi pour ce boulot... La facture risque d'être salée comme l'océan !

Pierre choisit ce moment pour intervenir.

— C'est moi qui m'occuperai de ça.

— Et vous ferez comment ? 4 500 passagers à gérer, ça représente beaucoup d'argent !

— C'est moi qui m'en chargerai. Je saurai trouver ce qu'il nous faut.

Sana le fixa pendant un long instant, silencieux. Il avait fait une remarque de simple bon sens, mais il n'avait pas la moindre idée de ce qui serait nécessaire pour financer le voyage — ce projet était si délirant qu'il était impossible de penser rationnellement à la somme requise pour le réaliser. Et puis, il savait que le vieux avait « du mil au grenier », des ressources, des contacts, des combines, et que cela serait utile si des difficultés se présentaient, quelles qu'elles soient. Et des difficultés, on en verrait sûrement apparaître dès que leur secret serait connu ou que les futurs passagers commenceraient à évoquer leur éventuel départ avec leur entourage.

Il reprit enfin la parole, mesurant chacun de ses mots.

— Mon opinion reste la même : vous êtes fou à lier. Vous ne vous rendez pas compte de ce que ça représente d'embarquer autant de gens et vos emmerdes seront à l'image de votre projet : hors norme. Mais comme je vous l'ai dit, je ne suis pas seul sur ce bateau, même si c'est moi qui décide de tout en dernier ressort. Je vais en parler à l'équipage par acquit de conscience, pour qu'ils ne me reprochent pas de leur avoir caché une proposition qui pouvait les intéresser. Mais je suis certain qu'ils seront du même avis.

— Merci de le faire, capitaine. Et merci de nous avoir écoutés. Vous devez prendre le temps d'y réfléchir tous ensemble, je comprends, mais je suis sûre que vous voudrez nous aider. Quand pouvons-nous…

— C'est moi qui vous recontacterai. Je vous donnerai une réponse, quelle qu'elle soit. Je vous raccompagne.

Tous se levèrent et se dirigèrent vers la porte de la cabine. Ils serrèrent la main de Sana, à tour de rôle, Angela gardant un peu plus longtemps celle du capitaine dans la sienne.

— Je ne sais pas ce que sera votre réponse, capitaine, mais je sais que vous comprenez pourquoi on le fait. Vous êtes humain.

Sana la fixa sans manifester la moindre réaction. L'insistance de cette fille le surprenait, mais il n'était pas homme à se laisser influencer pour si peu. Tous s'engagèrent dans le couloir, Sana fermant la marche.

Parvenu sur le pont, le groupe se détacha de Sana qui s'arrêta à la rambarde pour les regarder descendre par la coupée.

Angela et Jibril relevèrent les yeux et croisèrent ceux, volontairement inexpressifs, du capitaine et ceux de Piotr qui était venu rejoindre Sana.

— Alors, capitaine, qu'est-ce qu'ils voulaient ? Qu'est-ce qu'ils vous ont demandé ?

— La Lune et les planètes autour… Il faut qu'on en parle, toi et moi, et après, je réunirai l'équipage. Allons dans ma cabine.

17

« *Voyez-vous l'horizon ? Voyez-vous la lumière ?* »

Dans l'église bondée, des centaines de personnes écoutaient le prêche dominical d'Angela et leur foi était presque palpable. Les regards intenses, presque fiévreux étaient tous pointés vers la scène ou vers les deux écrans qui l'entouraient et projetaient l'image de la jeune femme en gros plan. Sous cette attention brûlante couvaient les frustrations et les angoisses du quotidien, la piété sans faille. L'espoir aussi, l'espoir surtout.

De chaque côté de l'autel, alignement d'icônes murées dans le silence, se tenaient les autres membres de l'église — le pasteur Feyikemi, les autres prêcheurs de la matinée, l'armée des diacres qui veillaient à la bonne tenue du service. Si ces derniers étaient, à part presque égale, des deux sexes, les religieux, eux, étaient tous des hommes et fixaient Angela d'un œil mauvais. Leurs visages, qui s'efforçaient de rester impassibles, laissaient parfois échapper une expression de contrariété, un regard dur qui scrutait l'autel et sa prêcheresse.

Quand Angela était venue leur annoncer qu'elle prendrait la parole désormais lors du service dominical, elle leur avait déclaré ça comme une évidence, une simple information — elle n'avait en rien demandé une autorisation. Son intention avait immédiatement déclenché une polémique feutrée au sein des membres de la congrégation — comment *une femme* pouvait-elle prétendre prêcher, guider les fidèles ? Ce rôle était légitimement dévolu aux hommes, *« plus forts, plus charismatiques »*, avaient soutenu, révoltés, les tenants de la tradition.

Angela avait d'abord observé avec amusement cette réaction, enregistrant sans mot dire les arguments, parfois poussés à l'extrême, pour pouvoir ensuite mieux les retourner. Elle avait, aussi, laissé les autres parler à sa place : parmi les diacres, toutes les femmes n'étaient pas, tant s'en faut, des brebis soumises à la tête éternellement baissée, prêtes à accepter jusqu'à la négation de leur intelligence, de leur foi, de leur être. La plupart estimaient que la foi d'une femme valait bien la foi d'un homme. Elles pensaient même être, dans leur pratique religieuse comme dans leur quotidien, des exemples un peu plus crédibles de tempérance et d'humilité, de responsabilité et de moralité.

Quand, enfin, Angela décida de réagir, tous constatèrent qu'elle avait pris la peine de bien travailler ses arguments. Elle balaya d'abord les motifs superficiels et subjectifs — elle prit à témoin certains des religieux partageant leur vie avec des matrones bien connues, les mettant au défi de prouver que ces femmes étaient *« moins fortes, moins charismatiques »* que les hommes. Elle s'attela, ensuite, à légitimer sa demande en s'appuyant sur les textes et déclama, implacable, le Psaume 68:11 – 12 :

« Le Seigneur dit une parole,
Et les messagères de bonnes nouvelles

sont une grande armée :
Les rois des armées fuient, fuient,
Et celle qui reste à la maison partage le butin. »

Poussant son avantage, Angela passa au gril les hommes de foi qui se demandaient ce qui leur arrivait :

— Vous connaissez notre foi à nous, les femmes, vous la constatez à chaque instant. Vous admettrez donc que nous sommes évangélistes tout autant que vous, n'est-ce pas ?

— Votre foi est bien réelle et je…, commença le pasteur qui essayait de reprendre la main.

— Comment, dès lors, une femme peut-elle être une évangéliste, une messagère de bonne nouvelle, si on lui interdit de transmettre la Parole de Dieu, si on ne lui permet pas d'« enseigner tout ce que Jésus a prescrit » ? Jésus l'a ordonné à tout disciple, les hommes comme les femmes, c'est écrit en toutes lettres dans Matthieu 28 ?

Pathétique, le pasteur reprit sans mot dire sa bible pour retrouver les psaumes assénés par Angela. Celle-ci ne marqua pas un temps d'arrêt et poursuivit :

— Notre histoire regorge de femmes qui ont, par leurs paroles et par leurs actes, renforcé notre foi, notre église. Il y eut Déborah, dont les chants prophétiques, gravés dans Juges 5, demeurent à ce jour un enseignement essentiel, et qui aidait les israélites à régler leurs litiges ; il y eut les prophéties de Marie, d'Anne, de Myriam ; il y eut Priscille qui enseignait avec la bénédiction de Paul comme il est écrit dans nos livres (Act18:26).

— Une femme ne doit pas enseigner, c'est comme ça, tenta piteusement le pasteur, désemparé par le flot de références que déversait Angela.

— Jésus a dit à tous ses disciples : « Enseignez-leur à observer tout ce que je vous ai prescrit. » Mathieu ajoute — Mathieu 5:1 et Mathieu 28:20, mon père… — que pour

Jésus, « celui qui observera les commandements et qui enseignera à les observer sera appelé grand dans le royaume des cieux ». Refuser aux femmes d'enseigner, de dire la Parole de Dieu, c'est forcer les femmes à désobéir à Jésus-Christ, c'est leur refuser le royaume des cieux. C'est ça que vous voulez, messieurs ? Nous contraindre à désobéir à Jésus-Christ ? Nous fermer les portes du paradis ?

Angela prenait soin d'enchaîner les arguments avec le ton de l'évidence, laissant à son auditoire juste le temps soit de réfléchir en silence, soit d'acquiescer lentement de la tête. Elle conclut enfin, dans un mélange de provocation et de réalisme :

— Vous n'avez rien à perdre avec mon initiative de toute façon, vous serez même gagnant sur tous les tableaux. Si mes prêches fonctionnent, ils attireront plus de fidèles, c'est-à-dire plus de notoriété pour notre église… et donc plus de moyens financiers. Si cela ne fonctionne pas, vous aurez montré votre ouverture d'esprit et démontré que le leadership spirituel de notre congrégation doit être assuré par vous, messieurs.

Si ces messieurs se tenaient aujourd'hui au bord de l'autel, statues endimanchées à la mine défaite, c'est parce que les prêches d'Angela avaient marché, trop bien marché. De service en service, de dimanche en dimanche, Angela enflammait son auditoire.

Ses exhortations s'appuyaient toujours sur la réalité, sur les tracas de la vie au Nigeria qu'elle et son public ne connaissaient que trop bien : se lever chaque matin en espérant rentrer le soir, vivant au moins, avec de quoi payer le gîte et le couvert, pour eux-mêmes, leur famille et les parasites qui venaient, souvent, s'accrocher à eux dès que quelques billets de banque trouvaient le chemin de leurs poches, rentrer enfin sans nouveau problème à gérer. Par ses mots, ses images, son imagination, Angela redonnait de la hauteur à ces vies rétrécies par la survie, composant des rêves qui semblaient accessibles à tous, redonnant espoir. Sa façon de tisser la trame du quotidien avec les fils du spirituel et de l'imaginaire attirait à elle des auditoires de plus en plus fournis, conquis par son verbe, son réalisme mystique, sa poésie aussi.

* *
*

« Voyez-vous l'horizon ? Voyez-vous la lumière ?
Mes frères, mes sœurs,
Mes sœurs et mes frères de souffrance,
De peine et de douleur,
Vous qui à peine vivez,
Vous qui tout juste survivez,
Dans ce pays flétri,
Dans ce pays bouffi,
De corruption et de violence
De misère et de déchéance,
Chaque matin, vous ignorez,
Si vous passerez la journée,
Si le Nigeria vous aura épargné,
Ou s'il vous aura un peu plus abîmé, démembré, dévoré
Et vous faites le dos rond, et vous rentrez la tête,
Comment pourriez-vous voir l'horizon ? »

« Êtes-vous satisfait de cette vie ?
Aimez-vous chaque jour souffrir un peu plus ?
Ne méritez-vous pas une meilleure existence ?
Vous avez droit à un autre présent que celui que vous vivez,
Dès maintenant,
Si ce pays ne peut vous le donner, il vous faut le quitter,

Partir pour conquérir,
Une terre promise devenue réalité,
Une vie rêvée qui, au point du jour, ne s'évanouira pas,
Un avenir comme un trésor de souhaits exaucés,
Une vie vraie, une vie sûre, une vie libérée
Des chaînes de vos tourments présents,
Relevez la tête pour regarder au loin,
Voilà, voilà... Vous voyez l'horizon, vous voyez la lumière !
Tenez-vous prêts, mes sœurs, mes frères,
Il n'y a d'autre issue aujourd'hui pour nous que le Voyage,
tenez-vous prêts ! »

Soutenue par la musique à la fois lyrique et énergique de l'organiste, Angela martelait ses arguments, répétait régulièrement, d'une voix lancinante et envoûtante, son leitmotiv — « Voyez-vous l'horizon ? Voyez-vous la lumière ? » –, parcourait l'assemblée du regard, fixait quelques instants des fidèles au premier rang puis d'autres, plus éloignés, en oratrice née, afin de convaincre chaque personne présente que le message ne s'adressait qu'à lui, qu'à elle.

La fin du prêche lui permettait de confirmer son emprise. Descendant de la scène, elle se plongeait dans la foule des croyants et semblait aimanter la partie de l'auditoire la plus proche d'elle. Elle gratifiait ceux qui venaient et l'entouraient d'un regard, d'un mot, d'un geste — souvent, sa main posée sur l'avant-bras ou l'épaule de l'interlocuteur — qui suffisait à cette audience mystique pour achever de croire que la prêcheresse disait vrai, avait un don, était emplie d'un flot divin qui ne demandait qu'à se déverser sur eux, à éteindre le feu de leurs peines, de leurs malheurs.

Angela voyait bien les mines défaites des religieux de sa congrégation, mais elle n'en avait cure : elle savait que son œuvre de persuasion était tout aussi palpable que la foi des fidèles qui se pressaient devant elle. Il lui suffisait de continuer, chaque dimanche et même plusieurs fois par semaine si cela s'avérait nécessaire, de prêcher le même message, inlassablement. Le jour venu, quand Jibril et elle seraient prêts, elle n'aurait plus qu'à montrer à tous ceux qui buvaient ses paroles la voie vers le Voyage.

18

— C'est bon pour nous, tout ça !

Plongé dans la lecture du *Guardian,* Éric Blatter ne vit pas le regard étonné que lui jeta Lara, la volontaire VSO. Elle ne comprenait pas en quoi on pouvait se réjouir de la situation actuelle au Nigeria qu'elle voyait chaque jour s'aggraver sur le terrain.

Recrutée le mois précédent pour rédiger les rapports et comptes rendus de l'association, elle était impliquée, mais lucide sur l'action des ONG en général dans le pays, et sur celle de S.A.V.E. en particulier. Elle n'était pas désabusée pour autant et n'avait pas perdu ses illusions. Elle essayait juste de ne pas les épuiser sur de bonnes intentions irréalistes et des discours sans consistance, elle se concentrait sur le concret, sur des actes suivis d'effets réels. Parfois limités et éphémères certes, mais réels.

Lara n'était pas dupe non plus de la personnalité de son patron qu'elle avait rapidement cernée — elle l'avait vite surnommée Éric Blatter Bla-Bla 1er, et le surnom avait fait le tour de l'association et même au-delà. Le contact quotidien avec ce genre de personnage avait fait craquer le vernis humanitaire qu'il appliquait sans relâche sur S.A.V.E. et ses actions. Il ne leurrait sans doute pas non plus les officiels, ou alors seulement les étrangers de passage, mais au moins, à l'extérieur, il jouait le jeu. Elle le savait hypocrite, tordu aussi : le malheur des autres l'exaltait, il lui donnait une raison d'être et de paraître. Elle ne le savait pas encore cynique à ce point.

— Qu'est-ce qui est bon ?

— Chaque jour ou presque, des émeutes. Encore aujourd'hui, regarde : ils parlent des affrontements à Jos entre les éleveurs et les paysans, ça a encore saigné. Si ça continue à chauffer et que ça devient invivable, les gens vont bouger pour sauver leur peau, on devra créer des camps pour stocker, pour abriter je veux dire, tout ce monde-là, et nous, on arrivera avec nos solutions prêtes à l'emploi.

— Ça inclut les pompes funèbres ?

Surpris par la remarque acide de Lara, Éric leva la tête de son journal, fixant la jeune femme quelques secondes avant de reprendre :

— Ces gens ont besoin de nous, Lara. On n'est pour rien dans ces conflits, mais on peut au moins assurer la suite, satisfaire les besoins de base de ces populations déplacées, et même au-delà. C'est tout l'intérêt de S.A.V.E. d'ailleurs, sa couverture globale, sa démarche *comprehensive* comme je le dis aux Nigérians. On a un vrai avantage concurrentiel sur les autres ONG, trop spécialisées et donc trop limitées dans leur action. Nous, on peut tout gérer de A à Z. Pendant que j'y pense, il faut bien insister là-dessus sur nos plaquettes et sur le site.

« Mourez, nous faisons le reste… », s'amusa Lara qui préféra garder sa formule pour elle pour ne pas poursuivre la discussion et nourrir le cynisme d'Éric, ou sa méfiance par rapport à l'implication corps et âmes de Lara pour l'association. Il était très fier de son « bébé » et goûtait peu les critiques, choisissant de croire au rôle essentiellement positif de son ONG au Nigeria.

S.A.V.E. : le nom de l'ONG était en soi tout un programme, ambitieux ou suffisant selon le point de vue qu'on adoptait pour apprécier l'activité de l'association. Celle-ci se vantait de pouvoir couvrir l'ensemble des problèmes qui affligeaient le pays, prétendant les prendre en charge mieux que les Nigérians eux-mêmes.

Sorte de fourre-tout humanitaire, la palette de ses domaines d'intervention déclenchait sourires narquois ou réactions indignées, c'était selon : création de camps de déplacés, urgence médicale, logistique alimentaire, sécurité, « éducation errante » — une trouvaille récente d'Éric qui proposait un corps d'instituteurs et de professeurs qui suivait les populations déplacées pour assurer « un minimum vital d'éducation », c'était sa formule. Il se disait aussi capable de régler les problèmes d'adduction d'eau, de réseau d'électricité défaillant, d'habitat à reconstruire, de déforestation. Depuis quelques mois, il avait de nouvelles marottes et s'intéressait également au commerce équitable et au microcrédit, sans souci particulier de cohérence ni d'expertise de son ONG — « Expert en rien, mais prêt à tout », raillaient les autres ONG.

Sa logique, simplissime, était de présenter S.A.V.E. comme un « maître d'œuvre humanitaire » : sa spécialisation à lui, c'était la polyvalence. Il venait, il voyait, il arrachait le marché puis il déléguait la suite — considérations logistiques, techniques ou même éthiques — à ce qu'il appelait avec condescendance ses sous-traitants. Il se battait ensuite pied à pied pour s'assurer une marge confortable sur les appels d'offres et contrats publiés par les autorités nigérianes ou les grands bailleurs de fonds. Après la signature, l'intendance, experts de second ordre, exécutants et petites mains, ferait le reste, arrondirait les angles.

Éric Blatter était avant tout un commercial : il avait ça dans le sang et était plutôt doué pour ça, admettait Lara. Plus d'une fois, elle l'avait vu empoigner son téléphone pour régler à distance des différends, retourner des situations, convaincre de payer. Qu'il s'agisse d'humanitaire importait finalement peu pour lui, même s'il était assez malin pour sauver les apparences. Ce qui comptait, c'était trouver le projet, et surtout remporter le contrat à la barbe de tous les autres drapés dans leur expertise et leurs considérations humanistes. L'idéal, pour Éric, était de passer avant tout le monde, de dénicher ce qu'il appelait « les pré-projets », de se prépositionner, de convaincre en amont, imposant S.A.V.E. comme une évidence au moment du choix des donneurs d'ordre.

Son compte rendu d'action terrain étant terminé, Lara se laissa le temps de souffler avant d'entamer la relecture finale et, donnant l'impression de réfléchir à ses dernières idées, s'attarda à observer Éric.

Petit, le visage rond, les yeux très mobiles où pétillaient, selon les circonstances, l'inquiétude ou l'impatience, le président de S.A.V.E. — il tenait à ce titre, surtout dans les relations extérieures — ne tenait pas en place. Même assis dans son fauteuil pour éplucher la presse, il était en mouvement permanent, enfoncé dans les profondeurs du fauteuil puis revenant sur le bord, passant une jambe par-dessus l'autre puis remettant ses deux jambes au contact du plancher, les pieds fermement ancrés au sol comme un lutteur de sumo. Alors qu'il lisait, il lui arrivait de lâcher le journal d'une main pour permettre à son bras libre de faire quelques mouvements circulaires et assouplir des épaules en tension constante. Quand il était debout, c'était pire : il ne pouvait pas rester deux secondes en place, allait et venait dans la pièce, passant d'un bureau à un autre au fil de ses monologues ou de discussions qui laissaient très peu de possibilités d'intervention à ses interlocuteurs. Parfois, il se plantait sous leur nez pendant qu'il leur parlait, les bousculant dans leur zone personnelle, leur intimant l'ordre de l'écouter, d'acquiescer, de lui dire oui. En résumé, de l'aimer en acceptant ce qu'il proposait. Des célibats successifs — toutes avaient fini par jeter l'éponge, épuisées par ce tourbillon égocentrique — avaient renforcé les besoins de ce grand affectif qu'il déversait, plus ou moins consciemment, dans l'activité de son ONG.

— Lara ? Téléphone ?

La question d'Éric, étonné de ne pas la voir décrocher dès la première sonnerie, la ramena sur terre. Elle décrocha puis, après quelques « Oui » échangés avec son interlocuteur au bout du fil, se tourna vers Éric :

— Il y a un couple à l'accueil, des Nigérians. Ils disent avoir rendez-vous avec vous pour un projet qui pourrait intéresser S.A.V.E.

— C'est juste, j'ai eu leur appel ce matin, un Jibril quelque chose. Un grand projet d'après ce que j'ai compris, avec plusieurs milliers de personnes concernées. C'est bon pour nous, ça. Faites-les monter.

* *
*

Tous le pressentaient en espérant ne jamais avoir raison. Comme ceux qui s'installent sur les flancs d'un volcan, attirés par les terres riches, et qui souhaitent que jamais le monstre ne se réveille.

Mais aujourd'hui, le Nigeria est en fusion.

Le pays est entré en éruption, pour de bon. Plus rien ne semble pouvoir arrêter le torrent de lave des massacres et des représailles.

Sans surprise, tout est parti du Nord, région désolée, délaissée, désespérée. Trop pauvres, trop poussés à bout, les États les plus profondément musulmans jouent — une fois n'est pas coutume — le premier rôle dans la marche du pays, tiennent leur revanche. Borno, Yobe, Adamawa, les exilés du Nord-Est : sur ces terres extrêmes, les prêcheurs d'absolu ont trouvé leur paradis. L'horreur y prend ses aises et gagne peu à peu le reste du Nigeria, comme une tache de sang imprégnant lentement une chemise sur un corps meurtri.

Nigeria, grand corps en sang.

La blessure originelle est apparue à Maiduguri, infectée par l'exaspération que faisaient naître la corruption sans retenue, la pauvreté sans fond. Cette rancœur s'est trouvé un bouc émissaire : l'occidentalisation, ce monstre pervers étouffant la culture locale. L'Occident, source de tous les maux, de tous les mots. Boko Haram, « le livre est pêché » : derrière la formule, tous les livres sont rejetés, tous ceux amenés au fil des années par l'éducation, la religion des autres. Aux yeux des fanatiques, un seul livre, un seul baume, est digne de respect : le Coran, corseté dans une lecture ne souffrant aucune contestation.

À ces protestations croissantes, les militaires ont répondu comme à leur habitude — brutalement. Mohammed Yusuf, le leader des Boko Haram a vite été capturé, interrogé sans ménagement puis abattu comme un chien dans la cour d'un commissariat. Assumant avec candeur leur force brute, policiers et militaires, bravaches ou simplement stupides ont même filmé le meurtre et posté les vidéos sur You Tube.

Avec cet assassinat, le feu qui grondait déjà a pris de la vigueur, discrètement attisé par les politiciens locaux ou nationaux. À l'approche des élections locales ou nationales, alimenter cette flambée furieuse permet à tous ces matamores de promettre de s'ériger, s'ils sont élus, en rempart contre les fanatiques.

Sur les lieux des affrontements, l'armée n'est qu'une meute de plus, féroce ou veule. Elle s'acharne sans distinction sur les fanatiques et sur les civils qu'elle bombarde sauvagement pour tenter de reprendre la main. Parfois, souvent, elle brille par son absence : si la résistance est trop vive, ces soldats de papier s'enfuient sans demander leur reste, abandonnant sur le terrain armes, uniformes, véhicules militaires prestement récupérés par les Boko pour leurs prochaines opérations.

Plus rien ne peut endiguer le magma de violence. Il se déverse sur tout le Nord-Est, traverse les frontières — Cameroun, Tchad, Niger sont à leur tour rattrapés par l'incendie qui fige les paysages consumés dans une immobilité lunaire, rase les villes, efface tout souffle de vie. La furie islamiste descend vers le centre du pays puis vers le sud, inexorablement.

Les petites villes du Nord-Est — Damaturu, Potiskum, Damboa, Biu, Gombe, Bauchi, Yola — sont déjà acquises aux extrémistes. Pour preuve de leur allégeance, les habitants ont simplement besoin de massacrer tous les chrétiens qui passent à leur portée, inconnus malchanceux ou voisins d'hier. Meurtriers de bonne foi, ils se gardent ainsi des excès des fous de Dieu qui, alors, passent leur chemin. Ils ont mieux à faire, ailleurs.

Terre musulmane pourtant séculaire, Kano, la grande capitale, s'est embrasée en une soirée, comme si la ville était de feuilles sèches qui ne demandaient qu'à s'enflammer. La cité n'est bientôt plus qu'une mosaïque de quartiers férocement défendus rue après rue contre les incursions — les musulmans règlent leurs comptes avec les chrétiens, puis les Hausa avec les Fulanis, les Igbos avec les Yorubas... Les morts se chiffrent par centaines, la plupart pourrissent à la vue de tous et aux émeutes viennent s'ajouter, en quelques semaines, la famine, le manque d'eau, le choléra.

Les Boko, qui ont déjà montré qu'ils pouvaient atteindre des villes bien au-delà de leur fief d'origine, s'attaquent ensuite au verrou entre le Nord et le Sud : Jos, la bâtarde, Jos la hautaine sur son plateau montagneux, Jos la tolérante où, depuis toujours, cohabitent les Nigérians de toutes confessions. Jos, chienne de chrétienne jusque dans son nom — *Jesus Our Saviour !* La chienne s'est bien battue. Pendant cinq jours et cinq nuits, les combats ont fait rage dans la cité et dans ses alentours, dans l'effort insensé d'islamiser une ville où les deux communautés, chrétiennes et musulmanes, sont numériquement comparables. Il y eut autant de morts de chaque côté ; dans la ville exsangue, les survivants du carnage se comptent, hagards, encore étonnés d'être vivants. L'émeute n'a rien changé à l'équilibre des 2 confessions malgré les milliers de morts.

Les Boko préfèrent croire qu'ils ont gagné la ville. Ils y laissent une force d'occupation de pure forme et rassemblent leurs troupes pour foncer vers Abuja, la capitale fédérale distante de 150 km à peine. Sur place, les autorités n'avaient pas pris la peine d'imaginer l'impensable et avaient creusé en toute hâte un fossé, pitoyable rempart. Une gigantesque tranchée court maintenant tout autour de la ville, défendue avec plus ou moins d'efficacité par l'armée fédérale massée sur le pourtour. Les quelques milliers d'hommes de Boko Haram s'emploient à organiser le siège méthodique de la capitale. Plus rien ne doit sortir d'Abuja qui pourrira sur pied et tombera, le moment venu, comme un fruit mûr.

Au fil des affrontements, des massacres et des représailles, le géant nigérian s'émiette, se désintègre. Haoussas et Kanuris, Jukun et Jompre, Tiv et Idoma, Ogoni et Ijaw, Ibira et Igala… les 250 ethnies reprennent leur indépendance, s'arc-boutant sur leur territoire d'origine. Le pays retourne à sa mosaïque d'avant les colons. Le Nigeria, la vaste supercherie imposée par les Anglais, explose au visage de ses habitants.

C'est à Lagos, creuset de toutes les populations nigérianes, que la désagrégation est la plus violente, comme si des réactions en chaîne atteignaient en bout de course le réacteur historique du pays, l'ancienne capitale.

Sans beaucoup forcer sa nature, la ville est devenue une jungle que se partagent les foules lyncheuses, les escouades policières et militaires à la fois violentes et apeurées, les bandes d'*area boys* et d'*armed robbers*. Chacun chez soi et plus de quartier. Tous se retranchent derrière les barrières communautaires, religieuses, pour protéger sa vie et les siens. Chaque matin, chacun espère vivre un jour de plus, cherche désespérément une issue à cet enfer ethnique.

Un seul horizon : la survie.

19

Sur le pont avant caressé par une brise apaisante, l'équipage s'était réuni, convoqué par Piotr d'un aboiement bref. Tous avaient alors écouté Sana expliquer le projet qu'on lui avait proposé, pour eux et pour le bateau. Ils écoutèrent leur capitaine sans mot dire, autant par surprise que par respect.

D'une voix neutre, Sana avait annoncé le voyage à venir en une phrase – 4 500 personnes à convoyer jusqu'en Europe. Pour éviter que la discussion se perde en questions inutiles, il avait tout de suite donné quelques informations précises : la durée de la traversée, la destination envisagée — un autre pays africain si les choses se gâtaient vraiment, sinon l'Espagne, le Portugal ou la France. Il laissait le reste des détails pour plus tard : l'aménagement du bateau, la logistique, l'organisation et les tâches de chacun.

« Tu n'es pas sérieux, capitaine ? »

Prabu, le jeune Indien de Pondichéry, avait le premier brisé le silence qui avait suivi les paroles de Sana. Celui-ci s'attendait de toute façon à des réactions, et il n'était pas surpris que la première vienne de lui.

De tout l'équipage, Prabu était le plus réfléchi, le plus mûr aussi. Pas forcément une forte tête ou un opposant systématique ; plutôt quelqu'un qui devait, pour chaque chose, être convaincu par l'argumentaire. Il n'était pas du tout ce type de marin dont regorgeaient les ports et les bateaux, ballotté par le courant d'une dépression héritée du passé ou mû par une soif d'aventures un peu puérile, vite refroidie par la dureté de la vie en mer. Prabu questionnait, soupesait et ne s'aventurait que sur des territoires débroussaillés par la machette de sa logique. À la différence de beaucoup d'autres, il n'était sur ce bateau que pour gagner vite et bien ce qu'il lui fallait pour retourner vivre la vie qu'il souhaitait chez lui. À l'abri du besoin, enfin.

Flanqué d'un Piotr inhabituellement calme, Sana égrenait maintenant les raisons qui l'avaient convaincu de les embarquer dans cette expédition. Il savait qu'il lui faudrait aller à l'essentiel. Tout était si simple, finalement : il n'avait qu'à jouer sur leur espoir de s'évader de cette prison à ciel ouvert qui les étouffait tous. Et miser aussi sur le besoin d'argent, évidemment.

— Depuis qu'on est ici, on pourrit sur pied et vous le savez. On a tous cru un temps aux promesses de l'armateur qui devait tout régler et nous trouver un nouvel embarquement. Même s'il pouvait nous sortir de ce trou, il ne le ferait pas. Les pénalités qu'il a accumulées au fil des années en nous laissant rouiller dans ce port avec le bateau sont telles qu'il a plus vite fait d'acheter un nouveau cargo — on en trouve à 200 000, 300 000 dollars aujourd'hui. Il ne nous paie déjà plus nos salaires, il ne paiera jamais aux Nigérians ce qu'il leur doit. On ne repartira d'ici que par nos propres moyens… ou les pieds devant. On est échoués à Lagos ? Ce que je vous propose, c'est de remettre de l'eau sous la coque, de flotter à nouveau et de reprendre la mer. De reprendre la barre de notre cargo et de nos vies. Et nos vies, en ce moment, elles valent encore moins que d'habitude. Le pays est à feu et à sang, et si les Nigérians se font trucider un peu partout, pourquoi ça ne nous arriverait pas à nous ? On doit se tirer d'ici, ça devient urgent, alors autant prendre les devants.

— Avec quel argent ?

— Il y a plusieurs pistes. Celle des ONG, par exemple. Elles sont nombreuses au Nigeria et actuellement, elles veulent sans doute prouver qu'elles servent bien à quelque chose, comme d'aider à évacuer en grand nombre des réfugiés le moment venu. Pour elles, ça serait une opération humanitaire, un coup de pub bon pour leur image. Elles nous ont repérés depuis longtemps ; pour un projet d'évacuation, rien de tel qu'un grand bateau vide comme le nôtre : il n'a pas été prévu pour des passagers, mais il offre beaucoup de place et c'est tout ce qui compte. Le reste, c'est de l'organisation, de l'aménagement. Pour l'argent, elles n'en manquent pas, certaines ne savent même pas comment l'utiliser. Nous, on saura : cet argent paiera l'aménagement du *Lévi*, les vivres et l'eau, et une prime pour chacun d'entre nous. On en rediscutera après si tout le monde est d'accord pour faire ce voyage.

— Et les autres pistes ?

— Faire payer les passagers, tout simplement. Ils ne sont pas riches, mais il ne s'agit pas de les truander non plus. Et une petite participation, multipliée par 4500 personnes, ça fait une somme.

— Les Nigérians ne nous laisseront jamais partir sans payer les amendes.

— Depuis que les émeutes ont éclaté, les douanes, la police, tout est sens dessus dessous en ce moment, encore plus que d'habitude. Même s'ils nous voient nous préparer, il y a peu de chances qu'ils retrouvent notre dossier en temps et en heure. Et je ne compte pas appareiller sous leurs yeux... Quelle que soit la solution qu'on choisit, on arrosera qui il faut pour qu'ils regardent dans l'autre sens quand nous partirons. Des questions ?

Pour le moment, il n'y en avait pas. Elles viendraient sans doute après, avec les premières difficultés. Sana et Piotr voyaient les doutes, les regards échangés en silence, les murmures entre les membres de l'équipage. Il n'y avait pas d'opposition ouverte, pas d'adhésion franche non plus, juste un entre-deux étrange, une zone de remous où surnageaient l'hésitation et la peur. Sana prit la parole pour marquer les esprits une dernière fois :

— Ça ne sera pas forcément un voyage facile, mais on a tous assez bourlingué pour ne pas s'arrêter aux premières difficultés. Pour nous, les avantages ne manquent pas : on quitte enfin ce port, on va gagner en une fois plus qu'on peut en attendre de notre boulot et si ça se trouve, on passera même pour des héros si on sauve des milliers de personnes. En tout cas, il faut se décider, et rapidement. Ce genre d'occasion ne repasse pas deux fois. Comme je viens de vous le dire, les événements pourraient dégénérer plus vite que prévu et on doit aussi penser à sauver notre peau. On n'a pas trop le temps de traîner, et puis il faudra préparer le bateau pour accueillir les passagers, ce qui va prendre du temps. Je vous laisse la nuit pour réfléchir. Quelle que soit votre décision, je vous demande le secret absolu. Un bavardage de trop tuerait ce projet dans l'œuf — on risquerait même d'avoir un maximum d'ennuis sans en tirer aucun bénéfice. Alors, réfléchissez vite et tenez votre langue. Je vous attends demain matin dans ma cabine, à partir de 9 h, pour avoir votre réponse à chacun.

Sur ces mots, Sana mit fin à la réunion, fendit l'équipage qui lui faisait face et regagna sa carrée. Le groupe peu à peu se disloqua, certains se dirigeant vers leur propre couchette ou leur dortoir, d'autres partant s'isoler à 2 ou à 3 pour discuter de cette opportunité tombée du ciel.

— Tu te rends compte, s'enflammait Hani, l'ami de Prabu, j'ai calculé que si chaque passager donne seulement 10 dollars, ça nous ferait au moins 4 500 dollars chacun !

— On ne calcule pas de la même façon : moi, je compte plutôt 4 500 emmerdements, un par passager !

* *
*

Le lendemain, le téléphone sonna tôt chez Pierre. Le vieil homme s'était levé avec le jour, comme il en avait l'habitude depuis tant d'années, et décrocha à la première sonnerie.

— M. Pierre ? Capitaine Sana à l'appareil. L'équipage est OK. On démarre quand vous voulez.

— Très bien, on n'a plus trop de temps à perdre. Je passe prendre Jibril et Angela et on vous rejoint au bateau.

Depuis que la situation se détériorait dans le pays, Jibril et Angela, comme tous les habitants de Lagos, s'étaient repliés sur leur quartier d'origine où ils se pensaient en relative sécurité. Ils se voyaient toujours, à leurs risques et périls, plus rarement, mais régulièrement. Ils sentaient, ils savaient que la catastrophe qui s'abattait sur le Nigeria pouvait favoriser leur aventure : moins de contrôle, plus de candidats au départ. Ces derniers risquaient même d'affluer… Le couple savait qu'ils devaient saisir l'occasion, mais jouer finement. Conserver, le plus longtemps possible, le secret autour de leur projet restait la priorité.

Avec sa 505 hors d'âge et son chauffeur, Pierre passa au domicile de l'un puis de l'autre. Les bonnes nouvelles qu'il apportait dégageaient à nouveau leur horizon. Assis à l'arrière de la voiture de service, chacun réfléchissait, excité par cette étape très concrète de la préparation du voyage.

Ils étaient maintenant tous les trois sur le pont du *Primo-Levi,* face à Sana, Piotr et deux des hommes de l'équipage, les deux Indiens. Les présentations furent de courte durée ; chacun des deux camps marqua un temps pour observer ces associés de fortune avec lesquels ils allaient s'embarquer. Angela rompit le silence pour réclamer de quoi écrire et de quoi mesurer ce qu'ils allaient aménager là-dessous, dans la grande cale. Puis Sana prit l'initiative des opérations : « *On descend.* »

La descente dans la cale par la succession d'échelles était longue. Ils marchaient sans un mot l'un derrière l'autre, comme une procession en route vers un autel. Après une dizaine de minutes, ils parvinrent au fond de la gigantesque cale. Ils parcoururent d'abord en silence la grotte métallique avant d'échanger leurs idées, d'imaginer les problèmes, de trouver des solutions.

— Il faut dégager les caissons, pour gagner de la place, et monter des dortoirs le long de la coque, de chaque côté, commença Jibril. Des rangées de lits superposés sur plusieurs étages, fixés aux parois. On installe le cadre et pour chaque lit, trois ou quatre planches qui feront le sommier. Les gens amèneront un matelas léger — tout le monde en a un ici. S'ils n'en ont pas, ils dormiront à même les planches, ils n'en mourront pas pour quelques jours.

— Ça permettra à chacun d'avoir son espace, poursuit Angela, et de laisser libre l'allée centrale qui, de toute façon, sera occupée par les allées et venues de tout le monde ?

— Vous vous rendez compte du nombre de lits à construire ?! Pourquoi ne pas tous les mettre au milieu ?

— Parce que vous n'allez pas transporter du vrac, mais des gens, des passagers si vous préférez, répliqua Angela comme piquée au vif. Ils auront besoin de leur espace comme vous de votre cabine. Parce qu'on ne sait pas combien de temps va durer le voyage ni comment il va se dérouler. Parce que certains devront être mis à l'écart du groupe, les vieux ou ceux qui auront le mal de mer. Parce que certaines personnes ne se mélangeront pas aux autres.

— Construire ces lits, renchérit Pierre, c'est assez simple pour des charpentiers un peu méthodiques. Quatre montants et trois planches, un espace entre les deux pour que les gens puissent monter et descendre, on a vu plus difficile. Il faut juste prévoir l'approvisionnement en bois nécessaire et suffisamment de monde pour produire tous ces lits à la chaîne. Vous nous donnez la longueur de la paroi, la hauteur de la cale, on pourra calculer combien de lits on peut faire. Si on ne peut pas faire un lit pour chacun, on en fera un pour deux, ça diminuera d'autant les passagers qui resteront au milieu.

Guidés par les marins, Angela, Jibril et Pierre parcouraient le reste de la cale. Les lits n'étaient qu'une partie de l'aménagement à prévoir. Pour les hommes et pour les femmes, il faudrait aussi créer un espace séparé pour les toilettes, et des douches, même rudimentaires. Prabu trouva la solution.

— On ne peut pas construire ça au fond de la cale comme les lits, ça poserait problème pour évacuer les eaux. Alors, on va faire ça en hauteur. Regardez les passerelles qui vont de l'arrière à l'avant du bateau. Elles sont très larges, assez pour qu'on puisse y mettre des cloisons et faire des cabines de douches ou de toilettes. Les tuyaux d'eau courent juste au-dessus, on n'aura pas trop de mal à les détourner. Et pour l'évacuation de ce que vous savez, il suffit de les collecter et de les diriger vers les trous qui existent déjà dans la coque pour faire venir un peu d'air et aérer nos cargaisons. Tout ça partira dehors… Entre la merde et la rouille de la coque, qui verra la différence ? Au pire, on en sera quitte pour un bon nettoyage du bateau à l'arrivée !

L'ingéniosité et l'humour de Prabu firent sourire tout le monde. Tous se détendaient au fur et à mesure que l'on trouvait des solutions. Ils continuèrent à déambuler puis s'arrêtèrent au milieu de la cale. Quelques caisses oubliées pourrissaient là. Elles servirent de sièges au groupe qui poursuivit la discussion sur les autres problèmes à résoudre.

Il fallait aussi aménager des endroits où on pourrait stocker l'eau douce et la nourriture, prévoir la ventilation. Le sens pratique et l'autorité naturelle d'Angela, le talent de conciliateur de Jibril, la connaissance parfaite du bateau par les marins, leur débrouillardise et leur intelligence manuelle se complétaient à merveille.

— On y voit maintenant un peu plus clair sur ce qu'il faut faire, reconnut Sana. On sait ce dont on a besoin, mais toujours pas comment se le procurer.

— J'ai mes entrées sur le port, répondit Pierre. Ça devrait nous permettre de faire de l'eau sans trop de problèmes, de trouver des vivres et de les acheminer — les passagers en apporteront sans doute un peu. On devrait aussi pouvoir récupérer le bois pour les lits et les cloisons et les hommes pour faire tout ça.

— Comme ça, d'un coup de baguette magique ? s'amusa Prabu. Et qui est ce magicien assez puissant pour faire tout ça pour nous ?

— Vous connaissez Wole ?

Un silence pesant s'abattit sur le groupe : certains savaient qui était Wole, les autres se demandaient pourquoi la mine de ceux qui savaient s'était soudain assombrie.

— King Wole ?

— Vous en connaissez un autre ?

— Vous allez au-devant de problèmes, M. J'ai-réponse-à-tout.

C'était la première fois que Piotr s'exprimait depuis le début de leur inspection du bateau. Dire ce qu'il savait sur King Wole lui permettait de moucher ce trio de fous furieux et d'instiller le doute dans ce projet auquel il ne participait que contraint et forcé.

— King Wole est la pire canaille que je connaisse, et croyez-moi, j'en ai vu des palanquées depuis que je traîne ma carcasse dans les ports. Il n'a aucune parole, et aucune pitié. C'est une brute épaisse, un fauve qui ne cherche qu'à vous mettre en pièces une fois qu'il a obtenu de vous ce qu'il voulait. Le port est plein d'histoires sur son compte, et les bassins remplis des cadavres des hommes qui pensaient pouvoir lui faire confiance.

— Tu exagères sans doute un peu, s'amusa Sana.

— J'exagère, capitaine ? Tu connais aussi bien ces histoires que moi. Les hommes du port, les flics et les douaniers, tout le monde a peur de King Wole et pourtant, ce ne sont pas des enfants de chœur, croyez-moi. C'est un mafieux, un affreux, il a tout Apapa sous sa coupe. Et vous voulez traiter avec lui ? Dealer avec ce bandit est aussi absurde que votre projet lui-même. Je vous souhaite bien du courage !

— Du courage, on n'en manque pas, rétorqua Angela, d'autant qu'on n'a pas trop le choix dans cette affaire, pas plus vous que nous. On ira voir ce Wole avec M. Pierre et on le convaincra de nous aider.

— C'est précisément parce qu'il a tout le port dans le creux de sa main qu'il faut aller le rencontrer, argumenta Pierre. Il est au cœur de tout ici : il organise et gère tous les trafics, il fournit les transitaires en main-d'œuvre efficace et docile, perçoit les « commissions », règle les différends — parfois de manière saignante, c'est vrai. Il a des moyens que l'on n'a pas, il vaut mieux l'avoir avec nous que contre nous et si on y arrive, on ira beaucoup plus vite. Chez moi, on dit qu'on ne se bat pas contre le vent, on s'arrange pour qu'il nous pousse… De toute façon, soyons réalistes : on ne va pas pouvoir bouger une oreille sans qu'il le sache. Autant s'intéresser à lui avant qu'il ne s'intéresse à nous. Nous devons le rencontrer et dealer avec lui.

Les regards de Sana et de Prabu montraient qu'ils étaient convaincus du bien-fondé de la démarche. Piotr, lui, levait encore les yeux au ciel : mettre Wole dans leur poche, ces guignols ne savaient visiblement pas à qui ils allaient se frotter. Pierre, Angela et Jibril se doutaient bien que la partie ne serait pas facile. Mais elle ne l'était pas depuis le début. Et avec les marins du *Lévi,* ils avaient déjà remporté une première manche.

20

La demeure de Wole était à son image, à la fois massive et discrète. Tapie derrière des haies dans une partie reculée de Lagos Island, elle était dissimulée aux yeux des curieux. La bâtisse ne s'élevait que sur deux étages, mais sa surface au sol était plus importante que la plupart des maisons d'ici, plutôt fines et élancées. Avec sa base très large, sa façade rosâtre délavée par les pluies tropicales, ses décorations kitsch, elle tenait plus du gâteau de cérémonie surchargée de crème que de la maison de maître. Pour Wole, son apparence importait moins que son utilité. C'était avant tout un repaire confortable et pratique : la propriété donnait directement sur le lagon, plus exactement sur le méandre qui menait du lagon à la mer, juste en face d'Apapa, son terrain de chasse. Pour s'y rendre, il n'avait qu'à monter dans son petit bateau à moteur, traverser et accoster au port une dizaine de minutes plus tard.

Wole lui-même était un géant gras — sa seule présence dans une pièce semblait en diminuer la taille. Le ventre proéminent qu'il se plaisait à arborer signait sa réussite sociale, à l'instar des *babas* nigérians dont la bedaine traduisait l'épaisseur de leur compte en banque. Il jouait de sa taille et de son volume avec tous ses interlocuteurs pour leur imposer, d'emblée, un rapport de force en sa faveur, et parfois le respect. Fichée sur ce corps-montagne, sa tête massive, ronde et carrée à la fois, ressemblait à un heaume coiffant une armure de graisse. De ses yeux jaillissait un regard perçant, souvent gourmand qu'il posait sur les choses et les êtres, sur tout ce qui entrait dans son champ de vision. Son allure était lente et calculée. Cette apparente indolence n'était pas imposée par sa masse, une lenteur dont il n'aurait pu s'affranchir ; à la grande surprise de ceux qui avaient eu le malheur de le contrarier ou de s'opposer à lui, il savait réagir vivement, se déplacer étonnamment vite pour un homme de son poids et frapper fort si besoin était.

Face à lui se tenaient Pierre, presque aussi ventripotent que lui, et Angela, présentée comme son assistante. Le mensonge ne trompait personne, et Wole se rendit rapidement compte que cette « secrétaire », avec son regard, ses remarques et ses réparties, avait un rôle plus important que ne le suggéraient les apparences. De bonne humeur ce matin-là, le géant avait envie de s'amuser avec ces 2 souris qui se croyaient plus malignes que le chat. Il les laisserait se découvrir, se faufiler entre ses pattes et il verrait quel sort il leur réserverait au bout du compte.

— Vous vouliez me voir, je vous écoute, lâcha Wole d'une voix lasse.

— Vous me connaissez peut-être, commença Pierre. Je suis souvent à Apapa où je fais des affaires…

— Je sais.

— ... De mon côté, je sais que vous avez toutes vos entrées sur le port.

— C'est même souvent moi qui pose les serrures !

— Et qui ouvre les portes. Vous êtes donc la personne idéale pour notre projet.

— Quel projet ?

— Faire repartir le *Primo-Levi*. Vous avez dû entendre parler de ce…

— Je pourrais prendre ce doute pour une insulte… Je ne serais pas qui je suis si je ne connaissais pas l'existence de ce garage à mouettes, collé à son quai comme un coquillage à son rocher depuis des années. L'armateur a refait surface ?

— Il a plutôt disparu corps et biens, c'est maintenant l'équipage qui a repris en main le *Lévi*. Avec le temps, ils ont trouvé des clients et quelques commandes, mais ça ne suffit pas pour repartir et payer les frais de leur retour. Leur idée, aujourd'hui, est de bourrer le navire de marchandises non périssables — ils ont de la place — pour le compte de quelqu'un avec suffisamment de relations pour trouver tous les biens ici et les clients à l'étranger. Quelqu'un comme vous.

— Vous vous trompez de personne, je ne suis pas un armateur…

— Vous êtes un commerçant, tout comme moi, mais vous, vous avez les moyens de faire les choses en grand. Envoyer un bateau entier de marchandises vers vos clients, sans avoir à payer le transport, ça peut vous laisser une marge confortable…

— Sans payer le bateau ?

— Les gars du *Primo-Levi* veulent avant tout partir d'ici et rentrer chez eux. Ils ont juste besoin d'eau, de vivres, de quoi aménager la cale et d'un salaire décent pour rentrer au pays. Ça vous reviendra beaucoup moins cher que de faire appel à ces vautours de transitaires.

— Pourquoi tiennent-ils à aménager la cale ?

— Elle est prévue pour transporter des matériaux en vrac comme des céréales. Si on met des marchandises conditionnées ou brutes — des caisses, des machines, des véhicules, du bois —, tout ça va se balader en mer de bâbord à tribord. Ça abîmerait le chargement et si la cargaison est importante et lourde, ça serait même risqué pour l'équilibre du bateau. Il faut caler tout ça avec des armatures en bois, ça fera comme un grand magasin avec ses rayonnages !

— Vous attendez quoi de moi exactement ?

Ce fut au tour d'Angela de prendre la parole.

— Rien ne se fait sur le port sans que vous le sachiez, ou sans que vous le vouliez, commença-t-elle en flattant délicatement l'ego du géant. Dans un premier temps, on a juste besoin que vous nous ouvriez les portes, comme vous l'expliquiez tout à l'heure, pour que nous puissions préparer notre voyage. Et de dire aux « gardiens des portes » d'aller s'occuper d'autres portes que la nôtre.

— Et j'y gagne quoi, moi, dans tout ça ? Je peux même m'attirer des ennuis à vous protéger.

— Vous êtes King Wole, *abi* ? Tous les gens à Apapa sont vos obligés ou ont peur de vous, ils vous mangent dans la main. Ils ne prendront pas le risque de voir cette main se fermer... ou pire. Mais vous avez raison, il n'y a rien à gagner pour vous dans un premier temps, sauf si vous vous investissez vraiment dans ce projet, au propre comme au figuré. D'abord en nous procurant ce qu'il nous faut pour aménager le bateau, ensuite en trouvant de quoi le remplir et des clients à l'étranger pour réceptionner sa cargaison. Tous les négoces du port passent par vous, ça ne devrait pas être trop difficile de remplir un cargo pour vous, Baba. Mais votre pouvoir sur les docks est peut-être plus limité que je croyais...

— Vous argumentez bien, jeune fille, vous flattez bien aussi, vous vous payez même le luxe de me provoquer... M. Pierre, vous pouvez vous vanter d'avoir une « assistante » en or — il traîna volontairement sur le mot tout en les regardant fixement tous les deux, leur confirmant qu'il n'était pas dupe de ce titre factice. Croyez-en King Wole, elle a l'étoffe d'une reine, cette petite, on viendra sans doute un jour vous la voler !

L'habilité d'Angela, le culot dont elle faisait preuve pour aller « caresser les poils du chat » d'une main et de tirer ses moustaches de l'autre inspirait à Wole du respect. Qu'une fille jeune et d'apparence si fragile vienne le défier chez lui, dans son salon, à l'endroit même où il avait terrorisé plus d'un costaud du port, simple docker, syndicaliste aguerri ou douanier véreux qui devaient lui rendre des comptes, l'époustouflait. Elle avait de la personnalité, cette gamine, du courage aussi ; elle gardait, enfin, une classe à toute épreuve même quand elle discutait pied à pied. Sans se l'avouer vraiment, Wole était tombé sous le charme.

Angela regardait Wole avec d'autres yeux. Au-delà de la négociation qui s'était engagée avec le mafieux, elle voyait derrière lui une multitude d'hommes en embuscade.

Derrière le masque du géant, elle débusquait sans peine le modèle trop courant de « l'homme » drapé dans toute sa suffisance, une baudruche grotesque à laquelle elle se heurtait depuis toujours.

Le premier d'entre eux, bien entendu, avait été son père, petit notable de village vautré dans sa polygamie et son irresponsabilité. Il négligeait avec constance ses multiples femmes et les enfants qu'elles lui avaient donnés et qu'il avait cessé de compter. Il répudiait les premières dès qu'elles passaient un certain âge ou quand elles commençaient à trop se plaindre. Il ignorait les seconds, les nourrissant juste ce qu'il fallait pour ne pas déclencher la réprobation de sa communauté, mais se souciant comme d'une guigne de leur devenir.

Dans sa maisonnée, les filles occupaient un statut à part et pour autant peu enviable : il mettait un point d'honneur à conclure pour elles des mariages avec des époux puissants et fortunés, susceptibles de renforcer son pouvoir de notable. C'est d'ailleurs quand ce père tout-puissant avait essayé de prendre en main l'avenir d'Angela que celle-ci lui avait explosé au nez, comme une bombe de colère trop longtemps comprimée. Devant sa famille médusée, elle avait dit à son père ses 4 vérités, soutenue sans mot dire par tous ceux dont il gâchait la vie par sa légèreté et son inconséquence. Elle avait fait sa valise le jour même et n'était plus jamais revenue au village.

D'autres mâles avaient suivi qui tentèrent, souvent avec une argumentation creuse et pitoyable, de convaincre Angela que l'homme, au final, savait mieux qu'elle et qu'elle devait se ranger à leurs conseils. Les études qu'elle s'était payées, les différents emplois qu'elle avait enchaînés, ses activités caritatives lui avaient fait rencontrer toute une litanie d'hommes minuscules : professeurs dogmatiques, petits chefs imbus d'eux-mêmes, coreligionnaires teintant ce qu'ils comprenaient de l'Évangile d'un machisme quasiment d'essence divine, voisins à la « bienveillance » pesante — « Tu devrais te trouver un homme, Angela, il t'aidera à mener ta vie ! ».

Il lui arrivait de croiser de parfaits inconnus qui, après une drague à la va-vite dans la rue, ne pouvaient s'empêcher de lui prodiguer des conseils paternels — ils savaient forcément mieux qu'elle ce qu'il lui fallait ! — pour vivre comme une femme « honnête ». Elle n'avait pas trop de mal à les remettre à leur place, les renvoyant à leur incapacité de concevoir qu'une femme avait une tête à elle et pouvait décider par elle-même, qu'on pouvait être une femme libre sans être une « mauvaise femme » — dans leur esprit, une putain, le type même de femme vers lesquelles ils couraient pourtant pour soulager leurs aigreurs —, respectable par ses choix de vie et son courage de les assumer plutôt que par sa capacité à se ranger dans une position décidée par d'autres. Angela savait se défendre, mais était un peu lasse de cette pression masculine que Wole incarnait dans toute sa superbe, avec plus de finesse matoise que la plupart des mâles étriqués qu'elle rencontrait. Sa relative intelligence ne le rendait que plus dangereux et elle sentait qu'elle devrait se méfier de lui.

Se remémorer la cohorte des machos qui l'avaient entourée jusqu'ici l'amena naturellement à penser à Jibril. Il était arrivé au bon moment dans sa vie alors qu'elle se désespérait des hommes. Depuis qu'elle le connaissait, elle n'avait pas une seule fois pu déceler, dans leurs nombreuses discussions, la moindre trace de machisme béat. Les points de vue communs qu'ils semblaient avoir sur une foule de sujets dépeignaient un homme à l'écoute, soucieux de comprendre l'autre sans a priori. Il n'était pas arc-bouté sur des certitudes ancestrales, confiait plutôt les doutes et les questions qui l'assaillaient et cherchait des réponses. Un homme réfléchi, sensible sans avoir peur de l'être. Un homme rare.

Comme à son habitude, Pierre avait d'abord participé à la discussion qui s'était engagée entre eux trois, puis s'était retiré derrière un silence attentif pour observer la joute qui opposait Wole et Angela. Il avait vite repéré que le charme d'Angela semblait adoucir le mastodonte — s'il était honnête avec lui-même, il se doutait bien avant leur rendez-vous que ce charme opérerait et au fond, il savait qu'il l'avait emmenée avec lui précisément pour ça, dans l'espoir que cela faciliterait leur entreprise.

Maintenant qu'ils les regardaient batailler tous les deux, il ne savait pas quoi en penser. Wole était sous le charme, mais il restait un homme malin et brutal dont on pouvait craindre les réactions. Angela, elle, ne cherchait pas à jouer de ses atouts — elle était juste elle-même, naturellement attirante —

et affichait même une froideur, un mépris palpable pour son interlocuteur. La relation qui se nouait là entre Wole et Angela était potentiellement explosive, et Pierre devrait à l'avenir s'assurer qu'elle ne viendrait pas interférer avec leur projet.

— Je vous raccompagne ?

L'invitation de Wole sortit Pierre de ses réflexions. La conversation était terminée, Angela avait repris sa veste et son sac et le regardait, le corps déjà à moitié tourné vers la porte d'entrée.

— Je vais prendre le temps de me renseigner autour de moi pour voir ce que vaut ce projet.

— À ce stade, tout doit rester confidentiel sinon…

— Je serai discret, n'ayez pas peur, je le suis dans tous mes business. Je suis même le roi des secrets pour mes concurrents. Les pauvres, ils ne voient souvent pas le coup venir…

— Quand serez-vous en mesure de nous donner votre réponse ?

— Je vous recontacterai quand j'aurai tous les éléments bien en main pour décider. En affaires, la précipitation est mauvaise conseillère, surtout pour un gros projet comme celui que vous m'apportez. Si ça me semble faisable, je vous appellerai pour vous transmettre mes conditions. Je vous laisse là, vous connaissez le chemin.

Alors qu'Angela et Pierre avaient déjà fait quelques pas dans le jardin, Wole rappela le vieil homme : le trousseau de clés que Pierre avait toujours avec lui était resté sur la table basse du salon. Pendant qu'Angela l'attendait au milieu du jardin, Pierre rebroussa chemin vers Wole qui agitait le trousseau de clés sur le pas de la porte.

— On a tous nos moments d'oubli, vous auriez eu du mal à rentrer chez vous !

— Merci, à bientôt.

— M. Pierre… Je ne sais pas si ce projet aboutira, mais si ça se fait, il me faudra cette fille.

— …

— Courez donc, elle vous attend et elle n'a pas l'air patiente. Au revoir, Miss Angela, et à bientôt, je l'espère !

21

À Lagos, le jour, la nuit sont deux jumeaux terribles mis au monde par la ville-mère. De ces deux enfants monstres, la nuit est sans doute le plus turbulent, le plus dangereux. Dans certains quartiers au calme apparent, aux heures abandonnées à la lune surgissent souvent, comme des accès de colère infantiles, la violence et la mort.

Peu de personnes se risquent à parcourir la ville le soir venu, les Lagosiens comme les étrangers. Invariablement, le jour tombe vers 18 h, brutalement, comme un pan de montagne s'effondrant sur une route. La nuit obstrue la vie.

Les fourmis-hommes qui, depuis les premières heures de lumière, cheminaient frénétiquement sont empêchées, désorientées, prises dans des filets du monstre nocturne. Rares sont ceux qui s'échappent, qui choisissent de contourner cet obstacle naturel, sans se soucier du jumeau terrible. Plus rares encore sont ceux qui, après une ou deux heures pour conclure une visite ou un business, n'adoptent pas prudemment la solution de sagesse : rester chez soi une fois le jour enfui — ou au moins dans son quartier proche —, c'est laisser les risques à la porte. Mais même ce rempart-là peut voler en éclats.

Lagos, la nuit, balance entre sommeil et sauvagerie. Les portes des maisons, les grilles des propriétés sont parfois enfoncées par des bandes de cambrioleurs armés, d'autant plus violents qu'ils savent, s'ils sont attrapés, qu'ils n'échapperont pas au peloton ou à la fureur populaire. En pareil cas, la coutume à Lagos veut qu'on offre un « collier » au cambrioleur : les mains attachées dans le dos, le visage souvent tuméfié par les coups que fait pleuvoir sur lui, jusqu'au bout, une foule excédée par l'insécurité, il voit arriver un pneu qu'on lui passe par la tête pour enserrer ses épaules avant d'y mettre le feu. Le pneu se consume lentement, le caoutchouc fondu ronge les chairs et les vapeurs toxiques finissent d'achever le martyr. Le corps ou ce qui en reste terminera son existence dans un des égouts ou dans la décharge la plus proche.

Entre les quartiers se déroule un écheveau d'autoroutes et de ponts vides ou parcourus, la peur au ventre, par des taxis ou des retardataires inquiets. La course est heurtée, régulièrement interrompue : « *Check-point !* ». À Lagos plus qu'ailleurs, l'ordre lancé par un flic ou un militaire claque comme une menace, comme un fusil qu'on arme. Mieux vaut obtempérer : un long bâton prêt à fracasser un pare-brise ou, plus directement, une rafale ont pour mission d'immobiliser l'inconscient qui se risquerait à forcer le barrage. Il ne reste plus au conducteur englué dans cette toile qu'à prendre le temps de marchander le *dash* avec des abrutis galonnés aux yeux rougis par le sommeil, la bière ou la drogue, rongés par la frustration, imprévisibles. Et, surtout, surtout, sans jamais perdre son calme. Les bavures ne sont pas rares et les balles perdues ne le sont pas pour tout le monde.

Cette nuit-là était sans lune. Dès qu'on s'éloignait des axes routiers et de leurs lampadaires malingres, l'obscurité quasi parfaite était la bienvenue pour ceux qui avaient besoin d'œuvrer à l'abri des regards et des curiosités. Les hommes de Wole pouvaient prendre leurs aises.

Le mafieux avait vite réalisé tout le bénéfice qu'il pouvait retirer de cette affaire qu'on lui apportait sur un plateau. Quelques jours après sa rencontre avec Pierre et Angela, il avait rappelé le vieux pour lui dire qu'il était OK et qu'il se chargeait des matériaux pour l'aménagement de la cale et de la cargaison. À sa façon.

Près du port d'Apapa, ses hommes — des *area boys*, les voyous des quartiers et quelques dockers parmi ses obligés — s'activaient : ils faisaient leur marché, fracturaient les serrures d'entrepôt après avoir acheté ou fait fuir le gardien en place. Les gardes un peu trop gourmands ou désespérément butés flottaient vite dans les eaux du port.

Inspectant méthodiquement des hangars repérés en journée, les hommes de Wole travaillaient avec efficacité. Ils ne prenaient que ce qui était conditionné, non périssable et facilement manipulable. Des centaines de caisses, de bidons sortaient des hangars et allaient remplir des charrettes, des pickups, des camions patientant tous feux éteints. La même scène se répétait dans des dizaines d'entrepôts de la zone portuaire. La nuée de ces insectes lourdement chargés convergeait ensuite vers le même point, un gigantesque bâtiment qui faisait face au *Primo-Levi*. L'endroit, qui appartenait à Wole, était sévèrement gardé, nuit et jour, par des hommes discrets qui avaient ordre de ne pas s'embarrasser des curieux…

Le bois était arrivé dès le début et avait été hissé par brassées énormes avec les grues du bateau. L'équipage du *Primo* profitait aussi de la nuit pour avancer son aménagement sans attirer l'attention.

Au fond de la cale, tous les marins s'étaient mis à l'ouvrage, qui était titanesque : construire un dortoir géant, même rudimentaire, réclamait la participation de tous. La décision avait été prise de bâtir des blocs de vingt lits — un premier bloc de dix lits, un sommier double sur cinq étages, était fixé à la paroi du bateau ; arrimé au premier, un second bloc, identique en tous points, s'avançait vers le milieu de la cale. L'idée était d'aligner ces blocs le long d'une paroi, puis de l'autre, 125 blocs de chaque côté.

Le travail à abattre était gigantesque, mais les marins, désœuvrés depuis tant de mois, retrouvaient des forces et de l'espoir grâce à ce moyen d'agir concrètement pour leur retour. À mesure que le dortoir monumental prenait forme et que les lits de bois remplissaient la cale, ils prenaient conscience de la réalité du projet dans lequel les avait embarqués Sana, du voyage à venir. Ils s'arrêtaient au petit matin, fourbus et satisfaits à la vue de la charpente qui, lentement, tapissait la paroi de métal. L'ouvrage poussait chaque jour un peu plus comme un lierre, irrigué par l'effort et la sueur des hommes. C'était comme si les arbres jadis abattus pour faire ce bois de coupe reprenaient vie.

* *
*

— On en est où ? demanda Sana.

Accoudé à la rambarde de la cale, ses pensées comme happées par le fond du bateau, Jibril n'avait pas entendu arriver le capitaine du *Primo-Levi*.

— C'est vous ?

— Et observateur avec ça… Profitons de votre don : vous le voyez avancer, cet aménagement ?

— Oui, et plutôt pas mal. Le premier flanc du cargo est presque terminé, ils attaqueront sans doute l'autre côté cette nuit. Il nous faudra certainement deux bonnes semaines pour la deuxième partie.

— Je ne sais pas si on les aura, ces deux semaines. Vous avez dû entendre que ça se dégradait encore dans le pays. Ils sont à Abuja, les Boko et même s'ils ne descendent pas jusqu'ici, ils poussent devant eux des gens qui risquent de déferler à Lagos. Et Dieu sait comment ils seront accueillis ici… D'ici peu, ça risque d'être très chaud à Lagos pour tout le monde…

— S'il y a des troubles, ça n'est pas forcément mauvais pour le projet : on ne fera pas attention à nous, car tout le monde sera préoccupé par sa survie.

— Les troubles, on ne sait jamais comment ça tourne. On peut aussi se retrouver trucidés par une foule qui aura décidé de s'accaparer le bateau.

— Le pire n'est jamais sûr, même au Nigeria…

— Qu'est-ce qui nous manque pour pouvoir partir ?

— Trouver une solution pour les sanitaires… C'est même le principal problème à résoudre vu la durée du voyage et le nombre de passagers. On pensait construire des toilettes, mais ce sera trop long, trop compliqué et ça risque d'attirer l'attention sur nous, voire d'éveiller la curiosité de Wole.

— Et celui-là, mieux vaut ne pas le titiller trop tôt… Faites comme font les marins sur les voiliers : un bon seau en guise de w.-c., et tout son contenu envoyé nourrir les poissons. Vous devrez juste prévoir une armée de seaux… ou demander à chacun d'amener le sien !

— Ça vous fait rire… Nous, on essaie simplement de faire tout ce qu'il faut pour que les passagers vivent le mieux possible ce voyage. Et puis, si on ne gère pas ça, c'est le choléra assuré !

— Je suis marin, je sais que c'est important. De mon côté, les pleins d'eau douce sont faits, on a ce qu'il faut pour deux semaines. Pour la nourriture, chacun devra apporter de quoi manger pour plusieurs jours. On essaiera d'emporter des choses qui peuvent supporter le voyage, de l'igname, du riz, ce genre d'aliments, mais on ne peut pas nourrir autant de personnes par nous-mêmes. Il faudra prendre sur soi et se rationner.

— Les gens sauront se débrouiller, à l'africaine. Ils verront bien que ce n'est pas une croisière, simplement un voyage rapide vers leur nouvelle vie. S'il n'est pas trop long et la mer pas trop mauvaise, tout le monde supportera l'épreuve. Ce n'est pas cet aspect-là qui me soucie le plus…

— Qu'est-ce qui vous inquiète, alors ?

— Wole…

— À mon avis, vous n'avez pas tort. Ce n'est pas un ange et quand il découvrira que vous lui jouez un tour de cochon, il risque même de vous faire visiter l'enfer. Moi et mon équipage, d'ailleurs, on sera certainement invités… Comment comptez-vous éviter ça ?

— En le mettant devant le fait accompli.

22

Ils sont prêts, elle le sait.

En fendant une nouvelle fois la foule des fidèles pour monter au pupitre, Angela se sent soulevée par la vague de leur espoir. Sans relâche, de prêche en prêche, elle a labouré leur âme et planté les graines d'une décision que beaucoup s'apprêtent à prendre : partir pour de bon.

Le Temple de la joie immanente, son église, n'a jamais aussi bien porté son nom. Depuis la scène, elle domine une salle pleine à craquer, avec du monde jusque dans les allées latérales. Femmes endimanchées à l'européenne, tête nue ou coiffée d'un élégant chapeau de paille avec ou sans voilette ; « mammas » drapées dans un boubou coloré ou sobre, en wax ou en bazin, magnifiées d'une coiffe composée avec art ; hommes raidis par leur costume empesé ou vêtus d'une chemise simple repassée de frais ; enfants sages ou joueurs, parfois ramenés à la raison d'un geste brusque ou d'une calotte légère, mais sans équivoque sur leur crâne rasé.

Le pasteur qui avait prêché avant elle lui a, en quelque sorte, préparé le travail. Le révérend Chukwuemeka, homme obèse aux yeux naturellement exorbités, terrifie nombre de fidèles, pétrifiés par son regard fou comme par ses mots. Avec un débit presque épileptique, il enchaîne phrase sur phrase, haranguant ses ouailles pour instiller en eux la culpabilité. Dimanche après dimanche, il ressasse le même sermon, les mêmes arguments : leur vie pleine de péchés, le pardon de Dieu qu'ils ne peuvent espérer qu'au prix d'une complète soumission, la toute-puissance de l'Esprit divin. Face à ce discours rituel et attendu, la foule des fidèles fait le dos rond, acquiesce en balançant la tête, s'abîme dans ses réflexions ou dans des prières secrètes. Sa harangue prend fin et pendant quelques minutes encore, le silence résonne de ses imprécations.

Angela entre en scène, délaisse le pupitre pour se placer directement devant l'auditoire : elle ne veut pas de barrière entre elle et l'assistance.

Avant de prononcer son sermon, elle se ménage un court silence et parcourt des yeux la mer de visages tendus vers elle. Son regard les embrasse tous et, grâce à son talent d'oratrice, semble s'adresser à chacun. Elle inspire profondément, puis se lance.

« Mes frères, mes sœurs,

Le Jour est arrivé.

Il nous faut embarquer

Vers cette nouvelle vie que nous souhaitons, que nous méritons, que nous recevrons si nous avons le courage d'aller la saisir.

Chaque semaine, depuis des mois maintenant,

Nous nous tournons vers cet horizon,

Nous nous préparons à cette éventualité.

Elle devient aujourd'hui réalité.

Tout prêt de nous attend un navire
Prêt à appareiller vers l'Europe,
Le ventre plein de ceux qui sont prêts,
À oser vivre leur nouvelle vie.
Il vous faut vous préparer
Derrière vous, pas de regrets
Pour ce pays de folie et de flammes
Qui bientôt, si vous n'y prenez garde,
Vous volera vos espoirs, vous volera votre vie.
Bientôt, je vous lancerai le signal
De ce départ sur les eaux de l'océan.
Sur le portail de notre temple, un soir
Vous lirez le nom du bateau
et l'heure du départ.
Il vous faudra agir vite
Et garder le secret qui drapera notre épopée
Si sans heurt nous voulons accoster
Sur les rivages de l'éden.
Le Jour est proche, mes frères, mes sœurs,
Où nous nous mettrons en marche
Sans crainte, sans questions, sans regrets,
Où nous serons enfin
Maîtres de nos destins.
Tenez-vous prêts pour le Grand Voyage,
tenez-vous prêts !
Allelujah ! »

De sa voix tantôt perçante, tantôt caressante, elle avait pris à bras le corps la foule des rêves qui flottaient dans la salle, libéré des vies verrouillées par la misère. À la limite de la transe, Angela avait prononcé son prêche comme hors d'elle-même — ou peut-être était-elle enfin elle-même. En elle aussi montait une vague, soulevée par l'ambition de montrer la route et mener le voyage, jusqu'ici spirituel et bientôt très concret, d'être celle qui conduirait l'Exode.

* *
*

Aux portes de l'église, la ville brûlait.

Depuis quelques jours déjà, les Lagosiens avaient vu arriver tous ceux que la terreur avait chassés de leur village, de leur ville. Cet afflux avait immédiatement enflammé les habitants de toujours : ceux qui, par tradition, avaient accepté d'héberger de lointains parents retrouvaient leur foyer envahi par une dizaine de personnes qu'il fallait nourrir, entretenir, supporter. Ceux qui réussissaient à contourner cette obligation se heurtaient malgré tout à la masse des réfugiés qui, faute d'un toit, vivaient dans la rue.

Les charbons étaient ardents, le chaos n'attendait qu'un signe.

C'est le manque d'eau, un matin, qui déclencha ce que tous savaient inéluctable. Les puits étaient à sec et les pompes lancées pour aller puiser plus profond ne remontaient plus qu'un souffle d'air. Les réfugiés furent accusés d'avoir accaparé toutes les réserves en eau et les rues se remplirent d'altercations, puis de batailles rangées entre réfugiés et Lagosiens, d'expéditions punitives puis de représailles. Autour des puits à sec, maintenant coulait le sang.

Ce fut au tour des rues de se vider. Plus personne n'osait sortir, plus personne n'osait bouger. Partir trouver de quoi boire, de quoi manger un peu se transformait parfois en voyage sans retour.

Comme tous les habitants de Lagos, Jibril et Angela étaient menacés au jour le jour par cette guerre des rues. Repliés chacun dans leur quartier, ils se voyaient plus rarement, souvent en prenant d'énormes risques, mais régulièrement.

— J'ai peur, Jibril.

— Peur, toi ? Tu penses qu'on ne va pas y arriver ?

— Non, peur de Lagos, de ces tueries quotidiennes, peur pour nos vies.

— Si on bouge le moins possible, si chacun reste dans son quartier, il y aura moins de risques. Si tu es d'accord, je peux m'installer chez toi maintenant. Ça sera moins dangereux pour moi et ça te rassurera. Et puis, quand on sera prêts à partir, ce sera plus simple de descendre jusqu'au port. Depuis chez toi, c'est à deux pas.

— Ça me va bien. De toute façon, je veux vivre avec toi, autant commencer dès maintenant ! Et puis, vu ce qui se passe en ce moment, plus personne n'y trouvera à redire. Même les imbéciles comprendront...

Même si la peur les taraudait, tous deux sentaient, tous deux savaient que la calamité qui s'abattait sur Lagos était, d'une certaine façon, une bénédiction. Beaucoup n'avaient plus rien à perdre et dans le bain de démence dans lequel s'enfonçait la ville, « le Grand Voyage » avait perdu de sa folie. Il devenait une chance, une issue, une voie tracée par le bon sens. Le problème de Jibril et d'Angela, maintenant, était tout autre : comment empêcher les candidats au départ d'affluer ? Le secret les protégeait encore, mais il vivait sans doute ses derniers jours. Les plus malins, ou les plus désespérés ne mettraient certainement plus longtemps à le percer.

— Ils ont presque fini sur le bateau, tu sais, s'enthousiasma Jibril. On pourra bientôt s'en aller, il faut décider quand et le plus tôt sera le mieux.

— Je dois donner le signal à ceux qui souhaitent partir, leur permettre de prendre le nécessaire et de rejoindre le

Lévi. Mais il ne faudra pas qu'ils s'éternisent si on ne veut pas voir arriver les problèmes en même temps qu'eux.

— On leur donnera quel délai ?

— Une journée, peut-être moins, le matin pour un départ le soir même, par exemple. Il faut qu'on parte la nuit. On passera plus facilement inaperçus.

— Comment viendront-ils jusqu'au bateau ?

— Ils se débrouilleront. Quand l'envie est là, les solutions ne sont pas loin.

— Le jour où l'on décidera de partir, il faudra également charger le cargo de nourriture, même si les gens en apporteront un peu, et le faire vite.

— Et sans se faire remarquer. Pas simple sur le port...

— ... à moins de le faire un dimanche, s'écrièrent-ils en chœur.

— C'est le jour idéal, renchérit Angela. C'est aussi un jour spécial pour les fidèles, il n'y aura aucune peine à les mobiliser ce jour-là.

— On peut faire mieux encore en choisissant bien notre dimanche. Dans quinze jours, le pays élit un nouveau président ; tout le monde aura la tête ailleurs. Ce sera le meilleur moment, Angela. Il ne faut pas laisser passer l'occasion : on n'aura peut-être pas une deuxième chance.

* *
*

Descendu au fond de la cale, Sana contemplait le travail de ses hommes.

Parvenu au milieu, il suivit lentement l'axe central du navire. Petit homme progressant dans la cale immense, il lui semblait remonter la nef d'une cathédrale. Sur chaque flanc se dressait le dortoir, monument de bois sur lequel chatoyait la lueur des projecteurs perchés, à intervalles réguliers, sur les poutres. Le jeu de la lumière qui traversait les lits bondissait d'un montant de bois à un autre, réchauffait la coque fruste et donnait une couleur apaisante, sereine, à la grotte métallique.

Les hommes du *Primo*, ses hommes, avaient bien travaillé.

Les bordées de lits étaient solidement fixées au sol et aux parois. Profitant intelligemment de l'espace disponible, ils avaient laissé un écart suffisant entre les blocs de bois pour que les gens puissent circuler ou monter se coucher au moyen d'une échelle rudimentaire vissée sur chaque structure pour atteindre les étages supérieurs.

Une fois les lits terminés, ils s'étaient attelés à résoudre le problème des toilettes, isolant une partie de la cale où se concentrait l'essentiel de la tuyauterie. Là, ils avaient monté des cloisons sommaires, détourné certains tuyaux pour doter chacune des vastes cabines de plusieurs arrivées qui permettraient de nettoyer à grande eau. Au sol affleuraient des trous réguliers percés à même le plancher et qui, tous, se dirigeaient via une rigole vers des écoutilles qui évacueraient ce qui devait l'être. C'était simple et apparemment fonctionnel, mais l'ensemble restait rustique et de toute façon insuffisant pour la masse des passagers — la solution des seaux, proposée ironiquement par Sana à Jibril, n'était peut-être pas une si mauvaise idée pour compenser ce manque. Pour éviter le fléau d'une épidémie sur le Lévi, il leur faudrait gérer cet aspect-là de la manière la plus stricte et espérer, aussi, que la traversée ne durerait pas trop longtemps.

Son bateau était prêt.

Écrasé par la grandeur de la cale, saisi par l'imminence de l'embarquement de plusieurs milliers de personnes sur le cargo, Sana réalisait pour la première fois la démesure de ce qui les attendait. Pour la première fois de sa vie de marin, il ne savait pas avec précision dans quoi il avait accepté de s'aventurer. Lui qui, pour chacune de ses navigations, avait toujours su garder le contrôle des hommes, des machines, des événements, s'en remettait aujourd'hui à sa bonne étoile.

23

« Yahweh gardera ton départ et ton arrivée,
maintenant et à jamais. »

Pour le Nigeria, le temps était venu, une fois encore, de choisir son nouveau président. L'insurrection qui avait saisi le pays à la gorge ajoutait à cette période brûlante sa propre incandescence.

Disséminés dans chaque recoin du pays, les bureaux de vote étaient autant de poudrières. Au bout de quelques heures, toutes finissaient par exploser. Un regard un peu trop conquérant, un vote refusé faute de pièce d'identité, un mot de trop étaient autant d'étincelles. La foule massée dans le bureau ou dans ses abords immédiats prenait alors les choses en main, expulsant, rossant ou lynchant le fauteur de troubles.

Nul ne s'approchait d'un bureau de vote tenu par une ethnie autre que la sienne, mais cela n'était en rien une garantie contre le lynchage. Il suffisait de contredire l'opinion du plus grand nombre avec un peu de sens critique ou, simplement, de bon sens pour se voir accusé de faire le jeu « des autres », pour se voir décocher les premiers regards fous, puis les premiers coups. Les âmes étaient à vif, cherchaient le moindre exutoire. Même le consensus devenait, au bout d'un instant, insupportable et la foule frénétique partait alors en chasse d'un bureau de vote de l'autre bord, histoire d'y répandre sa rage. Les bulletins de vote, un peu partout, s'étaient teintés de sang.

Dans certains endroits, les militaires ou les policiers entraient dans la danse : à coups de canne, de fouet, de matraque ou de crosse, ils se chargeaient de rétablir l'ordre, de faire place nette et parfois, repartaient avec les urnes. Avec ou sans effusion de sang, cela importait peu à leurs yeux.

L'élection présidentielle et son cortège de troubles durèrent tout un samedi. Conformément à l'usage, il était prévu que les résultats ne seraient donnés que le lendemain, officiellement pour mener le dépouillement à son terme, mais surtout pour tenter de refroidir un peu les esprits. Proclamer les résultats un dimanche pouvait également, au moins du côté chrétien, contribuer à ramener le calme. Le pire n'est jamais sûr même si, au Nigeria, il a de l'imagination.

* *
*

Angela, Jibril et Pierre avaient passé toute la journée du samedi sur le cargo, à la fois pour finaliser les derniers préparatifs et discuter, encore et encore, de ce qu'il convenait de faire.

La démarche entreprise auprès de S.A.V.E. avait finalement porté ses fruits. Le projet de « prépositionnement d'un bateau humanitaire » — c'est ainsi qu'Angela et Jibril avait présenté l'affaire à Blatter — l'avait dans un premier temps séduit, car cette initiative pouvait lui gagner les faveurs des grandes ONG internationales, voire des ambassades prêtes à tout à évacuer leurs ressortissants si le pays devait imploser. Le responsable de S. A. V. E. avait ensuite été évasif et fait traîner les choses, rechignant à mettre la main à la poche dans la perspective, encore hypothétique, d'une évacuation de masse mandatée par des organismes internationaux. Mais l'aggravation de la situation au Nigeria, et la confiance que lui inspirait « le petit couple », comme il appelait Jibril et Angela, emportèrent sa décision. Dans la matinée du samedi, le chauffeur de Blatter leur apporta un sac de sport anodin qui, une fois ouvert, s'avéra contenir plusieurs dizaines de milliers de dollars. Cela leur permettrait de « faciliter un départ précipité », disait le mot qui accompagnait la somme. Blatter ne savait pas à quel point il disait juste.

Les fonds iraient aux marins, directement, qui toucheraient leur part sur le reliquat à la fin du périple — leur adhésion au projet était désormais acquise. L'argent profiterait aussi, indirectement, aux passagers : puisque la mise de Wole et les fonds de l'ONG couvriraient tous les frais, personne n'aurait à payer quoi que ce soit pour la traversée, ce qui rendait le voyage accessible aux plus pauvres.

Le vieil homme, Angela et Jibril ne se séparèrent qu'en toute fin de journée : la nuit était tombée et avec elle, l'embrasement des esprits. Pierre avait déposé le couple à son domicile sans un mot — à quoi donc palabrer encore puisque tout était prêt ? — puis était rentré se mettre à l'abri chez lui.

Il restait à Angela à donner le signal du départ. Tous ceux qui, depuis des semaines, s'étaient lovés dans ses incantations et préparés au voyage l'attendaient. Elle savait depuis longtemps les mots qu'elle emploierait, à la fois explicites et secrets, pour faire venir à elle ses fidèles et seulement eux.

Parvenue au temple, elle se dirigea vers le panneau d'affichage où figuraient les avis de toutes sortes pour la communauté évangélique : heures des services, mariages et enterrements, sermons… Elle y déposa, bien en évidence, le message qu'elle avait préparé :

Psaume 121
Primo-Levi — Dimanche — 23 h

« Cantique pour les montées. Je lève les yeux
vers les montagnes : d'où me viendra le secours ?
Mon secours viendra de Yahweh,
qui a fait le ciel et la terre.
Il ne permettra pas que ton pied trébuche ;
celui qui te garde ne sommeillera pas.
Non, il ne sommeille ni ne dort, celui qui garde Israël.
Yahweh est ton gardien ; Yahweh est ton abri,
toujours à ta droite.
Pendant le jour le soleil ne te frappera point,
ni la lune pendant la nuit.
Yahweh te gardera de tout mal, il gardera ton âme :
Yahweh gardera ton départ et ton arrivée,
maintenant et à jamais. »

Ils comprendraient, elle le savait. Le jour du Seigneur serait le jour de l'Exode.

* *
*

C'était leur dernière nuit au Nigeria. Ni Angela ni Jibril ne parvenaient à dormir.

Ils firent l'amour lentement, longuement, rivalisant de caresses. C'était leur dernière nuit au Nigeria, ils voulaient y savourer leurs derniers frissons au pays, apaiser leurs tensions.

La tête de chacun retomba sur l'oreiller et ils restèrent immobiles les yeux grands ouverts, fixés sur la constellation d'étoiles de la chambre d'Angela. Ils ne pouvaient pas dormir. Se parler, c'était aussi se rassurer.

— Comment vont-ils faire pour venir jusqu'au bateau à cette heure-là ?

— Ils trouveront un moyen.

— Comment peux-tu en être si sûre ?

— Ils sont Africains, la vie leur a donné de la ressource. Et puis, aujourd'hui, ils sont sans espoir, ça les rendra deux fois plus ingénieux.

— Tu crois vraiment ce que tu dis ?

— Oui. Toi, tu n'as plus l'air d'y croire...

— Je ne serais pas allé si loin si je n'y croyais pas. Mais là, on est au pied du mur. On prend une sacrée responsabilité, quand même...

— On prend juste le risque de vivre, enfin.

— Ou de mourir.

— Si on ne pense qu'aux risques, on ne tente jamais rien. Et si on ne tente rien, on est déjà mort. Tu veux vraiment rester vivre ici ? Si on peut appeler ça vivre...

— Tu as raison, je sais. Et puis, plus rien ne me retient au Nigeria maintenant. Ceux qui comptaient sont déjà partis...

Sa voix s'était effondrée sur cette dernière phrase, comme si la douleur qu'il croyait avoir enfouie s'était réveillée et se hissait jusque dans sa gorge. Angela savait cette peine en embuscade : le voyage et la tension qui l'accompagnait avaient dressé un paravent fragile qui, par moments, laissait apparaître la tristesse infinie de Jibril d'avoir perdu, en une nuit, tous les siens. Il n'y avait rien à dire, il suffisait d'être là pour lui offrir un regard, un silence éloquent, son amour. Elle l'attira à lui, posa la tête de Jibril contre sa poitrine, le laissant s'apaiser au rythme du sein qui se soulevait au fil de sa respiration.

Sur la table basse, son mobile se mit à vibrer avec insistance. Les secousses régulières transformaient le portable en insecte rampant, le cafard de métal s'approchant du rebord, prêt à en bondir. Angela décrocha, resta un instant silencieuse puis donna quelques indications précises.

« Quai C2. Tout au bout, presque à la sortie du port. Un grand cargo, face à l'ancien entrepôt Leventis. Vous ne pouvez pas le manquer. 23 h, et soyez à l'heure. Et si vous passez l'information, faites-le avec discrétion. »

Jibril n'avait pas besoin de savoir qui appelait, les réponses d'Angela parlaient d'elles-mêmes. Il n'eut même pas le loisir de le lui demander : à peine reposé sur la table de nuit, le cafard rampait à nouveau, geignant d'impatience.

Les appels se succédèrent toute la matinée et une bonne partie de l'après-midi. Parmi les gens qui téléphonaient, certains ne venaient pas seulement demander des précisions pour leur voyage du soir : ils cherchaient aussi à se rassurer, à obtenir d'Angela la confirmation qu'ils avaient fait le bon choix. Elle se lassa vite de cette houle d'inquiétude, rabrouant ceux qui s'aventuraient à tergiverser. « Vous êtes un adulte, vous êtes assez grand pour savoir ce que vous faites. À ce soir. »

À la fin de l'après-midi, les appels s'espacèrent et Angela décida même de mettre son portable sur messagerie, le temps pour eux de retrouver un peu de calme et d'intimité. Le soleil rasant de la fin de journée jetait une lumière douce sur la cour où ils prirent un repas simple qu'Angela avait préparé — un riz-sauce avec quelques morceaux de bœuf et des feuilles d'épinard, quelques bananes plantain frites pour accompagner. Quand ils eurent terminé, ils nettoyèrent le peu de vaisselle salie par leur dîner, rangèrent plat et casserole, assiettes et couverts, vérifièrent d'un coup d'œil que les fenêtres étaient bien closes et que rien ne restait à l'extérieur. Par ces précautions simples et habituelles, ils donnaient le change, à leurs voisins parfois inquisiteurs comme à eux-mêmes : ils ne s'absenteraient que pour un moment. L'illusion était renforcée par la décision qu'ils avaient prise, des jours auparavant, d'amener sur le bateau, petit peu par petit peu, ce qui leur serait utile pour le voyage et leur nouvelle vie. Portant chacun un sac léger qui contenait leurs derniers effets, ils fermèrent la porte, glissèrent comme d'habitude la clé dans le parpaing de gauche, quittèrent la maison sans même y jeter un dernier regard.

* *
*

La nuit était tombée très vite, comme à son habitude. Ce soir-là, la lune était timide : elle n'osait montrer dans le ciel qu'un seul croissant malingre, caché par un nuage. La faible lumière qu'elle dégageait faisait l'affaire des deux marcheurs : ils devinaient la route à emprunter et restaient protégés par une relative obscurité.

Angela et Jibril se frayaient un chemin dans les petites ruelles, délaissant les grands axes trop exposés. Ils craignaient les bandes de chiens errants qui, souvent, prennent possession de la ville la nuit tombée et n'hésitent pas à s'attaquer aux humains de passage. S'ils venaient à faire ce genre de mauvaise rencontre, Jibril savait ce qu'il fallait faire : s'en prendre au chien de tête en lui balançant de la terre ou du sable dans la gueule pendant qu'il aboyait — la mort était rapide. Mais les chiens eux-mêmes semblaient avoir fui Lagos. Sans doute avaient-ils été massacrés ces dernières semaines comme beaucoup d'êtres vivants : leur viande, en ces temps de famine, était une denrée précieuse. Peut-être avaient-ils simplement fui la ville et ses émeutes, protégés par leur instinct de la folie des hommes.

Le port était bientôt en vue, mais pour y parvenir, ils devaient traverser le quartier hausa, *Sabon Kasua*, le nouveau marché. La zone était a priori plus dangereuse encore que le reste de la cité : les Hausas et, plus généralement, les gens du Nord, s'y étaient retranchés pour se protéger du reste de la ville sudiste. Ils avaient payé un lourd tribut lors des derniers combats de rue et verraient certainement d'un très mauvais œil ce couple contre nature, une Sudiste et un Nordiste, violer leur sanctuaire.

Ils arrivèrent aux portes du marché.

La large place qui s'étalait devant eux était un enfer qu'irradiait la lumière sale, spectrale de la lune. Un massacre s'y était produit il y a peu — nul n'avait osé revenir pour retirer les corps des victimes. La terreur des musulmans devait être encore si vive qu'elle les avait empêchés d'enterrer les morts avant le coucher de soleil du jour du décès, comme l'imposait l'islam. Peut-être n'y avait-il plus personne pour s'acquitter de cette tâche.

Hommes, femmes, enfants étaient éparpillés sur toute la zone, nombre d'entre eux démembrés ou mutilés — la magie noire, avide de certains organes humains pour ses rituels, avait sans doute fait son marché. L'imagination des bourreaux avait pu aussi s'en donner à cœur joie — le supplice du collier avait été pratiqué sur quelques adultes et même sur un groupe de trois fillettes, réunies comme un fagot dans un pneu de camion auquel on avait mis le feu. Leurs yeux exorbités reflétaient les horreurs qu'elles avaient subies et vues avant de mourir.

Incrédules, anéantis, Angela et Jibril sentaient presque physiquement le malheur s'accrocher à eux alors qu'ils traversaient la place. Ils passaient d'une scène à l'autre sans comprendre ce charnier, seuls êtres vivants de ce tableau macabre. Plus ils avançaient, plus l'horreur les imprégnait, plus ils pressaient le pas pour s'extraire de cet enfer, pour ne pas être happés par la mort qui, sans doute, rôdait encore. Ils sortirent du marché en courant, fantômes livides, mais vivants. Ils ne parvenaient pas à se parler et pour tout dialogue, ils se serraient fort la main pour se raccrocher à la vie.

Ils arrivèrent au port et retrouvèrent vite le chemin du bateau souvent emprunté ces dernières semaines. Enfin, le *Lévi* était là, avec l'entrepôt qui lui faisait face. Entre les deux, une dizaine d'hommes en armes, Pierre — et Wole.

Ils s'approchèrent. Accoudés au bastingage se tenaient Sana, Piotr et quelques-uns des marins du cargo, bloqués à bord par un des hommes de Wole qui les empêchaient de descendre par la coupée. Ils ne pouvaient qu'assister en témoins impuissants à la scène qui allait se jouer.

Wole les fixait. Son habituel sourire goguenard avait disparu, ce qui rendait cet homme-montagne plus effrayant encore.

— Tiens donc ? Voici nos deux petits amis qui se joignent à la fête !

— Bonsoir, M. Wole.

— Bonsoir, bonsoir. Ne me dites pas où vous allez, je crois bien que je sais. Et vous pensiez partir pour un long voyage comme ça, sans même un au revoir, en me laissant sur le quai comme un de ces gros ballots de coton ? Vous croyez sincèrement que je ne pouvais pas découvrir le fin mot de votre petite expédition — votre grande expédition, devrais-je dire. Vous voyez grand, dites donc ! Vous avez de l'ambition, j'avais bien compris que vous n'en manquiez pas. Mais Wole ne serait pas Wole s'il n'avait pas des oreilles partout ! Les moindres rumeurs de Lagos finissent toujours par remonter jusqu'à moi, j'ai des informateurs partout, et pas seulement sur le port. Mes oreilles traînent aussi dans les églises évangélistes, mademoiselle Angela... Et soit dit en passant, les délires de vos fidèles ont facilité le travail de mes taupes. C'était plutôt malin, cette idée de « voyage spirituel » que vous transformez en vrai voyage au dernier moment. J'ai vite fait le rapprochement avec votre soi-disant projet humanitaire à tous les deux, un simple feu de brousse pour me cacher la réalité. Je n'avais plus qu'à attendre que me parviennent la date et l'heure de votre grand départ. Le psaume 121, encore une bonne idée. Chapeau, Miss Angela, je vous savais futée et j'en ai aujourd'hui la preuve. Mais vous savez, même moi je lis la Bible — en cas de besoin, uniquement —, j'ai vite compris que c'était le signal de départ... et me voici !

— Que voulez-vous ?

— Que mon bateau — oui, c'est mon bateau maintenant, j'ai mis de l'argent et la sueur de mes hommes pour le remplir — parte avec mes marchandises et seulement avec ça. Vos « voyageurs », vos pouilleux, je n'en veux pas sur ce cargo. Toute la place sera pour mon chargement... et pour vous deux, messieurs. Vous monterez à bord et partirez avec mes caisses, je ne veux plus vous voir ici, je vous chasse du Nigeria. Mademoiselle Angela et moi, nous resterons sur le quai et nous vous souhaiterons bon voyage !

Tous restaient interdits par les derniers mots du géant, prononcés d'une voix sourde de colère, lourde de menaces pour eux tous. Pierre et Jibril se voyaient expulsés sans avoir leur mot à dire. Angela, comme les autres, avait compris que son sort n'était pas plus enviable. Attiré depuis le début par le charme de la jeune fille, provoqué par son aplomb, troublé et fasciné, King Wole s'emparait de la fille comme une marchandise de son entrepôt. Dans sa cour de petit roi mafieux, il arborerait cette prise de guerre qu'il traînerait bientôt dans son lit. Il ne savait pas si ses marchandises arriveraient un jour à leurs destinataires, mais Angela, en attendant, était un joli lot de consolation.

Un instant, tous trois restèrent sans voix. Intuitivement, ils savaient qu'il était inutile pour Angela ou Jibril d'essayer de parlementer. Ils n'avaient aucune chance d'obtenir quoi que ce soit de Wole, surtout maintenant que la colère, feinte ou bien réelle, faisait vibrer le colosse aux yeux exorbités et terrifiants.

Parce qu'elle ne se soumettait pas comme toutes les autres, Angela, par sa fierté — ou plus simplement, sa dignité —, provoquait Wole, sans même s'en rendre compte, à chaque phrase qu'elle prononçait. Parce qu'elle était une femme, elle n'avait droit, dans l'esprit de Wole, qu'au silence plutôt qu'à la parole, surtout après la déclaration sans appel du géant. Enfin, depuis quelques minutes, elle était devenue bien moins qu'un des acteurs de la scène qui se jouait : juste l'objet d'un litige, à son corps défendant.

Jibril, lui, était un homme, et ça ne valait guère mieux aux yeux de Wole. Il avait tenté lui aussi de tromper le mafieux, ce qui faisait de lui un ennemi. Comme compagnon d'Angela, il était de surcroît un concurrent. Ces deux « qualités » lui assuraient un avenir très précaire face à Wole et à ses acolytes.

Seul Pierre se sentit autorisé à prendre la parole. Le vieux Français pensait pouvoir miser sur sa position d'ancien pour être écouté, même de voyous comme Wole et ses hommes de main. Il ne savait pas s'il parviendrait à leur faire entendre raison. Mais il ne pouvait pas ne rien tenter.

— Wole, écoute-moi, écoute-nous. Ce bateau, c'est une chance pour eux deux, pour tous ceux qui partent, c'est aussi une chance pour toi. En nous aidant à les faire partir, tu as une occasion, sans doute la seule de ta vie, de faire quelque chose de grand, de faire du bien à beaucoup de personnes. Grâce à toi, ils pourront avoir un autre avenir que celui de rester dans ce pays qui les tue à petit feu. En nous facilitant les choses, tu peux sauver la vie de milliers de personnes. Tu y gagneras le respect aussi de beaucoup de gens, et beaucoup de satisfaction personnelle, j'en suis sûr. Cela fera de toi un roi, un vrai !

— Mais je suis déjà roi, éructa Wole, le roi d'Apapa, roi de tous ces bateaux, de ces grues, de ces entrepôts et ça me va très bien comme ça ! Devenir roi de vos va-nu-pieds qui partent un sac à la main, ou parfois sans rien du tout, une main devant, une main derrière, pour aller faire les larbins dans les pays des Blancs, merci bien, je te les laisse si tu veux, roi-misère ! Moi, j'ai déjà tout, il ne me manque plus qu'une reine et ce soir, je l'ai trouvée !

Joignant le geste à la parole, il empoigna l'avant-bras d'Angela qu'il attira violemment vers lui. Par réflexe, ses hommes avaient amorcé un mouvement en cercle pour protéger leur chef. Bizarrement, Pierre et Jibril, qui s'apprêtaient à réagir, s'étaient figés dans leur élan vers Angela et ses ravisseurs. Ils semblaient regarder au-delà, au-dessus de leurs épaules, forçant Wole et ses voyous à se retourner.

Ils arrivaient.

Tous feux éteints, les minibus s'avançaient les uns derrière les autres, lentement, silencieusement. Une fois devant l'entrepôt qui faisait face au *Lévi*, le *boy* du chauffeur faisait coulisser la porte et le véhicule déversait son flot de passagers, eux aussi silencieux, qui prenaient leurs quelques effets et s'approchaient du navire. Tous respectaient la consigne martelée par Angela et transmise ensuite par ricochet : être le plus discret possible pour permettre un embarquement sans heurt.

Quand un des minibus s'était vidé de tous ses occupants, il ne s'attardait pas, faisait demi-tour et repartait à petite vitesse vers la grille à l'extrémité du quai, rapidement forcée par les premiers arrivants. Il croisait alors le flot de ceux qui arrivaient à pied. Comme Jibril et Angela, ils avaient bravé la nuit, les quartiers ennemis à moitié endormis, glissant dans l'obscurité presque totale tels des fantômes apeurés.

Les marcheurs n'arrivaient plus seulement de l'axe principal, entre les grues et les hangars, mais émergeaient à flux continu de l'autre côté de l'entrepôt du *Lévi*, comme si une deuxième brèche s'était ouverte de ce côté-là du grillage. Certains, enfin, qui s'étaient perdus un moment sur l'aire des marchandises, se faufilaient entre les murs de containers, ajoutant à ce fleuve monstrueux d'autres ruisseaux de candidats au départ.

Tous avaient convergé vers le bateau. La foule s'était lentement massée autour des hommes au pied de la passerelle, toujours sans bruit. Leur silence, leur nombre avaient tétanisé Wole et ses hommes, sidéré Angela, Jibril, Pierre. Sur le cargo, Sana et Piotr étaient plus impressionnés encore : depuis le bastingage, ils pouvaient embrasser du regard la vague humaine qui s'écoulait jusqu'à eux.

Angela réagit la première. Profitant de la stupeur qui avait saisi Wole comme tous les autres, elle lui avait fait lâcher prise, retrouvant sa liberté malgré un bras endolori. Elle s'était ensuite rangée du côté de Jibril qui, maintenant, faisait rempart.

Wole, si sûr de lui, si prolixe habituellement, ne parvenait plus à prononcer un mot. Aucun son ne sortait de sa bouche qui s'ouvrait puis se refermait à intervalles réguliers, comme celle d'un gros mérou pêché sans ménagement, agonisant sur le plancher d'un bateau et aspirant l'air avec désespoir. Il croisait le regard affolé de ses hommes qui attendait un ordre qui ne venait pas. Même si celui-ci finissait par venir, ils seraient bien en peine de l'exécuter : la foule s'était muée en un mur compact, infranchissable, indestructible qui les empêchait de brandir leurs armes.

« *Il va falloir les laisser partir, Wole.* »

La phrase de Pierre eut sur le géant l'effet d'un coup de fouet. Son impuissance — un sentiment qu'il n'avait jamais connu — devant la situation qui lui échappait se transforma en une bouffée de rage qu'il dirigea tout entière vers le vieux Blanc au sourire à la fois désolé et goguenard.

Personne ne put anticiper le geste de Wole, dont la colère décupla la vivacité : avec l'arme qu'il dissimulait sous son boubou, il fit feu sur Pierre, une première puis une seconde fois. Les détonations firent instinctivement reculer la foule de quelques pas — la masse des gens attroupés sur le quai ne permettait pas beaucoup plus de mouvement. Les plus proches de la scène comprenaient peu à peu : le trou dans le boubou et la fumée qui s'en échappait, la tache rouge qui grossissait sur la chemise de Pierre, les visages figés, le regard fixe du vieil homme qui finalement s'affaissa, soutenu puis allongé au sol par Angela et Jibril.

Après le coup de feu, le silence dura encore, mais il changeait maintenant de nature. Respecté jusqu'ici, par discipline, pour ne pas compromettre le voyage, il se transforma, avec le geste fou de Wole, en menace sourde puis, en quelques secondes, en hostilité.

Les gestes qui suivirent s'enchaînèrent comme une évidence, sans que les personnes présentes aient besoin de se concerter. En quelques secondes, des dizaines de mains s'emparèrent de Wole, puis des hommes de main et de leurs armes. Maîtrisés, rendus silencieux par une main sur la bouche ou par un foulard en guise de bâillon improvisé, Wole et ses sbires, menaces concrètes à la réalisation du voyage, furent comme avalés par la foule qui les éloignait de la scène du crime, les aspiraient vers l'arrière.

En haut de la passerelle, l'homme de main de Wole avait déjà disparu. Un coup de tête de Piotr avait éliminé cette faible menace qui, maintenant, flottait dans l'eau saumâtre du port.

Absorbés par ce qui se déroulait sous leurs yeux — le teint livide de Pierre, la chemise écarlate et la vie qui s'échappait —, Angela et Jibril ne se rendirent pas compte de la disparition de ceux qui, un instant auparavant, se dressaient devant eux comme des obstacles infranchissables. Tout juste perçurent-ils, confusément, quelques cris étouffés, des bruits d'os qui se rompent et de masses jetées dans l'eau du port et coulant à pic en quelques secondes. Quand ils relevèrent la tête, la menace s'était évaporée.

« Il faut partir maintenant, les enfants, soupira Pierre. Votre vie vous attend. Moi, ma vie reste ici, et c'est bien… » Le regard bleu du vieux Français sembla chercher quelque chose au-dessus de leur tête, dans le ciel drapé de nuit puis s'immobilisa, pour toujours.

Angela et Jibril restèrent silencieux avec, autour d'eux, certaines personnes qui se signaient en hommage à l'homme qui venait de s'éteindre. Jibril reprit le dessus le premier. Il ferma les yeux de Pierre et posa sa veste sur le corps. Puis il releva Angela pour lui rappeler que le temps, bientôt, jouerait contre eux.

— Il faut embarquer, vite. Il fera jour dans quelques heures. Sinon, tout ça n'aura servi à rien.

— Je sais, bredouilla Angela, je sais. J'ai juste du mal à réaliser que M. Pierre n'est plus là…

— S'il était encore vivant, il nous répéterait de nous dépêcher et de nous apitoyer seulement quand on pourra se le permettre. On va se séparer pour s'assurer que tout se déroule bien, l'embarquement et le départ. J'organise ce qui se passe en bas, tu les accueilles en haut avec Sana et tu les diriges vers la cale.

Sans attendre sa réponse, il leva les bras au-dessus de sa tête et rapprocha plusieurs fois ses mains l'une de l'autre, simulant un couloir, faisant signe à la foule de s'aligner devant la passerelle qui les mènerait à bord. Pendant que la foule s'exécutait lentement, Angela gravit l'échelle de coupée et rejoignit Sana et Piotr. Après un bref échange, Piotr s'éloigna en direction de la cale pendant qu'Angela et Sana se tenaient de chaque côté de la passerelle.

Entretemps, Jibril avait canalisé le mouvement du flot humain. Il avait choisi vingt hommes solides et en avait disposé dix de chaque côté d'une ligne droite qui faisait face à la passerelle. Leur carrure imposante leur permettait de rabattre la foule qui, peu à peu, constituait une file. L'embarquement devait être rapide, mais pas chaotique. Quand Angela donna le feu vert, le bas de la passerelle avait été organisé avec le même sérieux par Jibril et ses volontaires. Le reste de la foule comprenait ce qui se mettait en place, certaines personnes se chargeant, à intervalles réguliers, d'informer les passagers de ce qui se passait devant. Les femmes et les enfants monteraient les premiers.

Le premier passager, une femme avec pour tout bagage un petit sac de sport dans une main et un enfant dans l'autre, emprunta la passerelle.

Pendant que la colonie des passagers gravissait l'échelle de coupée, Jibril fendait la foule avec une seconde équipe et visait l'entrepôt.

Derrière la masse, il retrouva, surpris, certains des acolytes de Wole, les mains et les pieds étroitement liés, le visage un peu tuméfié pour certains. Même si elle était déterminée à ne laisser personne entraver sa route, la marée de leurs passagers n'avait pas tué les gêneurs, ou du moins pas tous, mais les avait simplement mis hors d'état de nuire. Wole, lui, était hors de vue. Tous comme les armes.

— Où est votre boss ? s'enquit Jibril.

Au regard abattu, fuyant et encore terrifié des hommes attachés, Jibril comprit que celui-ci n'avait sans doute pas eu la chance de s'en tirer avec quelques coups.

— Qui peut nous ouvrir l'entrepôt ?

Un des hommes qui s'était signalé d'un hochement de tête fut détaché et amené sous bonne garde devant le hangar. Il sortit de sa poche un trousseau de clés et libéra les multiples cadenas qui bloquaient la grande porte coulissante. Ils pouvaient entrer.

En bon connaisseur du port et des entrepôts, Jibril donna l'ordre à ses hommes de chercher et de récupérer tout ce qui pouvait se manger, conserves et fruits s'ils en trouvaient. Au fond trônaient cinq frigos gigantesques. Leur porte, vite forcée, révéla un trésor : des fruits, des crustacés, du poisson et surtout des demi-bœufs durs comme de la pierre. Pendant que la foule embarquait, l'équipe de Jibril pouvait rassembler et trier ces denrées qu'ils allaient emporter avec eux. Beaucoup de passagers semblaient avoir pris avec eux de quoi manger, mais avec ces vivres supplémentaires, ils pourraient retarder le plus possible le moment où ils n'auraient plus rien à se mettre sous la dent.

Les choses avançaient bien. Jibril sortit et demanda à 20 hommes de plus d'aller prêter main-forte à ceux de l'entrepôt. Ils formèrent ensuite une chaîne pour acheminer toutes les denrées sur le bateau. Les grues du bord furent mises à contribution pour les marchandises les plus volumineuses ou les plus lourdes. Celles-ci étaient réunies dans un énorme filet hissé sur le *Lévi*. Au fond de la grande cale, les femmes réceptionnaient les filets remplis de victuailles qui descendaient du ciel. Puis une nouvelle chaîne humaine les acheminait vers les lieux de stockage désignés par l'équipage.

Les marins de Sana ne perdaient pas leur temps non plus. Le plein de fioul pour les machines avait été fait depuis longtemps — ils avaient de quoi naviguer pendant soixante jours. Mais il leur restait à lancer les opérations incontournables de l'appareillage que l'abordage des hommes de Wole avait retardées : réchauffer les soutes, démarrer la chaudière, mettre le système d'air en service… Ils remerciaient Sana de leur avoir imposé un entretien régulier du bateau pendant ces années d'attente, ils récoltaient aujourd'hui les fruits de cette rigueur. Mais tous ces préparatifs prendraient encore quelques heures, et il leur faudrait une quarantaine de minutes supplémentaires pour remonter la lourde chaîne de l'ancre.

Le transbordement de la nourriture, l'embarquement des passagers et la préparation du cargo prirent fin aux petites lueurs de l'aube qui commençait à dessiner les contours du port. Il était plus que temps de partir. Avec le jour qui s'annonçait, le ballet des marchandises et de leurs manutentionnaires allait finir par attirer l'attention des gens habitant près d'Apapa qui, peu à peu, se rapprocheraient du quai pour voir ce qui se tramait.

Enfin, le dernier filet fut hissé, les derniers passagers, les hommes de l'entrepôt, embarqués. Quelques membres de l'équipage fermèrent la marche en jouant les lamaneurs : avec un plaisir non dissimulé, les marins larguaient les haussières qui avaient entravé le *Lévi*, leur bateau, leur vie pendant ces mois, ces années.

Insensiblement, le navire détachait son flanc du quai. Le flux s'échappant du moteur enfla, brassant à gros remous joyeux l'eau turbide du port.

Enfin, ils partaient.

TROISIÈME PARTIE

Errances

24

4 607 passagers. L'appel d'Angela a été entendu au-delà de toutes ses espérances.

L'équipage, qui a reçu l'ordre de recenser précisément tous ceux qui montaient à bord, n'en revient pas lui-même, canalisant avec peine cette vague humaine qu'il a, à grand-peine, guidée jusqu'à la cale. Ils ont hissé la coupée dès les dernières personnes embarquées — un homme avec sa femme et des jumeaux aux yeux encore embués de sommeil.

Amarres larguées. Le Primo-Levi s'engage dans le chenal d'Oke-Ogbe, qui se jette directement dans le golfe du Bénin et ouvre la voie vers le grand large.

4 607. C'est comme si les grues du port avaient déposé un village tout entier dans le navire. Vue du pont, la foule des passagers continue d'onduler, comme une houle à fond de cale.

Seuls ou en groupe, les nouveaux habitants du *Lévi* passent d'un bord à l'autre pour découvrir leur environnement, dénicher le meilleur endroit pour s'installer, se reposer, finir sa nuit. Tous sont saisis par le gigantisme du gouffre de métal, par le mur des dortoirs sur chaque flanc, par la vague humaine elle-même dont ils ne sont qu'une goutte infime. Pour l'instant, ils sont curieux et affairés. Bientôt, ils seront inquiets. Ils se tourneront vite vers Angela, Jibril et l'équipage, pour tout et pour rien, pour organiser leur vie à bord, pour les questionner sur leur avenir aussi. Bientôt, il faudra descendre au fond de la cale et leur parler.

Une fois sorti du chenal, le bateau file plein sud pour atteindre et dépasser le cap de Tarkwa Bay. Le capitaine attend que la côte soit à bonne distance puis vire ensuite plein ouest et commence à remonter le vaste golfe de Guinée. Dans leur dos, le soleil naissant paraît pousser le cargo vers le ponant et le large qui se découvre devant eux. Le dos doucement réchauffé par le lever du jour, Angela et Jibril s'accoudent au bastingage de la proue, chacun espérant que l'autre brise le silence.

Jibril est le premier à parler.

— Toujours peur ?

— À quoi ça servirait maintenant ?

— C'est juste. Et puis, on a plutôt de quoi être fier de nous…

— Fier de la mort de M. Pierre ? De celle de Wole ?

— Toi comme moi, on savait depuis le début que ça se passerait mal avec Wole puisqu'on avait décidé de le tromper. Ce genre de personne n'aime pas du tout qu'on le roule. Ce sont les passagers qui ont réglé le problème à notre place, finalement. Mais je regrette sa mort, et plus encore celle de M. Pierre.

— Moi aussi, je l'aimais bien. Mourir au Nigeria, c'était sans doute ce qu'il voulait, mais certainement pas de cette manière-là.

— Beaucoup de gens ici meurent de cette manière-là, et pas dans leur lit… tu sais bien. Au Nigeria, la vie est brutale et souvent, la mort aussi. Entre les bandits de grand chemin, les cambrioleurs, les accidents sur les routes, on a l'embarras du choix. Il a eu une mort « à la nigériane » finalement, même si c'est terrible à dire et dur à accepter. Le pire serait qu'il soit mort pour rien. On doit maintenant aller jusqu'au bout et finir ce qu'on a commencé avec lui, en mémoire de lui.

— La première chose à faire, c'est de descendre leur parler.

— Non. La première chose à faire, c'est d'aller voir Sana et de décider ensemble de la façon dont on va gérer les choses.

D'un hochement de tête un peu las, Angela acquiesce. Ils se détachent du bastingage et de la vision du large qui les subjuguait alors qu'ils discutaient. Devant eux, l'océan déploie une palette de bleus, comme une belle hésitant sur la couleur de sa robe. La mer est calme même si, par instants, le vent coiffe certaines vagues d'une chevelure d'écume, vite engloutie par la vague suivante. Le soleil, maintenant bien éveillé, joue avec la surface de l'eau, ses galets de lumière bondissent de vague en vague. Des poissons volants surgissent seuls ou en nombre ; pendant leur bref envol, ils agitent frénétiquement leurs ailes frêles qui réfléchissent à leur tour les rayons du soleil, apportant leur touche personnelle au manteau de reflets dont la mer, ce matin, a choisi de se parer.

* *
*

Dans la cabine du capitaine, Jibril, Angela, Sana et tous les hommes d'équipage font le point. En eux se heurtent les sentiments : tous sont contents d'être partis, tous sont remués, aussi, par cet embarquement de masse, ordonné, mais précipité, choqués enfin par la mort brutale de Pierre, de Wole et de quelques autres. Tous sont conscients que les problèmes ne font que commencer : leur destination, l'Europe, reste imprécise — vers quel pays, quel port doivent-ils faire route ? —, plus flous encore sont les moyens d'atteindre cette destination sans encombre.

— Bon, nous y sommes, démarre Sana. Il va falloir assurer, maintenant.

— Commençons par le commencement, enchaîne Angela : l'embarquement de cette nuit. Vous, les membres de l'équipage, avez-vous remarqué des choses particulières chez les passagers ?

— À part leur nombre, vous voulez dire ? lance Prabu d'un ton goguenard. Parce que là, franchement, vous avez fait fort, vous deux, ajouta-t-il en direction d'Angela et de Jibril qu'il applaudit même, brièvement. 4 600 personnes, on est complet, le spectacle va pouvoir commencer !

— C'est bon, Prabu, coupe le capitaine. À ce stade, on n'est pas à 100 personnes près. L'important maintenant, c'est de gérer tout ça au mieux. Répondez à la question, les gars : c'est vous qui avez guidé tout le monde du pont vers la cale, vous avez vu tous les passagers et si vous avez remarqué quelque chose en particulier, ça peut nous être utile pour la suite.

— Des gens de tous les âges, beaucoup de familles ou de femmes seules avec leurs enfants, un certain nombre d'hommes seuls parfois sans aucun bagage. Des Noirs, mais aussi quelques Blancs — des Volontaires du progrès, ils se sont présentés comme ça, une sorte d'organisation humanitaire qui travaille dans les villages en brousse ou les quartiers pauvres de Lagos. Les pauvres petits Blancs, ils se sont retrouvés bloqués par les émeutes et abandonnés par leur organisation. Ils ont saisi la première occasion pour se tirer du Nigeria.

— Pas d'armes à bord ?

— Plus maintenant, assène Piotr. Quand les passagers se sont débarrassés de Wole et de ses voyous, certains ont visiblement récupéré quelques armes. Mais je les ai repérés depuis le bateau, on était en hauteur et on voyait très bien tout ce qui se passait en bas. Du coup, j'ai prévenu nos hommes que j'allais prendre quelques-uns des passagers à part pour les fouiller, pour qu'ils se tiennent prêts à intervenir au cas où. C'est ce que j'ai fait pour tous ceux que j'avais vus avec des armes. Ils étaient tellement surpris qu'on ait découvert leur manège qu'ils n'ont même pas pensé à protester. J'ai aussi choisi d'en fouiller d'autres au hasard, ceux que je ne sentais pas trop.

— Pas d'armes, donc.

— Tu sais, capitaine, si quelqu'un veut se trouver une arme, il la trouvera. Peut-être pas une arme à feu, mais un couteau de cuisine, une marmite bien lourde ou une latte de l'un des lits…

— N'imaginons pas déjà les problèmes, ils viendront bien tout seuls… Pour finir, des gens que vous auriez pu trouver un peu louches ?

— Oui, quelques-uns, un petit groupe de gars seuls, sans famille et sans beaucoup de bagages. Sans doute des *area boys* qui ont saisi au passage l'occasion de s'en aller, d'agrandir leur territoire, quoi ! Je vous les montrerai à l'occasion pour qu'on garde tous un œil sur eux.

— Vous nous les signalerez dès qu'on descendra à la cale, après cette réunion, décrète Jibril. Autant savoir tout de suite à qui on a affaire.

— Vous allez leur dire quoi ?

— Où on va, pourquoi on y va et comment on s'organisera pendant le voyage.

— Pourquoi on y va ? Ils le savent : pour mieux gagner leur vie en Europe.

— C'est un peu plus que ça, coupe Angela. Je leur expliquerai.

* *
*

Les marches sont glissantes, les parois suintantes, l'atmosphère moite. Enchaînant les escaliers qui descendent jusqu'au fond de la cale, Angela et les 4 hommes qui l'accompagnent sentent un serpent d'air chaud et humide monter le long de leurs cuisses, passer sous les chemises et les saisir à la gorge. Le bateau n'a fait qu'une dizaine de miles et déjà, la chaleur accumulée dans la cale se mêle à la respiration des 4 600 personnes pour souffler ce nuage lourd et chargé d'humidité. Lorsqu'ils parviennent au centre de la cale, ils respirent un peu mieux : le panneau du pont est ouvert et le soleil presque à l'aplomb assèche la moiteur ambiante. Malgré le soleil, certains se sont naturellement réfugiés dans cette partie centrale. Une femme, avec ses enfants et un vieux, a empilé quelques caisses et jeté par-dessus un grand boubou. La tente improvisée leur ménage une ombre rafraîchissante et capture, par instants, les souffles d'air qui daignent descendre dans la grotte immense.

Angela, Jibril, Sana, Piotr et Prabu parcourent la travée centrale puis s'approchent de quelques groupes. Certains passagers sont mieux organisés que d'autres : des sacs sont extraits des ustensiles de cuisine rustiques, une petite marmite, un petit réchaud conique et du charbon de bois — on cuisinera bientôt à petit feu, à la manière des Touaregs dans le désert pour leur thé. Des ignames surgissent d'un panier, la promesse d'une nourriture consistante qui permettra de tenir plusieurs jours.

D'autres ont choisi de voyager léger — ou n'ont pas eu le choix. Souvent flanqués d'un sac de voyage fatigué qu'ils ne quittent jamais des yeux, ils ont juste eu le temps de fourrer quelques chemises, un ou deux pantalons pour les hommes, quelques robes pour les femmes, un boubou de tous les jours, un boubou d'apparat. Personne n'a oublié les photos, rangées dans un portefeuille pour certaines ou soigneusement agencées dans un album de taille modeste. Ces images — de la famille, des amis, des voisins — sont le passé qu'ils laissent derrière eux, leur mémoire aussi. Une fois arrivés à destination, ils pourront montrer à qui voudra bien les considérer cette autre partie d'eux-mêmes, ces racines qu'ils ont dû trancher.

Les passagers, seuls ou en groupe, se dirigent également vers Angela et les autres. Les questions sont légion : où vont-ils exactement, combien de temps va durer le voyage, aura-t-on assez à boire et à manger pour tout leur périple, est-on en sécurité dans ce bateau en cas de mauvais temps ? Angela et Jibril, comme ils en ont convenu, renvoient toutes ces questions à l'assemblée qu'ils ont choisi de réunir pour informer tout le monde en une seule fois. « *D'ici une heure, venez au pied des escaliers, répondent-ils infatigablement. On vous expliquera tout.* »

Parcourant la travée puis les allées entre les lits, l'équipage du Lévi constate avec plaisir que le dortoir gigantesque pour lequel ils ont peiné remplit parfaitement son office. Les passagers ont de la place pour eux-mêmes, pour leurs affaires et pour leur déplacement. La partie des douches et des sanitaires est encore propre — elle ne le sera sans doute pas longtemps avec un tel nombre d'utilisateurs. Soucieux de morale, certains passagers ont d'eux-mêmes délimité l'espace des hommes et celui des femmes grâce à des cartons sur lesquels ont été grossièrement crayonnés les mots *Men* et *Women* et des dessins explicites.

Les enfants, eux, sont à la fête. La plupart des parents les laissent déambuler, rassurés par cet univers clos dans lequel les petits peuvent s'ébrouer, sans risque de se perdre et sans danger apparent. Le grand jeu, pour certains, consiste à courir d'un bout à l'autre de la travée centrale, dans cet espace à la fois fini et pour eux infini. D'autres partent explorer le labyrinthe des lits qui forment, à leur échelle, un dédale d'avenues et de rues bordées de tours en bois d'où sort régulièrement une tête surprise, au grand amusement des enfants. Quelques petits, enfin, restent sagement assis devant les rangées de dortoirs, jouant calmement comme ils le faisaient sans doute dans la cour de leur parcelle, au pays, ou observant silencieusement, de leurs yeux exorbités et vaguement inquiets, ce gouffre de métal étrange et bien trop grand pour eux.

Il est temps, maintenant, de parler.

Angela et les quatre hommes reviennent peu à peu vers les échelles et déjà, des groupes leur emboîtent le pas pour avoir les réponses promises. Avant de remonter, Jibril demande à une dizaine d'hommes et de femmes de rameuter tout le monde, d'aller dans les travées et de les prier tous de s'approcher. Pendant que la foule se rassemble, l'équipage grimpe la première volée de marches, s'arrêtant à une plate-forme à mi-parcours entre le fond de la cale et l'air libre. Comme Sana l'a ordonné, la première partie de l'escalier, rétractable, est hissée par Piotr jusqu'à la plate-forme. Le capitaine ne veut pas que les passagers remontent à leur guise sur le pont du bateau : un nombre incontrôlé de personnes circulant sans surveillance au niveau du pont ou, pire encore, dans les couloirs, la salle des machines ou à la passerelle de commandement représente un trop grand danger.

Maintenant que la foule est réunie sous leurs pieds, les organisateurs du voyage peuvent prendre la parole. Sana commence, d'autorité : il est le capitaine et posera les règles pendant ce voyage sur son cargo.

« Bonjour à tous. Je m'appelle Sana et je suis le capitaine de ce cargo. Vous êtes très nombreux, le bateau est assez grand pour vous accueillir tous, mais votre nombre peut également être une source de danger. Pour votre sécurité comme pour la nôtre, il y a des règles à respecter. Plus nous serons organisés, plus nous aurons de chances que le voyage se passe bien pour tous.

D'abord, votre répartition dans cette cale. Vous avez vu que nous avons mis les dortoirs de chaque côté, pour vous donner plus de place et aussi pour mieux équilibrer les masses. 4000 personnes et quelques, ça pèse lourd même si ça ne fait pas le même poids qu'une cargaison classique. Essayez le plus possible de ne pas vous concentrer sur un seul côté du bateau, ça pourrait jouer sur sa stabilité. Si vous avez besoin de vous dégourdir les jambes, marchez le long de l'axe central, au milieu de la cale, le *Lévi* ne s'en portera que mieux. Sachez juste une chose : les mouvements de foule ont déjà coulé des bateaux. On en a déjà vu, en Afrique ou ailleurs, qui se sont retrouvés déséquilibrés par leurs passagers massés sur un seul bord.

Deuxième point : il sera impossible de vous faire monter sur le pont, pour des tas de raisons. La mer peut être mauvaise et vous êtes plus en sûreté en bas. Le soleil va certainement taper dur et en bas, au moins, vous êtes à l'ombre avec un peu d'air. Pour ceux qui ont le mal de mer, vous serez aussi moins remués par la houle que si vous étiez en haut. Si certains passagers sont vraiment malades, on les emmènera à l'air libre pour les aérer un peu, mais c'est nous qui choisirons qui et pour combien de temps. Sur le pont, vous pouvez en outre vous blesser avec notre gréement et nous ne pouvons pas nous permettre non plus de prendre le risque de le voir endommagé. Enfin, moins il y a de personnes sur le pont, mieux ça sera : un avion peut toujours nous survoler et s'il repère combien nous sommes à bord, ça peut nous attirer des problèmes.

En bas, il nous faut des responsables pour transmettre si besoin est des consignes à tout le monde. Au minimum un ou une responsable pour vous tous, mais ça serait plus efficace s'il y avait aussi des relais pour chaque bloc de dortoir. À vous de vous organiser et de nous faire connaître ces personnes qui vous représenteront. La cale est assez grande pour que vous y installiez tout ce qui vous semble nécessaire, y compris des lieux de prière si vous voulez, église ou mosquée. À vous de gérer ça, faites-le dans le respect des autres, c'est tout ce que nous vous demandons.

Dernière précision, la plus importante pour nous sur ce bateau. Tous les marins redoutent une chose : le feu. Et nous avons dans cette cale quelque chose qui brûlera très bien si on n'y prend pas garde : vos lits. Nous vous demandons donc d'être extrêmement prudents : si vous cuisinez, vous venez le faire au centre de la cale, pas près des dortoirs. Si certains d'entre vous ne suivent pas cette instruction, on supprimera tout ce qui permet de faire de la cuisine jusqu'à l'arrivée. C'est dans votre intérêt et dans le nôtre que vous compreniez ça. J'ai déjà été sur un bateau en feu, je vois encore les gens qui en ont fait les frais, brûlés ou noyés. Sur ce point-là comme sur les autres, je serai intransigeant. Je m'occuperai personnellement de ceux qui feraient prendre des risques à tout le monde. Je suis sûr qu'on se comprend.

Je vais maintenant passer la parole à ces deux jeunes gens, Angela et Jibril. Ils vous en diront plus sur ce voyage. »

En bas, la foule a écouté avec respect ce capitaine noir qui leur parle clairement, avec bon sens et fermeté. Certains échangent des regards, s'interrogeant pour la plupart sur les règles qui leur sont données sans pour autant les remettre en question. D'autres, et parmi eux le groupe des « célibataires » repérés par Piotr, imaginent déjà sur le coup d'après : comment s'imposer comme les responsables « naturels » de leur portion de dortoir, sinon de toute la cale.

— Nous sommes Jibril et Angela, commence cette dernière. Ceux qui viennent de mon église me connaissent, pour tous les autres sachez que l'idée de ce voyage est venue de Jibril, mon fiancé — Jibril s'étonne de cette soudaine « promotion », c'est la première fois que leur union est officialisée de la sorte, mais il ne laisse rien paraître de sa surprise.

— Nous sommes comme vous tous, enchaîne Jibril, nous avons simplement envie d'aller vivre mieux ailleurs. Mon idée, c'était de nous prendre en main pour assurer nous-mêmes notre voyage et d'y aller en nombre pour imposer notre présence à tous ceux qui nous ferment leurs portes. Tous nos frères africains, mais aussi tous ceux qui partent d'ailleurs, de pays en guerre comme la Syrie, l'Irak, l'Afghanistan, s'entassent sur des bateaux pourris et arrivent au compte-gouttes, par petits groupes, quand ils arrivent. Beaucoup ne voient jamais l'Europe et meurent noyés, tous se font brutaliser et rançonner par de nouveaux négriers, souvent nos propres « frères » africains. Avec ce bateau, nous avons choisi d'organiser nous-mêmes notre voyage, pour que nous aussi nous ayons notre chance, sans avoir à nous empiler à 200 sur une barque dangereuse. Nous voulons arriver en masse pour obliger tous ces pays à nous reconnaître, pour retrouver une vie digne de ce nom. Vous comme nous, nous n'avons plus rien à perdre. Au Nigeria, ce n'était plus possible de rester, ce pays était devenu notre enfer ; avec ce bateau, on va frapper aux portes du paradis !

La foule, entretemps, s'est animée. Par les sourires sur de nombreux visages, Jibril croit comprendre qu'une majorité des passagers est sensible à ses arguments. Il a à peine fini sa dernière phrase que des applaudissements, des cris de joie et bientôt des chants résonnent dans la cale. Beaucoup découvrent le sens réel de cet embarquement, tous semblent approuver ce voyage maintenant qu'ils en connaissent les motivations précises.

— Où allons-nous exactement ? demande une jeune femme.

— En Europe, répond Sana. Nous allons contourner l'Afrique de l'Ouest, passer les îles du Cap-Vert, des Canaries et de Madère, puis remonter vers le Portugal, l'Espagne et la France, certainement notre destination. C'est le plan de navigation que j'ai fixé à Lagos, mais on verra selon les événements jusqu'où on peut aller. Vu la taille du bateau, on ne pourra accoster que dans certains ports ; il y en a toute une série sur notre route : Lisbonne ou Leixoes au Portugal, Vigo, Gijon ou Bilbao en Espagne, Bordeaux, Saint-Nazaire ou Le Havre en France.

— Pourquoi aller jusqu'en France ?

— Parce que c'est le pays le plus central en Europe, ajoute Jibril, et ça vous facilitera les choses pour la suite. De là, ceux qui voudront partir vers l'Angleterre, l'Allemagne, l'Espagne ou les pays du Nord comme la Suède pourront le faire plus facilement.

Angela prend alors la parole. Elle s'en empare plutôt, mettant un point final à cette assemblée qu'elle harangue maintenant d'une voix forte, tremblante de colère :

— Et puis, la France, c'est le pays des navires qui ont emmené nos ancêtres en esclavage. Beaucoup de ces bateaux sont partis de leurs villes négrières comme Nantes, Bordeaux, Lorient, des bateaux de honte et de mort qui achetaient nos pères et nos mères contre des bibelots et de la verroterie et les déversaient en Amérique où ils ont vécu comme des animaux qu'on a tués à la tâche. Avec notre cargo rempli d'Africains, eh bien nous faisons le chemin dans l'autre sens, nous leur ramenons les enfants de leurs anciens esclaves, affranchis, libérés, qui ne veulent plus subir, la tête baissée, le semblant de vie qu'ils nous ont laissé dans nos pays qu'ils ont pillés et pillent encore, qu'ils ont tellement secoués que plus rien n'en tombe, plus rien ne tient debout. Nous, on ne veut plus s'effacer en silence, on vient tambouriner à la porte de ce monde de Blancs pour, nous aussi, avoir une existence normale, agréable, sûre, vivre de notre travail et nous enrichir, avoir la meilleure des vies et donner un avenir à nos enfants. Notre pays est maintenu dans la pauvreté par les grands de ce monde et dans la corruption par nous-mêmes. Notre pays à jamais pourri nous refuse ce droit d'exister, nous partons ailleurs pour le faire valoir. Il est temps pour nous d'aller réclamer notre part du monde !

Tous sont stupéfaits. Jibril et ceux de l'équipage n'en reviennent pas. Sous les mots fiévreux d'Angela, la passerelle est devenue tribune, son verbe a galvanisé la foule maintenant conquise des passagers. Angela paraît elle-même surprise de sa diatribe — elle s'est laissé guider par l'instinct, la frustration et la colère accumulées au fil des années, qui jaillit aujourd'hui de sa bouche et de tout son être, comme un ressort trop longtemps comprimé. La peur des derniers jours avait besoin, elle aussi, de trouver un exutoire, balayant la retenue habituelle de la jeune fille, révélant un peu plus son engagement, son aura. En contrebas, les nombreux visages sont tendus vers la prêcheresse qui, ne sachant plus quoi dire, agite vaguement une main et se retourne pour quitter la passerelle.

— On te suit, Angela, lance une voix de la foule, tu sauras nous guider !

La jeune femme réalise peu à peu ce que tout cela signifie pour elle, le sens profond qu'elle donne à ce voyage. Si elle en saisit aujourd'hui la portée, elle en redoute également les conséquences, encore imprévisibles. Elle sent aussi que dans cette aventure, elle est à sa juste place et assume ce nouveau rôle.

— Angela, te voilà chef de village, reine du bateau, Messie des migrants, plaisante Prabu. Ils semblent tous prêts à te suivre jusqu'au bout du monde, ils attendent que tu les mènes vers leur nouvelle vie, que tu ouvres la mer devant eux. Angela, ajouta-t-il d'un ton faussement solennel, je te rebaptise Mme Moïse !

25

— Entrez donc, M. Kuti ! Puis-je vous offrir un rafraîchissement ? Une bière, peut-être ? Une Star, une Gulder…

— Ni l'une, ni l'autre, répond froidement le policier, je suis en service. Je prendrai un Fanta ou un Coca frais si vous en avez, sinon, je m'en passerai.

— On va vous trouver ça.

Jacques de Soles adresse un léger signe à son assistante qui suit la scène depuis son bureau et entend tout ce qui se passe dans le salon du consul. Après un hochement de tête, elle extrait deux sodas du frigidaire trônant dans son bureau. De Soles affiche un sourire vide de diplomate et garde le silence, attend qu'elle les ait apportés et déposés sur 2 sous-bocks, sur la table basse en verre. Le policier nigérian regarde sans mot dire la secrétaire décapsuler les deux bouteilles et regagner son bureau — elle en referme la porte à la demande du consul. En habitués des conversations qui ne doivent pas tomber dans toutes les oreilles, les deux hommes préfèrent échanger en tête-à-tête, et sans témoin.

— M. Adebayo Kuti, responsable de la Sécurité des ports de Lagos, annonce le consul de France, lisant d'une voix ampoulée la carte de visite que lui a remise son interlocuteur. En quoi puis-je vous être utile, M. Kuti ? Les affaires maritimes sont plutôt du ressort de mes collègues, l'Attaché de défense ou le Conseiller économique… Je ne vois pas bien en quoi…

— Vous êtes en charge, je crois, de la sécurité de vos ressortissants dans notre pays et de leur éventuel rapatriement dans le vôtre.

— Euh… C'est exact. D'ailleurs, la situation actuelle nous donne pas mal de travail et je dois souvent…

— Je viens vous en donner un peu plus, M. le Consul, ajoute l'officier en interrompant le diplomate pour la seconde fois.

La mine surprise du Français n'est pas pour déplaire à Adebayo Kuti. Il a assez d'expérience pour ne plus se laisser impressionner par ce genre de personnages, méprisant avec les subordonnés et avec les locaux du pays qui les accueille, veule avec leurs supérieurs ou avec les hommes de pouvoir. Derrière leur chemise immaculée et leur pantalon impeccablement repassé par leur *boy* se cachent souvent des êtres décalés, perturbés parfois. Vibrants d'ambition et de certitudes, ils sont grisés par le pouvoir que représentent leur fonction, l'argent et le pouvoir d'achat démesuré que cela leur donne. Ils jouissent, avant tout, du simple avantage que confère une peau blanche dans un monde noir, leur plus-value cutanée. Même moche, gras et dégoulinant de sueur, un Blanc ici demeure puissant.

Symbolisant le pouvoir local ou, au moins, un pouvoir de nuisance pour tous ces étrangers de passage, le brigadier se sait officiellement épargné par les commentaires hautains ou sarcastiques de ces pantins d'ambassades. Avec lui, ils ne peuvent se montrer méprisants ; à ses yeux, ils restent méprisables et Adebayo ne se prive pas de secouer leur piédestal quand cela lui semble nécessaire.

— Vous venez m'apporter un peu de travail, dites-vous ?

— Un cadavre, pour être plus précis.

— …

— Sur un des quais d'Apapa, on a retrouvé hier matin un de vos compatriotes, Pierre Dumoulin. Mort, visiblement assassiné par arme à feu.

— Le nom de ce monsieur ne me dit rien…

— Comment le pourrait-il, Monsieur le Consul ? Vous avez plus de 1 700 de vos ressortissants vivant ici — 1 732 exactement —, vous ne pouvez pas avoir tous leurs noms en tête, si bien faite soit-elle.

Le consul ne sait pas s'il doit prendre cette dernière phrase comme un compliment ou un sarcasme. Il est étonné, en outre, qu'un petit brigadier en charge de la sécurité des ports ait pris la peine de trouver des chiffres aussi précis — et justes. Il se dit que son interlocuteur est un flic après tout et que ce genre d'individu a pour principe, et pour plaisir de fouiner partout. Mais le Nigérian, déjà, poursuit la conservation.

— Et puis, ce Français était sans doute invisible sur vos radars officiels. Il était arrivé dans notre pays il y a plusieurs dizaines d'années et n'en était jamais reparti. Il vivait ici à la nigériane, avec des petits business qui lui permettaient de subsister.

— Si ce Français vivait dans ce pays en dehors de notre influence, pour quelle raison devrais-je m'intéresser à lui ?

— Il est mort et vous devez le rapatrier.

— Mais au Nigeria…

— Il n'a pas de famille ici, j'ai pris la peine de vérifier avant. Il a toujours gardé son passeport français, c'est donc un de vos ressortissants. Il n'a peut-être plus de parents dans votre pays non plus, mais c'est un autre problème. Ce cadavre est à vous, M. le Consul !

Adebayo Kuti poursuit sans laisser le temps au consul de réagir.

— Votre sort est plus enviable que le mien, vous savez. Moi, c'est 10 cadavres que je dois gérer, en plus du vôtre.

— Vous avez d'autres affaires en cours ?

— Non, c'est la même. Votre Français n'a pas voulu partir tout seul pour l'au-delà, visiblement. On a retrouvé six hommes tout aussi morts que lui sur le quai, les os rompus ou poignardés. Et on en a repêché quatre dans le port, là où, la veille encore, il y avait un bateau, bateau qui s'est évanoui dans la nature, appelé lui aussi vers d'autres cieux...

— Vous pensez qu'il y a un lien entre le décès de notre ressortissant et ce navire ?

— À ce stade de notre enquête, nous n'en savons rien. Les meurtres peuvent avoir eu lieu devant ce *Primo-Levi* — c'est le nom du cargo — sans qu'il soit concerné en quoi que ce soit. Le contraire est aussi possible. Ce que nous savons en revanche, c'est que ce bâtiment est parti la nuit où ces meurtres ont été commis... alors qu'il n'avait aucune raison de bouger. Nos autorités l'avaient saisi il y a plusieurs années déjà parce que l'armateur n'a jamais payé les droits de port et les amendes. Le cargo et l'équipage étaient consignés à Apapa depuis et n'avaient pas le droit de quitter leur quai.

— Que comptez-vous faire ?

— Poursuivre l'enquête, bien évidemment, revenir vous voir si c'est nécessaire... et en attendant, vous rendre votre cadavre. Il vous attend en bas.

— Je vous demande pardon ?

— Comme je venais vous rendre visite, je me suis dit, autant faire un seul voyage.

Le brigadier se lève alors et se dirige vers l'une des fenêtres, suivi par un consul inquiet de ce qu'il va découvrir.

— Vous voyez le pick-up blanc dans la rue devant votre ambassade. C'est notre « voiture frigo », votre monsieur Pierre vous y attend sagement. J'espère juste que mon chauffeur aura pensé à laisser le moteur allumé pour la réfrigération… Les morts n'aiment pas trop les chaleurs africaines. Nous ne pouvions pas rentrer directement dans votre ambassade, mais avec votre autorisation, ce sera une simple formalité.

Avant que le consul ait pu réagir, Adebayo Kuti fait un signe au chauffeur du pick-up qui démarre et se présente devant la grille de l'ambassade, bouchant de fait une bonne partie de la rue. Le brigadier se tourne vers le consul avec un léger sourire, lui indiquant silencieusement que c'est maintenant à lui de jouer. Pris de court, le diplomate ne peut que faire un geste agacé aux gardes en charge de la grille pour qu'ils laissent entrer la « voiture frigo » qui s'avance lentement et se gare sur une place « réservée au corps diplomatique », comme le signale une plaque défraîchie sur le rebord du trottoir.

— Je vous remercie de votre accueil et de votre coopération, Monsieur le Consul, conclut le policier en serrant la main molle et moite de sueur du diplomate. Je retourne à mes morts flottants et à mon bateau fugueur, je ne manquerai pas de vous contacter si nécessaire. Prenez soin de ce M. Pierre !

* *
*

CONFIDENTIEL
ABUJA
DE : AMB NIGa ABUJA
À : MAE – Paris — Dir. Français à l'étranger/Admin. consul.
27_07_20… — 17 h 38

OBJET : Signalement affaire criminelle/mouvement migratoire

RÉSUMÉ
Signalement d'un fait divers impliquant un de nos ressortissants, assassiné sur le port de Lagos. Possibilité de développements de cette affaire avec répercussions pour notre pays.

DÉTAILS
1/==Premiers éléments==
Le 22 juillet dernier s'est présenté à nous M. Adebayo KUTI, brigadier et responsable de la Sécurité pour le port d'Apapa à Lagos.

Le but de sa démarche était de nous signaler le décès d'un de nos ressortissants, M. Pierre DUMOULIN, retrouvé sans vie sur un quai du port. Le corps du défunt, apporté dans notre représentation par les services portuaires, a fait l'objet d'une autopsie par le médecin de l'ambassade. Celle-ci a confirmé les éléments observables sur la dépouille, à savoir la mort par arme à feu — deux balles mortelles ont été extraites du cadavre. Le cœur et le foie avaient déjà été retirés, sans doute subtilisés par un médecin traditionnel. Le corps a été embaumé par un praticien local puis rapidement expédié en France, accompagné par l'un de nos gendarmes, jusqu'à Lons-le-Saunier, ville natale du défunt, où les services municipaux ont procédé à l'inhumation.

2/==Éléments criminels et début de l'enquête==

Outre les raisons du décès de ce ressortissant, deux éléments viennent renforcer le contexte criminel de cet événement :

— à proximité du corps de M. DUMOULIN ont été retrouvés 10 autres cadavres de personnes également décédées de mort violente ;

— toutes ces personnes se trouvaient sur un quai où était amarré depuis plusieurs années un cargo, le *Primo-Levi,* consigné à Lagos pour défaut de paiement des droits de port et amendes afférentes par son armateur. Le bateau est depuis introuvable et semble avoir appareillé la nuit même des décès.

Le fonctionnaire de police nigérian nous a rendu une seconde visite à l'issue de laquelle apparaissent de nouveaux éléments :

— quelques mois avant son décès, M. DUMOULIN avait fait la connaissance d'un couple de Nigérians assez atypique surtout en cette période, une jeune évangéliste Ibo et un jeune visiblement du Nord par sa complexion, un Hausa, un Touareg de nationalité inconnue (nigériane, nigérienne, tchadienne ?) — les domestiques de M. DUMOULIN n'ont pas pu être plus précis. Les trois personnes se fréquentaient beaucoup avant la disparition de M. DUMOULIN ;

— le bateau, un cargo de grande taille, n'a pas pu pour l'instant être localisé. Il a dû s'éloigner de la zone littorale pour ne pas être exposé aux attaques de pirates — la pratique courante est de naviguer à 100 miles des côtes au moins et il est donc difficilement détectable avec les radars nigérians, assez limités. La marine nigériane ne dispose pas non plus d'avions de surveillance qui auraient permis, par survol des côtes proches, de repérer presque certainement le bateau. La demande d'un survol effectué par l'armée de l'air locale est restée sans effet : cette opération ne revêt pas une priorité particulière pour l'aviation du pays qui doit ménager ses ressources en cette période de troubles dans tout le Nigeria ;

— le brigadier nigérian, au cours de sa propre enquête, a recueilli des informations connexes qui amènent à s'interroger sur les motivations de l'équipage du bateau. L'interrogatoire d'un gardien du port a révélé que beaucoup de personnes étaient arrivées sur le quai cette nuit-là puis étaient montées sur le bateau. Ces individus semblaient originaires d'un même quartier de Lagos, Surulere, et, pour certains, proches d'une église évangéliste. Questionnant les habitants du quartier, M. KUTI a pu constater qu'un grand nombre de personnes de ce quartier n'avait pas donné signe de vie depuis plusieurs jours. L'explication donnée par les voisins et amis est que ces habitants sont partis « en voyage », selon l'expression habituellement employée ici. Parmi ces personnes figurent de jeunes VSO enseignant comme volontaires dans une école de sages-femmes, deux Françaises et une Belge. Ces Européennes sont également introuvables.

3/==Conclusions et demande d'instructions==

Les éléments mentionnés ci-dessus et leur imbrication motivent à mes yeux un signalement aux autorités françaises. Au-delà de ce qui paraît être un simple fait divers relevant — au moins dans un premier temps — de la justice nigériane, la concomitance de cet assassinat avec le départ du cargo *Primo-Levi* d'une part, et la disparition simultanée de plusieurs centaines, voire plusieurs milliers de personnes de leur résidence habituelle d'autre part me semble devoir faire l'objet d'une enquête approfondie.

Le contexte actuel de guerre civile au Nigeria pousse en effet nombre de ses ressortissants à émigrer à tout prix, une démarche déjà tentée par beaucoup en temps ordinaire. Sans pouvoir encore relier tous les éléments entre eux, mon hypothèse est que le départ du navire et la disparition de ces nombreuses personnes peuvent être liés, et que la taille du bateau peut permettre une émigration de masse dans des proportions inédites — le cargo est assez grand pour embarquer plusieurs milliers de passagers.

De multiples questions se posent à ce stade et justifient ce télégramme diplomatique pour obtenir la position du Ministère et décider des actions à mener :

— question centrale : le *Primo-Levi* a-t-il embarqué à son bord les centaines ou milliers de personnes « évanouies dans la nature » ? Si la réponse est négative, cela signifiera que les marins du bateau ont peut-être choisi de prendre la mer pour se protéger des remous au Nigeria et attendre que la tension retombe dans le pays ; si la réponse est positive, nous nous devons de localiser ce bateau et de connaître ses intentions ;

— quel est le lien entre le départ du *Lévi* et les assassinats ?

— où se trouve le cargo à l'heure actuelle ? Compte tenu de la vitesse moyenne de ce genre de bateau — 12 nœuds/heure, soit environ 12 miles/h en moyenne —, il aurait pu parcourir à ce jour 1 200 à 1 400 miles ;

— vers quelle destination fait-il route ? A-t-il filé plein sud pour déposer ses passagers vers un pays africain actuellement plus sûr ? A-t-il mis le cap plein ouest vers le continent américain ? Remonte-t-il vers l'Europe ?

Le pire des scénarios — une émigration de masse vers l'Europe, et pourquoi pas un accostage sur les côtes françaises — doit être envisagé. La première des opérations à mener me semble devoir être un survol des eaux internationales au large de l'Afrique de l'Ouest pour repérer éventuellement le cargo et déterminer si celui-ci transporte des passagers. Cette initiative dépasse aujourd'hui la zone d'influence de notre représentation au Nigeria et relève de l'action diplomatique et militaire de notre pays auprès des pays concernés, en Afrique de l'Ouest ou en Europe.

Je ne manquerai pas de vous transmettre toute nouvelle information recueillie sur place.

Dans l'attente de votre réaction et de vos instructions.

Le Consul de France au Nigeria
M. J. DE SOLES

* *
*

— Vous avez lu le télégramme de Lagos ?

— Celui du consul ? Oui.

— Qu'en pensez-vous ?

— Je n'arrive pas à voir clair là-dedans, à démêler les vraies infos du fantasme. C'est peut-être un délire parano de notre consul — tous les Français là-bas vivent entre eux et finissent par imaginer toutes sortes de choses.

— Ça ne coûte pas grand-chose de demander à nos services d'y jeter un œil. Si son hypothèse est fausse, ça ne prête pas à conséquence et le reste ne nous concerne en rien, ce sera l'affaire des Nigérians. Si au contraire il a vu juste, on a sans doute un problème.

— Un vrai. Le débarquement chez nous d'autant d'immigrés en une seule fois serait une situation très délicate à gérer. Ce serait aussi un précédent, un exemple à suivre pour tous ceux qui veulent venir ici.

— Alors ?

— Alors, on vérifie d'abord, on informera ensuite la Présidente si c'est confirmé. Et on agira.

26

« J'ai si chaud dans ce bateau. Si chaud…

Mon Dieu, aidez-moi à supporter ce voyage. Cette chaleur m'épuise, je passe la journée à transpirer. Une vraie fontaine ! Je transpire tellement que je vais finir par la remplir à moi toute seule, cette cale…

Ils nous avaient dit que ce serait plus supportable si on allait de temps en temps au milieu. Nawa o ! Le jour, c'est pire ! Le soleil tape directement sur nos têtes par l'ouverture, pas moyen de s'asseoir à cet endroit sans ombre. Il faut attendre la fin de la journée pour que le ciel se calme un peu et qu'on retrouve un peu de fraîcheur, un petit peu d'air. Le reste du temps, mieux vaut rester dans notre coin près du dortoir, au moins, on a un œil sur nos affaires. Mais cette chaleur qui nous prend sans nous lâcher une seconde, sans pouvoir faire un courant d'air… C'est comme si on était sous un orage qui refuserait d'éclater, comme si la pluie faisait la tête. Cette lourdeur, cette humidité, en permanence, c'est trop, mon Dieu, c'est trop…

Les petits supportent ça mieux que nous, ils ont de la chance ! Les trois miens passent leur temps à jouer, chaleur ou pas. Et quand ils sont trop fatigués, ils reviennent vers moi et s'endorment sur mes genoux en quelques minutes, avant même que je leur raconte une histoire ou que je leur parle du pays où nous allons. Parfois, c'est moi qui m'endors pendant l'histoire, et eux qui me veillent. Quand ils se sont reposés, je prends un peu d'eau dans ma bassine et je les rafraîchis, ou bien on va à la douche le soir. On ne manque pas d'eau ici, c'est au moins ça.

Le bateau bouge encore, mais ça va, c'est mieux qu'au début. Le deuxième ou le troisième jour — je ne sais plus, même mes souvenirs s'évaporent avec cette chaleur —, ça bougeait dans les deux sens, d'avant en arrière et de droite à gauche. J'ai été malade, vraiment malade et je n'étais certainement pas la seule dans ce bateau. Juste le temps d'arriver aux douches... Ça va mieux maintenant, la mer est moins mauvaise apparemment, et puis on a dû s'habituer.

Tout ce bruit, tout ce monde, dans tous les coins ! Il y a beaucoup de gens de mon église ou de mon quartier, je les reconnais. Il y a aussi des gens du Nord, qu'est-ce qu'ils font là, ceux-là ? Ils ont dû entendre qu'il y avait une occasion pour eux de s'en sortir en embarquant avec nous. Ils essaient de sauver leur peau, je ne peux pas leur en vouloir. Tu sais ce que tu fais, mon Dieu, en les emmenant avec nous. Tu as même pris ces trois petites Blanches qui ont l'air terrorisées dans leur coin, depuis le début. J'irai leur parler tout à l'heure, je les rassurerai.

En tout cas, jusqu'ici, tout ne se passe pas trop mal entre nous tous. Il y a de la place pour tout le monde, heureusement. C'est même assez grand pour qu'on puisse installer notre église au fond du bateau. Les musulmans, eux, ont monté leur mosquée à l'avant de la cale. Je n'avais jamais assisté à leur prière, évidemment, et eux de leur côté, c'est certainement la première fois qu'ils assistent à un office. Ils ne peuvent pas faire autrement, et nous non plus ! Dieu, j'ai l'impression que tu t'es amusé à embarquer sur ce bateau un morceau du Nigeria tel qu'il pourrait être, ou tel qu'il était il y a bien longtemps... Tu nous donnes une leçon, sans doute.

Ces gens qui nous emmènent nous ont donné de bons principes, c'est grâce à eux qu'on y arrive pour l'instant. Cette jeune fille-là, Angela, elle sait comment nous motiver, nous encourager. Elle descend régulièrement nous voir, avec ou sans son fiancé, elle nous remonte le moral si nous souffrons trop de la chaleur ou de la mer — merci, mon Dieu, de nous guider à travers elle, elle est ton ange, ta messagère sur ce bateau.

Elle parle beaucoup avec les responsables de chaque bloc, elles se disent tout et c'est pour ça que tout va bien. Nous ici, on a de la chance, on a madame Evelyn. C'est elle qui s'occupe de notre "quartier", elle a les choses bien en main. Tout le monde ici a vu dès le début que c'était une femme énergique et organisée, elle pense vite, aussi. Dans notre coin, rien ne traîne, pas de cuisine entre les dortoirs, si on va aux toilettes ou aux douches, c'est par groupes pour éviter de laisser nos affaires sans surveillance ou de se faire embêter aux douches par certains hommes. Kai ! Elle n'a pas sa langue dans sa poche, Evelyn, et beaucoup de ces messieurs craignent sa bouche... C'est pareil dans notre dortoir : quand les enfants sont trop agités ou certaines voisines trop bruyantes le soir, quand elle demande le silence, elle l'obtient.

Hier, j'ai vu la mer ! Je faisais partie du groupe qui avait le droit de monter quelques instants sur le pont, le soir, pour nous rafraîchir un peu et ne pas voir que le fond de cette cale pendant tout notre voyage. C'était beau ! Les petits étaient tout excités, surtout quand ils ont vu les lumières dans l'eau. Les marins nous ont expliqué que c'était du plancton, des animaux qui se défendaient contre ceux qui voulaient les manger : dès qu'ils sentent un mouvement dans l'eau, ils dégagent cette lumière qui brouille la vision des poissons qui veulent les dévorer. Les enfants étaient émerveillés, et moi aussi : c'était comme si les étoiles avaient plongé dans la mer, ça apparaissait puis ça disparaissait, c'était magique ! Ensuite, nous avons passé le temps à regarder la mer au loin, les vagues étaient tranquilles, et nous aussi. Par moments, j'avais l'impression de reconnaître des odeurs venant de la terre. Les marins m'ont dit que c'était normal : nous ne sommes pas très loin de certaines îles, ils les appellent Madère et Canaries, le vent leur apporte sans doute les senteurs de ces îles.

Je pense souvent à l'arrivée, au nouveau pays où on va débarquer. Il faut bien, et puis les enfants me demandent sans cesse… Si je peux m'installer avec mes petits dans un pays de Blancs, je travaillerai dur pour qu'ils ne manquent de rien, et eux aussi ils travailleront pour réussir à l'école et avoir de beaux métiers. Les gens que je connais qui sont partis là-bas me l'ont tous dit : il fait froid chez les Blancs, la vie est difficile, certaines personnes sont méchantes avec nous et en tout cas, beaucoup de gens ne nous comprennent pas. Certains pensent qu'on vit encore dans la jungle ou pourquoi pas dans les arbres ; c'est le fils de ma voisine Constance, qui habite en Italie, qui lui a dit ! Si un Blanc se permet de me dire ça à moi ou à un de mes enfants, je lui ferai tellement peur que c'est lui qui grimpera dans l'arbre le plus proche ! Quand même… Comment peut-on habiter des pays si civilisés et penser encore de telles bêtises ? »

* *
*

— On n'aurait pas dû partir. Partir, c'est pour les lâches.

— Pourquoi dîtes-vous ça ?

— Si nous, les Nigérians, on ne reste pas pour sauver le pays, qui le fera ?

Les longues journées de traversée sont parfois ponctuées de discussions improvisées — il faut tuer le temps et la fatigue, chasser aussi les questions qui, jusqu'à l'arrivée, demeurent sans réponse. Elles démarrent souvent au pied d'un bloc de dortoir, mais l'assistance grossit au fil de la discussion ou des éclats de voix. Qui veut y prendre part ou simplement écouter s'assied avec les autres.

Quand Angela et Jibril descendent dans la cale, il leur arrive de s'y joindre, mais toujours en observateurs, en silence. Leur rôle depuis le début de l'aventure aurait donné trop de poids à leurs mots. Ils préfèrent écouter pour réfléchir et prendre le pouls du bateau. Loin d'être les palabres habituelles des villages, ces discussions sont plus ouvertes. Si les cheveux blancs de certains participants inspirent par tradition le respect, celui-ci s'étend à quiconque apporte des idées nouvelles : sur le pays qu'ils ont vu sombrer et qu'ils quittent tous à regret, sur la destination encore imprécise vers laquelle ils progressent, un pays neuf pour tous. La terre inconnue brasse et rebrasse les cartes, redistribue les rôles, redonnera une chance à certains.

— Avant de sauver le pays, il faut d'abord sauver sa peau, c'est pour ça que nous sommes tous partis. La police, l'armée ne pouvaient même plus empêcher qu'on se fasse massacrer à la sortie de chez nous. Quand un pays ne peut plus garantir la sécurité de ses habitants, c'est qu'il est temps de le quitter, non ?

— Avant que tout dégénère, le Nigeria ne pouvait pas nous assurer une vie décente, même en ayant fait des efforts pour y arriver. Regardez-moi : j'ai fait des études à l'université, mes parents se sont saignés pour que je m'en sorte et je suis resté avec mon diplôme sur les bras à la fin. Je n'ai jamais pu trouver un travail ensuite. Oh, je pouvais vendre des médicaments à la sauvette — on me l'a proposé. Mais alors, pourquoi tous ces efforts, ces sacrifices si c'est pour finir comme ça ? Je me souviens d'un de mes amis étudiants, lui a fait le mauvais choix : on l'a récemment arrêté avec un gang de voleurs. Il préférait encore faire ça que de rester sans emploi et sans argent…

— Mon fils me racontait l'autre jour qu'il était tombé sur son professeur de droit… au volant d'un taxi. Sa paye ne suffisait plus et souvent, elle lui était versée avec beaucoup de retard. S'il voulait se nourrir lui et sa famille, il fallait bien qu'il trouve autre chose. Il le faisait par obligation, mais il en avait honte, tout comme mon fils de le voir faire ce deuxième travail en cachette.

— Vous dites que s'enfuir de son pays, c'est du courage, alors ?

— Je dis que partir d'un tel pays, c'est une nécessité. Et qu'il faut du courage, oui, pour tout recommencer, ailleurs, dans un pays qui n'est pas le nôtre, qui ne nous attend pas et qui, souvent, ne veut pas de nous, même pour faire le travail que personne ne veut faire chez eux.

— Il y en a qui sont encore plus courageux, ou plus fous ! J'ai entendu parler de jeunes Nigérians bien établis en Angleterre ou en Amérique, certains étaient même nés ou avaient grandi là-bas. Eh bien, ces jeunes-là ont décidé de venir ou revenir s'installer à Lagos pour relancer l'économie du Nigeria, à leur niveau, dans la mode, le cinéma, les affaires.

— Oui, oui, les rapatriés, les repats, on m'en a parlé moi aussi !

— C'est ça ! Eh bien pour eux, le Nigeria et même l'Afrique en général sont les endroits du futur et c'est là qu'il faut être en ce moment. Je ne sais pas s'ils ont raison ou si le Nigeria va les manger tout cru comme beaucoup d'autres avant eux. Mais je souhaite, je prie pour qu'ils soient dans le vrai — moi aussi, comme eux, j'aime mon pays… même s'il est impossible à vivre ! En tout cas, leur Nigeria-là, le pays de leurs rêves, il va falloir quelques années avant qu'on en voie la couleur. J'espère que vous n'êtes pas pressés...

Des sourires et même quelques éclats de rire fatigués viennent ponctuer la dernière phrase.

— Notre futur à nous, c'est le pays des Blancs. Autant s'y préparer du mieux possible. Dans la cale avec nous, il y a les trois petites Blanches, là. D'après ce que l'on m'a dit, elles travaillaient dans une maternité de quartier à Surulere. Il est tard, elles doivent dormir. Demain, on leur demandera de se joindre à nous ; elles pourront certainement nous en apprendre beaucoup sur leur pays et nous faire gagner du temps une fois là-bas.

La nuit est maintenant tombée. Pris dans le feu de la discussion, les participants viennent juste de s'en rendre compte et commencent à se disperser. Elle reprendra demain, sans doute. Jibril et Angela choisissent ce moment pour s'éloigner et rejoindre la passerelle pour remonter sur le pont.

— S'il vous plaît ? Il faut que je vous parle.

Angela et Jibril reconnaissent l'une des responsables de dortoir, Evelyn, qui se dirige vers eux. Un corps mince et énergique, des yeux pétillants d'intelligence, un visage souriant où affleurent une soif de vivre et l'envie de transformer les problèmes de la vie en fétus de paille qu'elle balaie habituellement d'un souffle : tout, chez cette femme, exprime la volonté.

— Oui ?

— Pas ici. Je remonte avec vous. On pourra parler plus tranquillement et je pourrai prendre un peu l'air, ce qui me fera le plus grand bien.

Ce n'est pas vraiment une demande de sa part, juste une information à leur intention. Ils vont discuter tous les trois, Evelyn a déjà décidé du principe et de la forme de cet échange.

Elle ne peut pas encore savoir que le risque sur lequel elle souhaite les alerter est si réel qu'il surviendra pendant leur discussion. Et qu'il est déjà trop tard pour l'empêcher de bouleverser leur traversée.

* *
*

— Si tu veux cuisiner, tu dois payer.

La femme, interdite, fixe les cinq hommes qui se dressent devant elle. Deux d'entre eux se tiennent un peu en arrière, surveillant les mouvements de la foule et décourageant les éventuels curieux d'un regard sans équivoque. Ils veillent à ce que personne ne vienne prendre la défense de la vieille Lucy.

Plongés dans le tout nouveau monde du cargo, les cinq *area boys* ont décidé, après les premiers jours d'adaptation, d'en faire leur terrain de chasse. Poussés par la nécessité — comme tout le monde, il leur faudra de l'argent pour subsister en Europe —, ils ont embarqué leurs habitudes sur le *Lévi* et, parmi elles, celle qui les faisait vivre au pays : le racket des petites gens.

Dans le quartier où ils habitaient, leur « travail » consistait à « garantir la sécurité » — c'était leur expression — des commerçants qui venaient vendre leur maigre production de légumes ou leur pêche au marché. Ils leur expliquaient qu'ils étaient là pour les défendre contre les mauvais garçons qui traînaient dans les rues et qui pouvaient les embêter. Les marchands n'étaient pas dupes et savaient qu'en matière de mauvais garçons, les seuls qu'ils verraient jamais étaient ceux qui se tenaient devant eux, le regard dur. La main qu'ils tendaient agressivement pour toucher leur dû ressemblait étrangement aux coups de poing qu'ils finissaient par asséner à un commerçant quand il tardait à payer ou se refusait à le faire.

Anini, le boss du petit groupe, laissait en général l'un de ses hommes déverser les menaces en forme de conseils sur les victimes vite impressionnées. Quand celles-ci regimbaient, les voyous passaient implicitement le relais à leur chef dont un regard suffisait à glacer de peur le marchand récalcitrant. Les femmes étaient souvent plus courageuses, mais ça ne durait jamais bien longtemps : ils n'avaient qu'à renverser leur étal, le souiller ou détruire leurs marchandises pour qu'elles se mettent à hurler puis qu'elles s'exécutent.

— Nous, on est là pour te défendre contre ceux qui voudraient te voler ta nourriture ou même t'empêcher de cuisiner, les responsables des dortoirs ou les marins du bateau. Chaque fois que tu voudras cuisiner, on sera là pour te protéger.

— Et chaque fois que tu me verras cuisiner, il faudra te payer, c'est ça ? Et qu'est-ce que tu crois ? Que les poissons viennent déposer des billets au pied de mon lit chaque nuit ? Je suis pauvre, je n'ai pas d'argent et si j'en avais, ce n'est pas à toi que je le donnerai. Des protecteurs ? *Kai...* Des voyous, oui, c'est tout que vous êtes, et votre mère doit s'arracher le ventre d'avoir enfanté des bandits comme vous !

Elle a à peine terminé sa phrase que le premier coup part. La brute la plus proche ne porte pas directement la main sur la vieille femme, mais shoote dans le petit réchaud à pétrole dans lequel bouillait une igname.

Projeté à quelques mètres de la vieille, le réchaud encore enflammé retombe sur des tissus entassés au pied d'un lit.

Puis vient l'enfer.

Comme un fauve incrédule devant une cage soudain entrouverte, le feu, dans un premier temps, s'aventure sur la couverture du lit sur lequel a atterri le réchaud — il la consume lentement, comme pour tester sa force. Rapidement, il s'enhardit, commence à ronger le matelas et s'attaque aux draps qu'il dévore à belles dents. Lovée au milieu du lit, la flamme-mère fait naître une portée de flammèches qui bondissent vers les montants, s'y accrochent, s'élèvent. Devenu brasier, le centre du lit lance alors sa colère vers le sommier du lit supérieur.

Tout, ensuite, se passe si vite. La stupeur des hommes, tétanisés par le feu naissant ; la vigueur des flammes qui grimpent de plus en plus vite d'un étage à l'autre du bloc et qui, déjà, plantent leurs griffes sur les dortoirs les plus proches ; les premiers cris de ceux qui tentent d'agir et d'amener de l'eau, avec les récipients qu'ils trouvent, depuis les robinets qui, par malchance, sont situés à l'autre bout de la cale.

Puis viennent les hurlements : des passagers étaient dans leur lit et l'incendie ne réserve à certains aucune solution de repli. Les plus chanceux ou les plus vigoureux ont réussi à sauter sur des lits proches encore épargnés par les flammes. D'autres essaient, contre toute logique, de descendre comme ils étaient montés, en s'agrippant aux montants des lits inférieurs. Beaucoup se blessent dans la descente ou tombent, les mains brûlées ou les vêtements en feu, avant d'atteindre le sol. Perchée au dernier étage d'un dortoir, une femme hystérique jette son enfant du haut de son lit pour qu'il échappe au brasier. Elle a le temps de voir son petit attrapé au vol par des gens en bas qui ont suivi sa chute. Elle passe à travers son sommier mis en pièces par les flammes, dégringole sur les lits inférieurs, s'écrase lourdement.

À cet instant, la cale est pleine de cris, de hurlements, de fumée et du grondement de l'incendie qui court de bloc en bloc. Craquant, soufflant, rugissant de plaisir quand il trouve d'autres matières à dévorer, le feu se rit des efforts dérisoires qui pensent pouvoir le contenir. Nourri dans sa colère par le bois des lits qui s'effondrent les uns après les autres, le fauve ignore superbement les quelques bassines jetées sur ses flancs et s'ébroue, l'eau péniblement déversée à ses pieds se transformant en quelques secondes en vapeur inoffensive. Le lion est maintenant dragon, dressé sur toute la profondeur de la cale, ses flammes furieuses lèchent le toit et parviennent à jaillir par moments à la hauteur du pont.

De la passerelle dévalent les gens du bateau, les marins et leur capitaine, suivis d'Angela, de Jibril et d'Evelyn, le regard affolé. Les hommes se ruent vers un endroit connu d'eux seuls, une porte qu'ils déverrouillent en un instant. Là sont tapis les tuyaux à incendie que l'équipage déroule en un temps record.

Dévidant les rouleaux, les marins se séparent en deux groupes. Le premier se place à l'aval du feu, aspergeant d'eau les dortoirs encore intacts pour les rendre plus difficilement inflammables ; le second s'approche du dernier dortoir englouti par le monstre et attaque la base du brasier. Les premiers blocs transformés en torchères gigantesques sont considérés comme perdus et déjà leurs flammes, après avoir dévoré tout ce qui pouvait brûler, tournent sur elles-mêmes, comme un géant au ventre vide qui bientôt s'effondrera.

Il faut encore une heure aux marins pour terrasser le feu. Quand enfin ils coupent l'eau de leurs lances, un silence intense, d'autant plus lourd qu'il est respecté par plusieurs milliers de personnes, s'abat sur eux.

Plus d'une dizaine de passagers blessés, deux très grièvement, sont emportés loin des lits encore brûlants de leur accès de fièvre. Déjà les marins du *Lévi* se chargent de remonter les meurtris sur le pont pour les mener à l'infirmerie du bord ou dans des cabines de l'équipage.

Plus de 500 lits sont partis dans les flammes.

Angela, Jibril, Evelyn et les autres chefs de dortoir ont repris les choses en main. Ceux qui occupaient les dortoirs transformés en cendres devront dormir comme ils le pourront au centre du bateau, jusqu'à l'arrivée. On mettra même en place une rotation des lits pour que certains cèdent leur couche, juste une nuit, à ceux qui en ont le plus besoin. Les directives claires, le volontarisme, l'action immédiate permettent de ne pas laisser s'installer la panique, l'abattement… ou la colère.

Après les blessés, les cinq *area boys* responsables de la catastrophe doivent eux aussi être évacués. Quelques minutes après leur sinistre coup d'éclat, ils ont tenté de se noyer dans la multitude, mais une fois l'incendie maîtrisé, la foule les a cherchés, retrouvés dans un coin reculé de la cale, bastonnés. Copieusement giflés, battus, condamnés par avance, ils ne peuvent plus rester parmi les passagers qui parlent déjà de les lyncher. Remontés sous bonne garde à la surface, Anini et ses hommes sont enfermés dans un local clos qui leur servira de cellule jusqu'à l'arrivée.

Alors qu'ils parviennent à leur tour sur le pont, Angela et Jibril aperçoivent Sana qui, visiblement, les attend.

« On a un problème : on n'a plus d'eau. »

27

« Fumées à 10 h, commandant. Un bateau, à cinq miles. »

Avant même que sa vigie le prévienne, Andor Kristiansen a déjà repéré les fumées — le confort de son statut de pacha n'a pas émoussé son œil de marin. Il sait aussi que l'incendie à bord de ce navire lointain doit être violent : même à distance, on remarque tout de suite la taille du nuage sombre qui sort de la cale par volutes épaisses, bien plus noires et denses que la fumée de la cheminée de ce bâtiment. Le feu qui fait rage à bord de ce cargo doit être cauchemardesque.

Sur la passerelle, tous se tournent vers Kristiansen.

Tous sont marins, tous savent ce que le sens de l'entraide des gens de mer exige de faire : se dérouter et aller au secours du navire en difficulté. Tous savent, aussi, que *L'Univers* est un bateau à part, avec ses propres règles.

Le silence envahit la passerelle de commandement. Quelques secondes interminables s'écoulent avant que Kristiansen mette fin à l'attente.

« La barre à bâbord, cap au 130°, vitesse 20 nœuds. Radio, vous essayez de les contacter sur le canal d'urgence. »

Une onde de soulagement court sur tous les visages, les sourires disent l'estime pour le commandant qui réagit avant tout en marin. Le bateau oblique légèrement vers bâbord, s'orientant un peu plus vers le soleil encore à l'est. Pendant qu'ils progressent vers le *Lévi*, le radio répète ses messages, pour l'instant sans réponse.

« Qu'est-ce que vous êtes en train de faire ? Avez-vous perdu la tête ? »

Alexandra Dovefeather vient de faire irruption sur la passerelle de commandement. Ses cheveux, d'habitude figés dans une coiffe empestant la laque, sont pour une fois désordonnés, sauvages, à l'unisson de sa colère. Les épis qui pointent en tous sens voudraient profiter de la situation et tenter de s'échapper de cette tête où roulent des yeux furieux. L'apparence peu ordinaire de la représentante des copropriétaires lui retire de sa superbe, toute relative. Elle met aussi en avant la brutalité, soudain plus évidente, qui sourd sous les propos habituellement policés de la gorgone.

Andor Kristiansen choisit d'ignorer les questions furibardes de Dovefeather et joue la carte de l'ironie.

— Vous êtes tombée du lit, Mme Dovefeather ?

— Épargnez-moi vos sarcasmes. Je vous ai posé une question, j'attends une réponse. J'ai vu par la fenêtre de ma cabine que vous changiez de cap et que vous vous dirigiez vers un bateau au loin. Pourquoi ?

— Si vous avez aperçu ce bateau, vous avez aussi vu les fumées qui s'en échappent. Vous savez donc pourquoi : il y a un incendie à bord de ce navire, nous nous déroutons pour lui porter secours.

— Votre rôle n'est pas de jouer les pompiers, mais de suivre notre itinéraire de croisière.

— Votre rôle à vous n'est pas de commander ce bateau. En outre, refuser de porter assistance à des bâtiments en perdition est un délit, voire un crime selon les pays. Et ce genre d'attitude pourrait nous valoir une immobilisation de *L'Univers* au prochain port. Sans parler de l'atteinte à l'image de marque de la compagnie. Seriez-vous prête à ternir cette image, Mme Dovefeather ?

— Je ne crois pas que…

Le crachotement de la radio interrompt la conversation. Le navire en détresse — tous identifient un vraquier de grande taille — établit enfin le contact. Les deux bateaux peuvent à présent se voir, se jauger, on peut déjà distinguer le pont et la passerelle de commandement aux jumelles.

— *Primo-Levi* pour *L'Univers,* me recevez-vous, à vous.

— *L'Univers* pour *Primo-Levi,* nous vous recevons. Vous avez un incendie à bord ? Confirmez. Si c'est le cas, le maîtrisez-vous ? À vous.

— *Primo-Levi* pour *L'Univers,* nous avons eu effectivement un incendie important, il est maintenant circonscrit. Nous avons des blessés graves et nous n'avons pas de médecin avec nous. Nous avons en outre puisé dans nos réserves en eau pour éteindre l'incendie et nous sommes à court d'eau. Nous avons besoin de votre assistance. Avez-vous un médecin à votre bord ? À vous.

— *L'Univers* pour *Primo-Levi,* nous avons… Un moment, *Primo-Levi,* nous reprenons contact avec vous dans un instant.

Le radio a préféré mettre en attente son interlocuteur, car une nouvelle dispute vient d'éclater entre le commandant et Alexandra Dovefeather. Le naturel de cette dernière a vite repris le dessus, elle est repassée à l'attaque.

— Il est hors de question de leur prêter notre médecin et notre équipement médical, éructe la représentante des copropriétaires. Ils sont à l'usage exclusif de nos passagers. Et cette gestion de nos personnels ne relève pas de votre commandement, vous en conviendrez sûrement.

— Le médecin du bord est un membre d'équipage comme le radio ou le responsable des machines, répondit tranquillement Andor. Et au-delà de ce rappel administratif ou légal, notre devoir d'assistance s'entend au sens large : s'ils ont des blessés à bord, nous devons mettre nos ressources à leur disposition s'ils en sont dépourvus. Même si nous nous plaçons strictement du point de vue de *L'Univers*, nous pourrions nous aussi être un jour dans leur situation et avoir à demander une assistance par hélicoptère pour traiter un malade grave qui ne pourrait pas être soigné sur ce bateau. Et vous seriez sans doute la première à exiger cette assistance extérieure pour le bien-être de nos chers copropriétaires. Quant à l'eau, nous en avons autant que nous voulons grâce à notre système de recyclage et notre unité de désalinisation. À moins que vous soyez prête à laisser mourir des gens de soif… Moi pas. Maintenant, laissez-nous faire notre travail et regagnez votre cabine. Je vous communiquerai les informations nécessaires pour que vous puissiez les transmettre aux passagers. Christian, vous voulez bien raccompagner Mme Dovefeather ?

Andor a asséné ses arguments l'un après l'autre sans laisser à son interlocutrice le loisir de prononcer un mot. Il a aussi, intuitivement, placé l'argumentation sur un terrain très pragmatique. Dovefeather n'est pas un monstre, juste une arriviste parvenue à son poste à la force des crocs. Au-delà de l'intérêt des copropriétaires du bateau, elle sait où est le sien et ce qui peut le menacer. L'éventualité d'une immobilisation du navire, la possibilité de répercussions négatives sur l'image de la compagnie sont des perspectives qui ont certainement plus de prise sur elle que la compassion ou des considérations humanitaires.

À court d'arguments, la quinquagénaire reste silencieuse quelques secondes. Ses yeux lancent des éclairs aux occupants de la passerelle et elle décoche un dernier regard au commandant — il devine qu'elle ne s'avouera pas battue. Elle écarte d'un geste brutal le second qui s'avance vers elle pour la guider vers la sortie, quitte la passerelle comme un de ces coups de vent ravageurs qui ponctuent la vie en mer.

— *L'Univers* pour *Primo-Levi.* Nous faisons appeler notre médecin de bord. Dès qu'il arrivera, il communiquera avec vous pour évaluer la gravité de la situation des blessés. Dans l'immédiat, réduisez votre vitesse au minimum pour rester manœuvrant. Comme vous le voyez, nous venons à votre rencontre et nous nous positionnerons sur votre flanc bâbord pour faciliter le transbordement du médecin et de l'eau. À vous.

— *Primo-Levi* à *L'Univers,* compris, merci. Nous restons à l'écoute et attendons votre appel. Terminé.

* *
*

Le docteur Neiland les a rejoints assez vite.

Cet Irlandais d'une soixantaine d'années est l'homme idéal pour assurer de telles fonctions à bord du paquebot. Sa mise toujours impeccable — un pantalon de velours côtelé, des chemises blanches et irréprochables, un nœud papillon classique et des gilets de bonne coupe très *british* — lui donne un style aristocratique qui n'est pas pour déplaire aux passagers richissimes et, pour beaucoup, parvenus. Son physique les rassure également : le crâne dégarni et bronzé ceint d'une couronne de ses derniers cheveux blancs, gros sans être gras, des yeux où se lisent tour à tour la curiosité sincère de rencontrer autrui et un reste d'innocence enfantine. Il sait aussi être ferme sans être brusque, rappelant avec douceur les limites à ne pas dépasser en sa présence quand ses patients s'épanchent un peu trop sur eux-mêmes ou médisent sur les autres.

Les carriéristes comme Dovefeather et, plus globalement, les personnages peu raffinés ou brutaux bouleversent sa bonhomie naturelle. Quand son interlocuteur est par trop autoritaire, il ne s'oppose jamais frontalement à lui, ce qui peut être assimilé à première vue à un manque de courage. L'âge lui a simplement appris à faire le dos rond si c'est nécessaire, quitte à revenir plus tard sur ses positions et à faire finalement ce qu'il veut.

Neiland a pris Sana à la radio. Ils semblent être plusieurs à s'occuper des blessés : tour à tour, une jeune femme et son compagnon complètent les propos du capitaine du *Lévi*.

La situation n'est guère brillante. D'après leurs réponses, Neiland sait que les blessés sont pour l'essentiel dans un état sérieux ou grave, avec des traumatismes divers — avec le matériel dont il dispose à bord de *L'Univers*, c'est relativement simple à gérer — ou des brûlures aux deuxième ou au troisième degré, sur des parties plus ou moins grandes du corps. Deux des victimes présentent ces deux types de blessures : un vieil homme pris au piège pendant son sommeil et qui n'a eu d'autre choix que de se jeter du haut de son dortoir ; une femme qui s'est retrouvée au milieu de ses draps en flammes et dont le sommier du lit a fini par céder, la précipitant quelques étages plus bas. Pour eux comme pour ceux moins durement touchés, il faut faire vite.

— Je dois aller à leur bord avec mon matériel et mes infirmières, déclare Neiland en se tournant vers Andor Kristiansen. On fait comment ? Un filin et une nacelle, comme dans les films ?

— On va faire moins risqué si vous le voulez bien. Vous embarquerez à l'arrière de *L'Univers*, au niveau de la mer, là où on installe normalement le ponton pour les réceptions sur les lieux de mouillage calmes. Un de nos petits canots vous emmènera jusqu'à leur bateau et leur échelle de coupée descendue. Il y a un peu de houle, ce sera un peu acrobatique quand vous monterez de leur côté, mais tout de même moins dangereux que de vous balader au bout d'un filin. J'espère que vous et vos infirmières n'avez pas trop le vertige ?

— J'en ai vu d'autres, et mes infirmières aussi.

— Alors, on y va maintenant si vous êtes prêt.

Ils se retrouvent au niveau zéro, au ponton, une vingtaine de minutes plus tard. L'urgence n'est pas la seule raison de cette précipitation. Kristiansen se doute bien que Dovefeather n'en restera pas là et cherchera bientôt à entraver ses décisions. Il doit donc agir vite tant qu'il conserve toute sa liberté d'action. Pendant que l'équipe médicale se prépare, le commandant a fait sortir le ponton et le bateau qui les emmènera jusqu'au vraquier. L'embarquement des trois praticiens et de leur matériel s'opère en quelques minutes. Le canot est déjà presque parvenu sur le flanc bâbord du Lévi quand le second transmet un message par radio depuis la passerelle.

« Commandant ? Vous êtes demandé à la salle de conférence principale. Une assemblée extraordinaire des copropriétaires va s'y tenir d'ici une demi-heure. »

Kristiansen n'est pas surpris par cette annonce — il fallait s'y attendre, songea-t-il — ni par sa rapidité. Dovefeather est connue pour son efficacité et sa réactivité, elle en fait à nouveau la démonstration. Il a malgré tout un coup d'avance sur elle, ce qui ne manquera pas d'accroître sa colère. Il lui faut maintenant aller défendre ses choix devant une assemblée qui, même si elle respecte la fonction et sans doute l'homme pour certains des participants, peut jouer de son pouvoir pour l'accuser, le museler peut-être, voire le « débarquer » en transférant le commandement à son second.

Le temps nécessaire pour rejoindre la salle de conférences lui est profitable : pendant son trajet dans la succession de couloirs, il remet de l'ordre dans ses pensées et ses sensations, se concentre sur ses valeurs, ce en quoi il croit. Il sait sur quel bateau il navigue, quelles règles très particulières le gouvernent — l'assemblée des copropriétaires, toute-puissante, fait office de commandement bis — et il a accepté ces règles en signant son contrat. Il sait, aussi, qu'en prenant naturellement la décision de se dérouter et d'aider le vraquier, il a fait son devoir de marin. Ou, plus simplement, son devoir d'homme.

* *
*

— Bonjour, commandant. Prenez place, je vous prie.

Kristiansen s'assied à l'extrémité de la table ovale encore inoccupée et pose sa casquette à plat devant lui. Il constate avec surprise que son second est déjà là — sa présence peut n'être qu'une façon de peser sur le commandant en suggérant sans le dire un passage de témoins entre les deux marins si le commandant se montre rebelle. Celui-ci note, toutefois, le regard franc et direct de son second qui l'a accueilli avec son sourire habituel. Il ne sent pas un quelconque danger venir de ce côté-là, mais il peut se tromper.

Face à lui, une dizaine de propriétaires, les seuls à bord pour cette partie de la croisière. Six d'entre eux sont des résidents permanents, vivant sur le bateau toute l'année ou presque ; les quatre autres font le voyage Europe — Afrique du Sud où ils reprendront un avion pour poursuivre leur périple ou rentrer chez eux. Andor les connaît tous au moins de vue, s'est parfois entretenu avec eux au détour d'un couloir ou au hasard d'un repas. Si certains sont a priori sympathiques, voire inoffensifs, aucun n'a noué une relation amicale avec le commandant. Ils ont toujours gardé avec lui une distance qui peut être tout autant de la froideur que de l'estime pour sa fonction.

— Alors, commandant, qu'est-ce qui se passe à bord ?

C'est Art Blackmore, un architecte de Pennsylvanie, qui décide d'ouvrir le bal. Habitué à mener les réunions, il prend l'initiative de conduire celle-ci, sans doute aussi pour ne pas trop laisser le monopole de la discussion à Alexandra Dovefeather qui l'énerve prodigieusement.

— À bord de notre navire, rien de particulier, commence le commandant de *L'Univers*. C'est plutôt sur un bateau qui vient de croiser notre route que les choses vont mal. Un gros incendie s'est déclaré dans leur cale et ils ont eu beaucoup de peine à le maîtriser. C'est maintenant chose faite, mais ils ont requis notre assistance pour deux raisons : ils ont des blessés graves qu'ils ne sont pas en mesure de soigner et de plus, ils sont à présent à court d'eau, leurs réserves ayant servi à éteindre les flammes.

— En quoi cela nous concerne-t-il, commandant ? lance la femme de l'architecte d'une voix mielleuse faussement teintée de respect.

— Nous sommes sur un bateau, Madame, et les règles de la mer veulent qu'on se porte au secours d'un autre bâtiment lorsque celui-ci est en difficulté ou en perdition. C'est le cas.

— Nous ne sommes pas un « bateau » comme vous le dites, commandant, attaque Alexandra Dovefeather. Un marin expérimenté comme vous l'êtes sait certainement faire la différence entre un « bateau » avec son chargement de containers, de blé, de pétrole ou de cochonneries diverses et un navire de croisière de grand luxe, transportant des hôtes de qualité, qui ne peuvent pas et ne souhaitent pas être dérangés dans leur voyage ou dans la jouissance tranquille de leur résidence privée, comme c'est le cas de beaucoup de nos passagers.

— Comme vous le confirmez bien obligeamment, Mme Dovefeather, je sais faire la différence entre deux bateaux. Mais je n'en fais pas entre les êtres humains. Un blessé reste un blessé, sur un navire ou sur un autre. Et comme je vous l'ai indiqué sur la passerelle de commandement, l'assistance que nous prêtons aujourd'hui peut être celle que nous serions nous-mêmes heureux de recevoir un jour si la vie d'un de nos hôtes était en danger et que nos ressources propres ne suffisaient pas à le protéger.

— Ne dites pas de sottises, commandant, *L'Univers* est ultra sécurisé, dispose de toutes les ressources médicales nécessaires avec sa salle de chirurgie...

— Nous savons tout ça, Mme Dovefeather, l'interrompt l'architecte, nous avons lu votre plaquette avant d'acheter. Le point de vue du commandant se comprend, même s'il me semble un peu teinté d'idéalisme. Revenons à ce qui se passe maintenant : quelles décisions avez-vous prises et quelles conséquences sur notre voyage ?

— Comme vous l'avez certainement constaté, j'ai dérouté notre navire vers le *Primo-Levi* — c'est le nom de ce bateau. J'ai envoyé notre médecin et ses infirmières à leur bord pour porter secours à leurs blessés.

— Ça va durer longtemps ?

— Nous sommes en contact radio avec eux et j'aurai un compte rendu précis juste après cette réunion. Je pourrai vous en dire plus à ce moment-là. Pour l'eau, je propose de...

— Vous n'allez pas non plus leur donner notre eau, rugit Dovefeather. Vous voulez que nos passagers meurent de soif ?

— Personne ne mourra de soif sur ce bateau. Nous avons assez d'eau à bord pour pouvoir en donner un peu, et même reconstituer notre stock si besoin est avec notre unité de désalinisation.

— En ont-ils vraiment besoin sur ce cargo ? glapit la femme de l'architecte. C'est notre eau après tout, on la paie assez cher !

— On est à cinq jours de toute terre, Madame. Les gens sur ce bateau ont tout le temps de mourir de soif.

— Euh… oui, mais, quand même, c'est notre eau. Et nos eaux recyclées ? Nous, on ne les réutilise plus après coup…

— L'eau pour la cuisine et les toilettes ?

— Oui, comme ça, ça ne nous prive pas !

Un silence plane maintenant dans la salle, étrange, indéchiffrable. Certains éprouvent sans doute de la gêne devant la proposition incongrue de Mme Blackmore ; d'autres, qui ne se sont pas encore exprimés, affichent le même mutisme depuis le début de la réunion et le garderont jusqu'au bout — le doute subsistera sur ce qu'ils pensent vraiment de ce qui se discute là sous leurs yeux. Peut-être sont-ils présents simplement parce qu'on le leur a demandé, parce que c'est pour eux, propriétaires, un droit de plus dont ils ne se seraient privés pour rien au monde, mais dont ils ne savent pas vraiment faire usage.

Christian, pendant cet interminable silence, en profite pour glisser discrètement un billet dans la casquette du commandant posée devant lui. En trois mots — « On vous soutient » —, le second lui signifie qu'en cas de coup dur, non seulement lui, mais également le reste de l'équipage soutiendront sa position. Andor n'affiche aucun sentiment et demeure stoïque, même s'il est intérieurement soulagé. Il suffit maintenant d'attendre.

Art Blackmore, après avoir consulté les autres copropriétaires du regard, sait qu'il peut décider pour tous. Il met fin au silence en laissant tomber un jugement de Salomon, prononcé d'un ton courtois, mais sans appel.

— Écoutez, commandant, vous faites le nécessaire de votre côté et vous, madame Dovefeather, vous informez la compagnie et tous les copropriétaires de cet aléa. Récupérez notre médecin dès qu'il en a fini avec eux et donnez-leur un peu de nos eaux usées, juste ce qu'il leur faut pour revenir à terre. Veillez en tout cas à ce que cette histoire se termine au plus vite et que ça nous coûte pas un sou. Les problèmes de ce bateau ne sont pas les nôtres et nous voulons reprendre notre croisière.

28

Côte à côte ondulent les 2 bateaux. La houle soulève avec lenteur leur énorme masse, comme si sous leur coque des monstres marins plus gigantesques encore, sondant à intervalles réguliers, s'amusaient avec leur queue à secouer le vraquier et le paquebot.

Face à face, les passagers des 2 navires s'observent.

Le *Lévi* est quasiment à l'arrêt. Avec le soleil maintenant au zénith, la chaleur en bas devenait intenable et on a proposé à de petits groupes de prendre l'air — quelques dizaines de personnes, pas plus, pour que cela reste gérable. Tous, d'ailleurs, ne souhaitent pas forcément monter, préférant rester dans l'ombre de la cale ou parce qu'ils y ressentent moins les mouvements du bateau.

Parmi ceux qui voulaient changer d'air, des enfants, des femmes, des vieux — ils ont été choisis en priorité. Avec les membres de l'équipage qui veillent toujours au grain, c'est maintenant plus d'une cinquantaine de personnes qui déambulent à l'air libre. Les passagers qui arpentent le pont pour se détendre, ceux qui demeurent immobiles, appuyés contre le bastingage ou assis sur des pièces de gréement ou le rebord de caisses observent avec curiosité et un peu d'appréhension cet immeuble flottant démesurément haut, bien plus que le *Lévi*. Tous ont le regard rivé sur *L'Univers*.

Leurs yeux croisent parfois ceux des passagers d'en face qui, par la force des choses, les toisent depuis leur balcon. Certains semblent complètement indifférents à la scène qui se déroule devant eux, comme si le vraquier, les dizaines de personnes sur le pont étaient une abstraction, trop éloignée de leur monde pour être tout à fait réelle.

À la fenêtre de l'un des appartements-résidence, on distingue nettement un couple de retraités occupés à pédaler sur leur vélo d'appartement. Comme beaucoup des copropriétaires, ils ont d'abord cédé à la curiosité et jeté un œil sur le bateau immobile aux côtés du leur. Puis ils ont repris leur routine sportive, fixant l'horizon en silence ou papotant entre eux. Ce qui se passe à quelques dizaines de mètres plus bas n'existe pas.

D'autres au contraire ne voient que trop bien la scène qui leur est imposée par les circonstances et s'en offusquent à voix haute sans pouvoir y changer grand-chose. Ce type de personne, sans compassion aucune, mais doté d'une réelle capacité de nuisance, est l'obsession d'Alexandra Dovefeather. C'est pour les contenter qu'elle bataillait, quelques heures plus tôt, pour chasser au loin ce vulgaire navire marchand, si éloigné du « package » idyllique qu'elle et la compagnie ont vendu aux richissimes passagers de *L'Univers*. Parfois, les plus virulents ne sont pas tant les propriétaires, mais leurs invités temporaires, outrés par ce spectacle qui, dans leur vision de *L'Univers*, vient gâcher leurs vacances. Enfin, quelques occupants de la résidence luxueuse, les plus rares, détournent le regard.

À bord du *Primo-Levi*, sur le visage des Africains un temps tolérés sur le pont affleure une confusion de sentiments : la surprise et l'émerveillement, l'envie et la colère, la haine ou une superbe indifférence.

Entre les 2 bateaux flotte l'incompréhension, entre les 2 coques se dresse, massif, le silence. La mer seule ponctue de son clapot bavard la confrontation muette entre les deux géants.

Les blessés — une vingtaine, au final — ont été rassemblés dans le réfectoire, la plus grande salle du *Lévi*. Les plus gravement atteints gisent sur les tables de la cantine et seront ensuite transportés dans l'infirmerie exiguë, chichement dotée de trois lits.

Les infirmières et le docteur Neiland passent de l'un à l'autre, concentrés et efficaces. En quelques instructions brèves et précises, Neiland expédie les cas les plus bénins, traumatismes simples et brûlures légères, qu'ils confient à ses deux assistantes qui savent d'expérience quel traitement appliquer. Le médecin peut ainsi se consacrer rapidement aux trois patients les plus touchés. Les contusions sont multiples, les brûlures profondes ont parfois mordu la chair jusqu'à l'os. La chaleur et l'humidité, la faiblesse et la dénutrition ne manqueront pas d'aggraver leur état. Les trois grands brûlés sont plongés dans un semi-coma, écrasés de douleur. Les injections de morphine les emmènent plus loin encore, inconscients mais temporairement apaisés.

— Amy, lance Neiland à une des infirmières, quand vous et Indira aurez terminé avec les autres personnes, vous vous mettrez en observation sur ces trois patients. Vous m'informerez de la moindre évolution de leur état.

— Bien, docteur, on veillera sur eux.

Le médecin se retourne et se dirige vers le groupe qui attend son pronostic : Sana flanqué de Piotr, Angela et Jibril.

— Alors, docteur ?

— Vous avez certainement fait le même constat que moi. La majorité des gens ici s'en sortiront si on leur donne ce qu'il faut — c'est ce que sont en train de faire mes infirmières. Je ne suis pas aussi optimiste pour les trois personnes allongées sur vos tables. Elles sont trop durement touchées, certaines sont en plus de constitution fragile, comme le vieil homme. Et les conditions de vie sur votre bateau n'arrangent rien.

— Et sur le vôtre ?

Angela et Jibril ont prononcé la même phrase en même temps. Ils ne prennent pas le temps de s'en étonner, la réponse leur importe davantage.

— Vous parlez de transférer ces blessés sur *L'Univers* ?

— Oui.

— Je crois que vous n'avez pas réalisé quel type de bateau nous sommes…

— Justement si. Un bateau moderne, avec certainement toutes les facilités médicales pour vos passagers.

— … ni quelles règles sont en vigueur à son bord. C'est comme une grande propriété privée si vous voulez. Ce n'est pas un bateau, mais une résidence, il n'y a pas de passagers, mais des propriétaires avec des droits et…

— Ces blessés ont aussi des droits, le coupe Angela, et notamment celui de vivre.

— Comme médecin, je ne peux qu'être d'accord avec vous. Mais sur *L'Univers,* je ne suis que le médecin de bord. Je ne décide pas à la place des résidents ou de la compagnie.

— Alors, laissez-nous repartir avec vous sur votre bateau pour rencontrer ceux qui décident, propose Jibril.

Neiland est un instant décontenancé par l'audace du jeune couple, amusé aussi à l'idée de voir comment Dovefeather pourra opposer son règlement de copropriété à des considérations humanitaires, défendues par ces deux jeunes gens apparemment tenaces. Son intime conviction de médecin lui souffle également que la démarche pourrait de toute façon s'avérer vaine : les trois grands brûlés sont dans un état critique et les prochaines heures décideront sans doute à leur place.

— Vous acceptez ?

— Je réfléchis à ce qui est possible. Cela va dépendre de l'évolution des blessés.

— En attendant que vos infirmières terminent leur travail, pourrions-nous vous demander d'ausculter d'autres personnes du bord ?

— Bien sûr. Où sont-elles ?

— On vous conduit.

Suivi de Neiland, Jibril et Angela, Piotr mène la marche, guidant le groupe dans le dédale des escaliers et des coursives. Ils débouchent enfin à l'intérieur de la cale et s'engagent sur l'escalier principal.

Plus le médecin descend, plus sa surprise grandit. Il découvre le village et sa multitude, invisibles de l'extérieur, qui occupent toute la surface disponible, des centaines de personnes qui observent cet inconnu qui se dirige vers eux ou vaquent à leurs affaires. Parvenu en bas, le groupe se fraie un passage dans la foule, conduit par Angela vers les quelques malades qui méritent une auscultation, même sommaire.

Neiland s'acquitte de sa tâche de bonne grâce — il y a tout au plus une dizaine de patients à examiner qu'Angela a pu repérer grâce aux chefs de dortoir. La plupart souffrent simplement du mal de mer, de la chaleur, une femme enceinte a besoin d'être rassurée sur son état. Le manque de vivres et de produits frais est potentiellement plus préoccupant : les maladies abondent qui font leur lit dans des corps affaiblis.

Une fois les auscultations terminées, ils remontent sur le pont en silence, font quelques pas avant de s'arrêter à l'arrière du bateau. L'endroit est calme et protégé des vents, ils peuvent discuter.

— Expliquez-moi ce qui se passe. Qui sont tous ces gens en bas ?

— Des passagers. Nous faisons tous route vers l'Europe.

— Vous êtes combien sur ce bateau ?

— Un peu plus de 4 500 personnes.

— ?! Vous vous rendez compte de ce que ça représente ?

— Bien sûr, nous avons préparé notre voyage.

— Je parle du point de vue sanitaire. Si une maladie se déclenche, comment allez-vous gérer ça ?

— Il y a des risques d'épidémie ?

— Pour l'instant, non, mais pour combien de temps ? Il y a tout ce qu'il faut pour ça dans votre cale : beaucoup de gens entassés dans un même endroit, beaucoup de chaleur et d'humidité, un espace peu ventilé, peu ou plus d'aliments frais... Dysenterie, typhus, scorbut, fièvres en tous genres, vous n'aurez que l'embarras du choix ! Depuis combien de temps êtes-vous partis ?

— Cinq jours maintenant.

— Et quand devez-vous arriver ?

— Dans quatre à cinq jours, ça dépendra de la météo...

— Et de votre destination, mais j'imagine que vous ne voulez pas me dire exactement vers quel port vous vous dirigez. Je vous conseille en tout cas d'arriver vite. Plus vous tarderez, plus les risques que les maladies apparaissent sur votre bateau seront élevés.

— Vous allez raconter ce que vous avez vu à vos supérieurs ?

Neiland fixe un long moment la mer et l'horizon. Il pèse le pour et le contre, évaluant les ennuis que peut lui causer son silence sur la situation qu'il vient de découvrir sur le *Lévi*. Puis il se retourne vers ses interlocuteurs.

— Non, pas cette partie-là. Ça ne ferait qu'ajouter à vos problèmes et je pense que vous n'en avez pas besoin. Je mettrai ça sur le compte du secret médical... Le plus gros secret que j'ai jamais gardé !

Il se départit vite de son ironie pour une mise en garde bien plus sérieuse.

— Croyez-moi : les ennuis que je vous évite aujourd'hui en me taisant ne sont rien comparés à ceux que vous devrez régler si des maladies se déclarent sur le bateau. Avec autant de gens entassés dans un même espace, vous courez à la catastrophe. Il vous faut arriver dans un port au plus tôt.

Ils regagnent le milieu du pont où attend une des deux infirmières et, quelques mètres plus bas, le canot qui a assuré la navette.

Pendant leur discussion, un filin a été projeté depuis *L'Univers* et récupéré par Piotr et ses hommes. Leurs bras vigoureux le hâlent pour descendre sur le *Lévi* un gros tube flexible dirigé ensuite vers les réservoirs d'eau du vraquier. La manœuvre n'est pas simple : les mouvements des bateaux et de la houle agitent sans cesse le flexible. Mais les marins du *Lévi* ont l'expérience de ce genre d'acrobatie, du *bunkering*, parfois imposé par la mer ou les équipements des ports. Il suffit de laisser un peu de mou au tube, de bien fixer son extrémité et de contrôler en permanence ses va-et-vient. L'approvisionnement en eau va pouvoir commencer.

La manœuvre donne le temps au médecin, à Angela et à Jibril de reprendre la navette et d'aller plaider le transfert des blessés. Neiland laisse à bord Amy, son infirmière la plus expérimentée, pour veiller sur les grands brûlés. Elle repartira avec la dernière navette, celle qui ramènera Angela et Jibril.

Lesté de ses trois passagers, le petit bateau fend à nouveau la mer en direction du monumental immeuble flottant.

* *
*

Après leur appontement, Neiland guide Angela et Jibril dans les entrailles de *L'Univers,* comme eux-mêmes ont guidé le médecin à bord du *Lévi.*

Le marbre omniprésent, jusque dans les moindres recoins, les lumières étincelantes, les métaux dorés ou argentés, les tentures chatoyantes, les cloisons blanches ou crème qui semblent ravir les rayons du soleil : tout ici les étourdit, tout les intimide. Jibril et Angela n'ont jamais rencontré — ou imaginé — une telle concentration de richesses, un tel faste, un tel clinquant. Ici, le luxe est sans pitié et intime l'ordre de s'émerveiller, sans répit pour la pupille.

Ils atteignent les ascenseurs centraux dont les portes font miroir, renvoyant aux deux visiteurs leur image. Angela et Jibril prennent conscience, en observant leur reflet dans ce miroir cuivré, de l'écart abyssal entre ce qu'ils sont et ce monde outrageusement brillant où ils sont tolérés l'espace d'une entrevue.

Parvenus aux étages supérieurs, ils se dirigent vers la passerelle de commandement. Le docteur Neiland tient à leur présenter le commandant Kristiansen en premier lieu — il se doute que la suite sera moins facile.

— Commandant, je vous présente Mlle Angela et M. Jibril.

— Mademoiselle, Monsieur, enchanté.

— Ce sont les responsables sur le vraquier. Le capitaine, M. Sana, a préféré rester à bord de son bateau pour s'assurer que tout se passe bien, notamment pour l'approvisionnement en eau.

— Nous vous remercions pour ce geste, commandant, et pour la visite du docteur Neiland. Les infirmières et lui ont pu soulager nos blessés.

— J'ai cru comprendre que certains étaient dans un état sérieux…

— C'est justement ce qui nous amène, commandant. Nous avons trois personnes qui sont très mal en point. Elles ne peuvent pas rester sur notre bateau…

— … Et vous me demandez de les prendre à bord. Je ne pense pas que ce soit possible. Comme le docteur a dû vous le dire, nous sommes un bateau de croisière avec ses règles internes de fonctionnement et je ne peux malheureusement pas…

Andor Kristiansen n'a pas le temps de finir sa phrase qu'Alexandra Dovefeather fait irruption sur la passerelle.

Un instant silencieuse elle balaie le groupe du regard puis s'attarde sur Angela et Jibril. Ses yeux scannent les deux jeunes gens des pieds à la tête, son visage fardé laissant apparaître son mépris pour ces visiteurs et sa colère de les savoir à bord.

— Commandant, docteur, que font ces personnes ici ?

— Mme Dovefeather, je vous présente Angela et Jibril…, commence le médecin.

— Je ne vous demande pas de me les présenter, je vous demande la raison de leur présence sur *L'Univers* alors que ce bateau est une propriété privée interdite aux personnes non autorisées.

— Ces deux jeunes gens sont venus nous remercier…

— Ils pouvaient le faire par radio, leur présence n'est pas nécessaire et certainement pas souhaitable.

— Ce qui serait souhaitable, Madame, commence Jibril d'un ton conciliant, ce serait d'abord de savoir qui vous êtes pour pouvoir discuter avec vous et vous exposer notre requête.

— Une requête ? Quelle requête ? Vous avez déjà eu ce que vous vouliez, non ? Notre médecin et nos infirmières à votre bord, récupérer nos eaux usées…

— Vos eaux usées ? tique Angela, piquée au vif ?

— Et croyez bien que ce n'est pas grâce à moi, mais à ces messieurs, qui ont supplié pour qu'on vous donne de l'eau. Comme il n'était pas question de vous céder une seule goutte de l'eau que nous réservons à nos chers résidents, les représentants de l'assemblée générale des copropriétaires et moi-même avons accepté de déverser un peu de ces eaux usées. Oh, rassurez-vous, elles sont filtrées, vous ne risquez pas d'attraper des maladies. Elles sont même certainement plus propres que celle qu'on boit dans votre pays !

Choqués par la violence de l'attaque, les trois hommes sont restés sans voix. La première, Angela se ressaisit et passe à l'offensive.

— Juste une petite question, Madame : suis-je pour vous un être humain ?

— Quelle question ! Bien sûr, mais je ne vois pas...

— Quelqu'un comme vous alors ?

— Euh... Oui, enfin, ce n'est pas...

— Comparable ?

— Je n'ai pas dit ça, mais nos situations ne sont pas...

— Comparables ?

— Précisément.

— Pourtant, nous sommes humaines l'une et l'autre, identiques, comparables. J'ai deux yeux, deux oreilles, un corps, un cœur, comme vous.

— Oui, mais je ne vois pas où...

— Comme nous sommes semblables, vous comme moi ressentons alors la même chose quand une situation nous met en colère, nous humilie, nous fait souffrir ? Parce que nous sommes humaines, l'une et l'autre ?

— Oui, mais je ne pense pas...

— ... que nous, les gens de l'autre bateau ou, pour le dire différemment, de l'autre couleur, soyons capables de ressentir la même chose ? Comme l'humiliation de voir que nous faites l'aumône d'un peu de vos eaux de vaisselle ? Comme la colère devant votre refus d'accueillir nos blessés, qui ont le malheur non pas d'être des grands brûlés, mais de ne pas être les heureux propriétaires de votre résidence ? Et vous vous dites civilisée ?

D'un geste vif, Angela se tourne vers Jibril :

— On s'en va. Il n'y a rien à attendre de ces gens-là.

À nouveau, elle fait face à Alexandra Dovefeather et lâche :

— Posez-vous une dernière question, Madame, plus personnelle : vous qui avez tout, qu'est-ce qui vous manque à ce point dans la vie pour que vous la remplissiez d'autant de méchanceté ?

— Mais… je ne vous…

Sans attendre la réponse, Angela a déjà fait demi-tour pour s'engager dans le couloir vers la sortie. Son dos est un mur de mépris.

Jibril lui emboîte le pas, sans un mot. Toute négociation est maintenant impensable. A-t-elle seulement été possible ?

Compter sur l'humanité de gens qui feront toujours passer leurs valeurs boursières et leurs possessions avant toute chose était une entreprise vouée à l'échec, depuis le début. Jibril en arrive, finalement, à la même conclusion désabusée qu'Angela : comment ces gens-là peuvent-ils être aussi riches et aussi pauvres à la fois ?

Après un échange de regards attristés avec Andor Kristiansen, le docteur Neiland se dirige vers la sortie de la passerelle pour rattraper Angela et Jibril et ne pas les laisser regagner seuls le ponton. De son talkie-walkie s'échappe soudain une voix, celle d'Amy.

— Docteur Neiland ? Docteur Neiland ?

— Oui, Amy, je vous reçois.

— Le vieux monsieur vient de mourir. Et la dame brûlée fait une très forte fièvre. On va sans doute la perdre aussi.

* *
*

Neiland a finalement suivi Angela et Jibril sur le petit bateau-navette et embarqué avec eux. Tous montent rapidement vers le réfectoire où les attend Amy. Il y règne un silence pesant, ponctué par moments par les gémissements d'un des brûlés.

Le vieil homme gît sur la grande table de la cantine, les yeux clos. Près de lui, une femme d'une cinquantaine d'années, muette avec, sur les joues, la trace discrète d'une larme séchée. Elle est assise sur une chaise et tient toujours entre ses paumes la main droite du vieil homme.

— Il faudrait isoler les grands brûlés, les transporter à l'infirmerie, propose Sana qui a rejoint le petit groupe. Ils seront au calme et s'il y a un décès, ça ne choquera pas les autres blessés.

— Ils sont intransportables, décrète Neiland après un échange de regards avec Amy. C'est le contraire qu'il faut faire : les blessés moins graves seront traités à l'infirmerie et eux restent ici. Faites le nécessaire et laissez-nous seuls avec les deux qui ne bougeront pas.

Puisque plus rien ne peut être fait pour le vieil homme, le médecin et son infirmière entourent la femme prise de fièvre pour se consacrer à elle. Le troisième brûlé est plus jeune, plus résistant et ses blessures, quoiqu'impressionnantes, ne constituent pas une menace immédiate. Il dort maintenant, assommé par le choc et les antalgiques.

Entretemps, Angela, Jibril, Sana, Prabu et Piotr font le nécessaire pour évacuer le réfectoire. Les blessés sont guidés vers l'infirmerie où les trois lits sont occupés par les plus faibles ; d'autres attendent sur une chaise avec la deuxième infirmière, Indira, pour veiller sur eux. Les derniers sont installés un instant sur le pont pour qu'ils puissent prendre l'air, puis raccompagnés avec ménagement dans la cale.

Lorsqu'ils remontent tous les 4 vers le réfectoire, ils trouvent le docteur Neiland devant la porte, le regard fixe. Privé de son éternel sourire bonhomme, son visage accuse la fatigue liée aux événements qui se sont succédé et trahit son âge.

— C'est fini aussi pour la femme. Une crise cardiaque. On n'a pas pu la ramener.

Un nouveau silence s'installe. Les mots clos sont empreints de fatalisme, teintés de sympathie et de tristesse pour ceux qui viennent de mourir, traversés par les interrogations de chacun sur les épreuves à venir et les décisions à prendre.

Sana est le premier à le rompre.

— Il va falloir se débarrasser des corps. Au plus vite.

— Pardon ? s'étonne Jibril.

— Je pense, enchaîne Neiland, que le capitaine parle de ne pas garder à bord des corps qui vont bientôt se décomposer, surtout avec la chaleur ambiante.

— On ne sait pas combien de temps va encore durer notre voyage, poursuit le capitaine. Mais ce n'est pas seulement la question de les conserver. On ne pourra sans doute pas les inhumer facilement là-bas et ça sera un drame pour leur famille qui voudra les avoir près d'eux, au pays. Et il y a un dernier problème…

— Le vieil homme était musulman, enchaîne Jibril. Il doit être inhumé avant le coucher du soleil, c'est la règle.

Un moment silencieux, Sana reprend la parole.

— On va livrer les dépouilles à la mer, ici, comme on le faisait avant pour les marins. On organisera une cérémonie sur le pont et ensuite on repartira.

— C'est sans doute la seule solution, confirme le médecin après un instant de réflexion. Amy, venez avec moi. On va préparer les corps.

— Angela, on descend dans la cale, décide Jibril. On va expliquer ce qui s'est passé, choisir des gens pour le rituel. Il y a souvent des prières en bas, je suis sûr qu'on va trouver un prêtre et un imam pour nous aider.

* *
*

Sur le pont, une foule.

Une fois n'est pas coutume, les responsables du *Lévi* ont assoupli leurs règles pour ceux qui ont voulu assister à la cérémonie — les volontaires n'ont pas manqué et il a fallu limiter leur nombre à une centaine de personnes, les deux religions confondues. Silencieuse, plongée dans ses pensées ou ses prières, la foule massée à l'avant du bateau observe *L'Univers* en attendant que la cérémonie commence.

À l'arrière du cargo, le *bunkering* continue. Les deux navires sont toujours reliés par le grand tube, cordon ombilical qui déverse son eau dans le réservoir du *Lévi*. Sana fait traîner la manœuvre, à la demande d'Angela. Elle veut que les gens de l'autre bateau assistent aussi à la célébration. De gré ou de force.

Une porte s'ouvre sous l'une des passerelles. L'imam et le prêtre sortent les premiers, le visage habité par les prières qu'ils psalmodient à voix basse. Sana, Angela, Jibril les suivent de près. Puis apparaissent les deux corps l'un après l'autre, couchés chacun sur un brancard et revêtus d'un suaire blanc confectionné à la hâte. Le docteur Neiland et ses deux infirmières ferment la marche.

La foule s'écarte silencieusement à l'approche du petit groupe qui progresse jusqu'à l'avant du bateau. La cérémonie va pouvoir commencer.

Trois longs coups de sirène en marquent le début. La consigne a été passée par Sana, le but est d'attirer les passagers de *L'Univers* de ce côté-ci de leur navire, de les pousser à regarder et, plus tard, à questionner, à comprendre peut-être. Les fenêtres et les balcons du paquebot se remplissent progressivement de passagers étonnés. Très peu rentrent dans leur cabine. Beaucoup restent à leur fenêtre ou à leur balcon, par respect ou par fascination morbide, peut-être.

La cérémonie s'accomplit simplement, suivant les rites de chacune des deux religions. D'abord le rite musulman, par respect pour l'âge du vieil homme, puis le rite chrétien pour la jeune femme. À la toute fin, les deux religieux s'expriment ensemble et bénissent les deux vies parties pour l'éternité.

Avec délicatesse, chaque corps est ensuite installé sur une planche posée sur le bastingage avant, à bâbord. L'un après l'autre, accompagnés d'une dernière bénédiction, ils glissent lentement sur la planche et plongent dans l'eau, dans l'espace qui sépare les 2 bateaux. Le lest introduit dans les suaires à l'abri des regards se charge d'emmener les défunts vers les profondeurs.

Par 3 fois encore, la sirène du *Lévi* marque sa peine — la cérémonie est déjà arrivée à son terme. La foule sur le pont commence à se disloquer et à regagner les escaliers menant à la cale. Sur *L'Univers*, les passagers rentrent les uns après les autres dans leur résidence. À la fenêtre de sa cabine, Alexandra Dovefeather, ivre de colère, a suivi le moindre détail de la scène. Elle compte bien exiger des sanctions contre ceux qui ont imposé cette horreur aux résidents, à commencer par le médecin et ses infirmières qui ont tenu à rester jusqu'au bout, malgré ses ordres express de revenir sur le bateau.

L'approvisionnement en eau est enfin terminé et d'une minute à l'autre, les marins de *L'Univers* recevront la consigne de remonter le grand tube nourricier.

Au-dessus des deux navires, à quelques centaines de mètres d'altitude plane un avion. Après un demi-tour paresseux, il fait un deuxième passage, plus bas, survolant le vraquier de la poupe à la proue. Puis il reprend sa route vers le nord-est, s'éloignant jusqu'à devenir un minuscule point argenté fuyant dans le ciel d'azur.

29

La salle des machines de *L'Univers* est à son image : rutilante, d'une propreté décalée, obsessionnelle. Les moteurs et leur culasse éléphantesque, l'entrelacs des tuyauteries, les rambardes, les escaliers, tout semble flambant neuf, tout juste sorti des caisses. Pas de fuite apparente, de flaques d'huile, de traces de graisse qui souillent habituellement un pareil lieu, pas d'outils ou de chiffons qui traînent : Lev, le second mécanicien, ne tolère aucune négligence dans son antre. Des yeux bleu métal, une barbe poivre et sel fournie et impeccablement taillée, surplombant un arbre massif en guise de corps : mi-escogriffe aux colères à peine contenues, mi-seigneur des machines, Lev règne ici en maître et veille au grain, tant par rigueur professionnelle que par crainte d'une visite inopinée des gens d'en haut, les officiers du pont ou pire encore, les fouille-merde de la compagnie.

La venue des premiers ne lui pose en général aucun problème : leurs descentes en salle des machines sont rares et justifiées, leurs questions précises et pertinentes, on est entre gens de mer. Les « visites de courtoisie » des seconds, imprévisibles et motivées le plus souvent par un accès de stress, s'apparentent à des inspections en règle, s'attardent sur des points de détail sans importance pour la bonne marche du bateau, mais qui relèvent plutôt de l'image d'excellence que *L'Univers* doit renvoyer à tout moment et en tout lieu. Rien que d'y penser, Lev monte dans les tours, se met en surchauffe comme un moteur fatigué qu'on pousserait dans ses retranchements. Qu'est-ce qu'ils croient, ces bureaucrates ? Que les propriétaires ou leurs passagers pourraient s'aventurer ici, si loin de leur monde de marbre et de dorures ?

Peu à peu, Lev retrouve son calme, contemplant avec satisfaction son univers à lui, sa symphonie de machines qu'il maîtrise à la perfection. Mécanismes, mouvements des fluides, circuits électriques, composants électroniques sont les instruments d'un orchestre qu'il dirige sans fausse note depuis… — combien d'années déjà, il ne sait plus trop. Il a l'impression d'avoir toujours été là, balayant du regard toute la salle depuis sa cabine de pilotage ou se glissant entre les machines, les tuyaux, les escaliers, bercé par le ronronnement des moteurs à l'unisson quand le navire progresse à sa vitesse de croisière.

Le talkie qui relaie la radio du bord toussote, puis crache un ordre sec qui sort le marin de ses rêveries :

— Salle des machines, on repart. Relance des 3 moteurs à l'arrêt, puis moyenne puissance.

— Redémarrage en douceur, compris.

Depuis sa cabine, Lev actionne successivement les contacts des moteurs demeurés assoupis pendant l'opération de secours auprès du *Lévi*.

Rien ne se passe. Les trois titans restent muets, indifférents à l'ordre de leur tout-puissant seigneur.

Incrédule, Lev relance le démarrage une fois, deux fois, trois fois, sans plus de succès. Les secondes s'égrènent et le ronflement habituel des machines qui s'ébrouent et reprennent du service ne se fait toujours pas entendre. Un silence persistant, obstiné a pris le pouvoir dans l'antre des machines, en a envahi chaque recoin.

Les moteurs de *L'Univers* ne redémarrent pas.

* *
*

— Comment ça, ça ne redémarre pas ?

— Les 3 moteurs qu'on avait mis en stand-by ne répondent pas aux impulsions des démarreurs. Même pas un cliquetis. Lev a essayé de relancer plusieurs fois avant de nous prévenir.

— D'où peut venir cette panne ?

— Pour l'instant, aucune idée. Je descends voir Lev après notre conversation. Tout est entretenu ici au quart de poil, ce n'est pas un défaut de maintenance, vous le savez bien. Vous savez aussi qu'on a prévu une révision générale à la fin de la saison, ça fait deux ans qu'on la repousse pour tenir le programme des croisières. Au bout d'un moment, si on ne révise pas dans les délais…

— Oui, enfin, ce sont des moteurs neufs, on ne devrait pas…

— Des moteurs reconditionnés pour être plus précis…

— Pardon ?

— La compagnie tire sur les frais, dans ce domaine-là comme dans d'autres. À la dernière grande révision, il y a quelques années, on a remplacé 3 des moteurs par des *rebranded,* ça faisait faire une sacrée économie d'échelle.

— Et aujourd'hui, on en paie le prix…

Andor Kristiansen pensait tout savoir des mesquineries de la compagnie, mais il n'en croit pas ses oreilles. Ce que vient de lui apprendre Nils, son chef mécanicien, défie l'entendement : compromettre la marche du bateau, voire sa sécurité, avec ce genre d'investissement au rabais est un non-sens complet, surtout pour des gens si soucieux de leur image. Quand il y réfléchit, il voit deux raisons pour expliquer ces dépenses au petit pied : la compagnie a voulu faire des économies dans le dos des propriétaires, ou bien ces derniers sont parfaitement au courant et assument le risque d'une révision réalisée au plus juste, comme des copropriétaires un peu pingres qui rognent sur la couverture d'un toit ou le ravalement d'une façade.

Andor a besoin d'en savoir plus. Il continue d'interroger son officier, soucieux d'avoir toutes les informations avant d'affronter les conséquences de cette panne :

— On peut repartir avec un moteur ?

— On peut mais je ne conseille pas. Un seul ne suffit pas compte tenu de notre masse, on tirerait dessus simplement pour aller droit et à vitesse réduite et on risque de lui donner des vapeurs. Et si celui-là lâche, on sera vraiment dans la mouise…

— Alors, vous proposez quoi ?

— On garde le moteur en marche à petite vitesse le temps des réparations, juste pour rester manœuvrant et ne pas trop dériver. On l'économise en coupant temporairement sa production d'électricité pour le bateau — électricité secondaire, clim', tout ce qui ne sert pas directement à notre propulsion et aux instruments indispensables pour la navigation. Ce qui pourrait nous aider, c'est de nous mettre en couple avec le vraquier : si on s'adosse à lui, il peut nous empêcher de dériver trop en nous poussant avec ses moteurs. Désolé, mais pour le moment, je n'ai pas d'autre solution. Je vous laisse, je me mets au boulot tout de suite avec les gars en bas.

— Compris. Vous faites au plus vite et vous me tenez informé de l'évolution de la situation.

« Si tu veux garder la main, bouge-toi, Andor ! » Le commandant du paquebot sait qu'il a peu de temps avant que surgisse la Dovefeather ou que se tienne un nouveau conseil des propriétaires sans doute beaucoup moins indulgent à son égard, même s'il n'est pour rien dans cet aléa. Ni lui, ni les réfugiés du *Lévi* d'ailleurs, même s'il s'attend à ce qu'on en reporte la responsabilité sur l'arrêt inopiné de *L'Univers* pour les secourir. La panne serait de toute façon survenue à un moment ou à un autre — Nils et son équipe le lui confirmeront certainement — et peut-être dans une situation plus délicate encore, à l'arrivée dans un port, par exemple. Andor décide de prendre les devants — anticiper pour mieux manœuvrer, un vieux réflexe... Saisissant le combiné du téléphone interne, il compose le numéro d'Alexandra Dovefeather.

— Alexandra ? Andor Kristiansen à l'appareil. Êtes-vous disponible ? Nous devons avoir une conversation, c'est important.

* *
*

La salle de conférence de *L'Univers* s'est à nouveau remplie. Autour de la grande table ovale, les protagonistes de la précédente réunion, étonnés pour la plupart d'être reconvoqués à si courte échéance. Et un nouveau venu, le capitaine du *Lévi*, Sana, dévisagé au mieux avec surprise.

Dans le bref silence avant l'échange à venir, certains propriétaires se tournent vers la climatisation, légèrement agacés par la chaleur accumulée dans la pièce. Ils en toucheront deux mots à Mme Dovefeather sitôt cette réunion terminée.

Andor Kristiansenn s'empare du micro devant lui et lance la discussion.

— Mesdames, Messieurs, j'ai pris l'initiative de cette nouvelle rencontre pour vous informer d'un aléa de navigation qui…

— Encore !, glapit Mme Blackmore, qu'est-ce qu'ils veulent d'autre ?

— Ce dont je souhaite vous parler n'a aucun rapport avec le *Lévi*, Madame. Je profite de votre remarque pour vous présenter à tous le capitaine Sana Shermann, qui commande le vraquier. Vous comprendrez dans quelques instants les raisons de sa présence.

— Poursuivez, commandant, soupire Art Blackmore qui, posant sa main ferme sur l'avant-bras de sa femme, l'incite à se taire ou, du moins, à reporter ses questions à plus tard.

— Notre halte pour prêter main-forte aux passagers du *Lévi* nous a permis de déceler un dysfonctionnement important sur nos moteurs. C'est la raison pour laquelle nous sommes toujours à l'arrêt même si l'opération d'approvisionnement en eau est déjà terminée.

— Une panne, donc, pour appeler les choses par leur nom, rétorque Art Blackmore. Vous comme moi sommes des hommes de technique, commandant, mais mieux vaut employer des termes que tout le monde ici peut comprendre, sans jargon ou langue de bois…

— Une panne effectivement, concède Andor.

— Due à notre arrêt prolongé ?

Blackmore a tout de suite posé la bonne question.

— Non, comme je le disais, il n'y a aucun lien entre les 2 événements. Vous savez, M. Blackmore, faire du surplace ou avancer à faible allure avec un seul moteur sont des manœuvres fréquentes sur ces navires, par exemple quand on stationne près des plates-formes de carburant ou qu'on patiente à l'approche des ports en attendant de pouvoir s'amarrer. Et le retour à une propulsion normale après une période en allure réduite ne pose en général aucun souci.

— Alors, quelle est exactement cette panne, combien de temps serons-nous à l'arrêt et quelles conséquences pour nous ?

Trois questions logiques, pertinentes, corrélées : cet architecte aurait pu être flic, ou journaliste.

Bizarrement, c'est Alexandra Dovefeather, restée jusqu'ici silencieuse, qui se charge de lui apporter les réponses.

— Je me permets d'intervenir à ce stade, M. Blackmore, pour vous garantir que tout est fait pour trouver l'origine de cette panne et y remédier au plus vite. Je confirme ce que dit le commandant Kristiansenn au sujet des manœuvres « en sur-place » de nos paquebots. Elles sont fréquentes et sans conséquence, j'ai pu en avoir l'assurance auprès de la compagnie et je peux vous transmettre les documents qui l'attestent si vous le souhaitez.

— Merci de cette explication « officielle », Mme Dovefeather, répond Art Blackmore d'un ton légèrement narquois. Je ne vous savais pas si férue de technique. Je regarderai volontiers ces documents à l'occasion. Et quant à la panne elle-même ?

Le coup de pouce empressé d'Alexandra Dovefeather ne tombe pas par hasard : pendant leur tête-à-tête, le commandant de *L'Univers* a su la convaincre de se ranger de son côté. Les propriétaires réagiraient certainement très mal aux petits calculs de la compagnie… Mais sa maladresse risque de compliquer les choses. Andor décide de reprendre rapidement la parole :

— Pour la panne, on ne sait pas encore et on travaille dessus, vous vous en doutez. Pour être très précis, 3 de nos 4 moteurs refusent de redémarrer, le dernier est maintenu en propulsion à basse vitesse pour contrer le courant et éviter que nous dérivions vers des récifs ou vers les côtes. Pour le soulager dans cette tâche, nous avons demandé son assistance au *Lévi* et à son commandant, ici présent.

— Son « assistance » ? En quoi ce bateau pourrait-il nous « assister » ?

— Notre paquebot est lourd et un seul moteur ne suffit pas pour le maintenir en place. Cet effort est important et il ne faut pas trop tirer sur ce moteur, nous devons « l'économiser » en quelque sorte. Le *Lévi* peut nous aider : il pourra se mettre à couple, collé à notre flanc si vous voulez, et pousser. Sa propulsion latérale contribuera à contrecarrer l'effet du courant. Vous comprenez maintenant la présence du capitaine Sana : il est prêt à nous apporter son aide si vous lui en faites la demande.

Un silence étrange succède aux explications d'Andor. Tous réfléchissent, tous espèrent que quelqu'un fera le premier pas. Mme Blackmore chuchote à son mari, assez fort pour être entendue par d'autres : « Pousser notre paquebot avec leur sale bateau ? C'est hors de question ! »

Las d'attendre, Sana prend alors la parole. Sa voix claire, son ton ferme, mais sans animosité interrompt les murmures en cours :

— Mesdames, Messieurs, accordez-moi quelques minutes de votre temps précieux. Les choses sont simples, vous savez : nous vous proposons notre aide. Si vous n'en voulez pas, dites-le et on repart dans l'instant. Nous nous sommes déjà côtoyés pendant quelques heures, c'est déjà beaucoup, surtout pour certains d'entre vous, apparemment.

— Nous vous remercions pour cette proposition, s'empresse de déclarer Blackmore. Sur ce paquebot, voyez-vous, tout est décidé collectivement. Accordez-nous quelques instants pour en discuter, nous vous donnerons notre position dans la foulée.

— Très bien. Vingt minutes, pas plus. J'ai moi aussi des passagers qui souhaitent reprendre leur route. J'attends dehors.

* *
*

— Ils n'ont pas l'air très commodes, vos clients…, s'amuse Sana.

— Permettez-moi de ne pas vous livrer mon opinion à ce sujet, répond Andor en affichant un demi-sourire. Mon devoir de réserve, un officier de marine comme vous comprendra… Disons que leur position, leurs responsabilités leur donnent une vision des choses toute différente.

— Une vision très distanciée, dirons-nous ? Ils en oublieraient presque la conscience des autres, on pourrait même dire le respect…

— Vous faites référence à la remarque de Mme Blackmore, j'imagine. Je m'en excuse pour elle. Des gens comme elles pensent avant tout à leur confort, rien au monde ne doit le perturber.

— Un peu étrange, vous ne trouvez pas ? Avec ce bateau, cette dame parcourt le monde… mais ne veut aucun contact avec le monde ? Chacun ses incohérences, après tout. En attendant que ces braves gens se décident, vous me faites la visite ?

Ravi d'avoir l'occasion de changer de sujet et de montrer son bateau à un connaisseur, Andor entame une visite complète de la salle de commandement. Écrans nombreux et en haute résolution, instruments de contrôle et de communication dernier cri, logiciels pour détailler et anticiper les vents, les courants, les précipitations, jusqu'à un *joystick* ridiculeusement petit pour barrer un navire de cette taille. La débauche d'outils pour faciliter la tâche des marins de *L'Univers* impressionnerait le premier venu, mais Sana promène sur cette passerelle de commandement regorgeant de technologie un regard distant, presque narquois, ne laissant rien paraître de son étonnement ou de son admiration.

— Je vois que vous conservez quand même les bons vieux outils : cartes, compas de relèvement, pointe sèche… C'est pour la déco ou vous vous en servez vraiment ?

— On s'en sert encore, comment faire sans ? Ça va vous sembler bizarre, mais j'ai une confiance relative dans l'informatique, qui peut nous planter à tout moment. Une panne est toujours possible.

— La situation actuelle le prouve… Sur notre bateau aussi, on utilise les 2 systèmes, question de sécurité. Notre informatique est juste, comment dire, un peu plus rustique… En tout cas, commandant Andor, vous avez de la chance de pouvoir recourir à ces petits bijoux. Mis entre les mains de bons marins, ça donne certainement encore plus de plaisir à naviguer !

Tout sourire, Andor s'apprête à abonder dans son sens quand Alexandra Dovefeather apparaît sur le seuil de la passerelle.

Une dizaine de minutes ont suffi aux copropriétaires pour sauver les apparences et accepter l'offre de Sana. « De toute façon, ils n'avaient pas trop le choix », s'amuse le capitaine du *Lévi* qui, cette fois-ci, préféra garder pour lui sa pointe d'ironie.

30

— Viens, je vais te montrer quelque chose.

Quand le groupe des passagers choisis est monté prendre l'air sur le pont, Piotr a tout de suite remarqué ce gamin fureteur, curieux en diable, émerveillé par tout ce qui passe à portée de ses yeux : les portes massives surplombant la cale, les énormes chaînes, la grue hautaine bêtement inactive faute de cargaison, les taches de rouille dont il s'amuse à redessiner le contour avec un doigt. Le gosse a repéré les taquets sur le pont, décrétant qu'il se coifferait d'un de ces chapeaux en métal qu'il fait mine d'arracher du pont. Devant l'obstination du taquet à rester plaqué au sol, Jonas — c'est le nom de cette boule de vie, 7 ou 8 ans à peine — ignore superbement ce couvre-chef qui n'en fait qu'à sa tête. Son regard se porte vers l'avant du bateau et croise celui du marin blanc qui, le visage fendu d'un large sourire, lui fait signe de s'approcher.

Un coup d'œil vers l'arrière le rassure : sa mère, d'ordinaire si sévère, l'aurait vite rattrapé par le col si elle n'était pas en train de somnoler à l'ombre des canots de sauvetage, écrasée par le soleil qui incendie le pont. Jonas est libre comme l'air : il peut décider d'aller voir ce que ce bonhomme veut lui montrer ou de partir en sens inverse, à la recherche d'autres endroits à explorer avant de redescendre dans la cale. Mais le marin semble plutôt gentil et Jonas se laisse tenter. Il s'approche de lui sans se presser, un petit pas après l'autre. Une fois parvenu à la proue où l'attend Piotr, Jonas regarde dans la direction du doigt qui lui montre le spectacle.

Orphies et tilapias, poissons-pierre et arc-en-ciel, balistes et mulets, tous sont venus se réfugier sous l'ombre rafraîchissante des grands bateaux. Depuis le *Lévi,* Piotr et Jonas ne peuvent pas voir tous les poissons accumulés aussi sous le vraquier ; ils ne peuvent que les deviner, les masses noires débordant par moments sur les flancs du cargo. En face d'eux en revanche, *L'Univers* abrite un aquarium improvisé et ils sont aux premières loges.

Sous le paquebot se croisent des centaines de corps fuyants, se frôlant sans jamais se toucher, arborant une livrée aux teintes obscures, ou vertes, ou bleues. Piotr montre du doigt les poissons qu'il parvient à distinguer, les nomme pour Jonas qui répète consciencieusement les nouveaux mots, reconnaît à son tour. Sans prévenir, un banc de poissons surgit des eaux sombres et s'envole, pour quelques mètres ou dizaines de mètres hors de l'océan. « Ils sont aussi curieux que toi, s'amuse Piotr devant Jonas éberlué, ils viennent voir qui sont les gens d'en haut ! » Le marin s'abstient de lui dire que la réalité est sans doute moins drôle : aux masses noires qui fusent sous l'eau, il devine que les dorades, les albacores, les coryphènes, les pélamides festoient sous la coque et poussent les poissons volants à la fuite par la voie des airs.

Après de longues minutes à observer le manège des poissons, Jonas se lasse enfin, relève la tête et semble apercevoir, pour la première fois, le paquebot qui se dresse devant eux. Un instant silencieux, il pointe alors *L'Univers* d'un doigt sans appel puis lâche une phrase définitive :

— Je veux voir ce bateau.

* *
*

Depuis la passerelle de commandement, Angela regarde, sans un mot, le long échange entre Piotr et l'enfant. Elle envie presque leur apparente complicité, leur enthousiasme devant le navire et le spectacle de la mer, le bras que le petit a fini par poser sur l'épaule de Piotr pour s'approcher et mieux voir, sans risquer de tomber par le davier de l'ancre.

Derrière elle, la conversation commence à s'animer. Ils sont tous là : Jibril, Sana, Prabu et même le docteur Neiland, qui passe maintenant plus de temps sur le *Lévi* à mesure que l'attente aux côtés de *L'Univers* se prolonge.

— Une journée entière qu'on attend… Ça va durer combien de temps encore ? s'emporte Jibril. Ils cuisent à petit feu, là-dessous !

— Je suis médecin, pas mécanicien, rétorque Neiland. Croyez bien qu'ils font au plus vite : ils prennent du retard par rapport à leur programme de croisières, et leurs propriétaires et clients sont du genre impatient, et puissant aussi. Ils chercheront un responsable à cette panne et feront sans doute rouler des têtes à leur prochaine assemblée générale. Vous savez, ils ont aussi chaud que vous ici depuis que la clim' est coupée. Je ne parle même pas des congélateurs et de leur nourriture qui risque d'être perdue sans électricité.

— Et puis, ça doit les énerver de dépendre de nous…, s'amuse Prabu.

— Je ne suis pas dans leur tête, je n'en sais rien, poursuit le médecin. Ce ne sont pas des monstres, non plus. Disons qu'ils vivent dans leur monde et qu'ils ne se rendent pas toujours compte qu'il en existe un autre.

— Cette panne aura au moins un avantage, intervient Sana. Elle remet certaines choses à leur place...

— Concrètement, insiste Jibril, on fait quoi ? On porte assistance à *L'Univers*, mais on ne peut pas laisser nos passagers mourir de chaud dans une cale chauffée à blanc. Sans compter qu'on ne va pas pouvoir les tenir très longtemps.

— Ça bouge déjà en bas, confirme Prabu, et ça se passe moyen maintenant quand on descend. La seule chose que j'ai pu faire, c'est augmenter le nombre des groupes autorisés à monter prendre l'air sur le pont pour calmer un peu la situation. D'ici à ce qu'ils veuillent tous monter à l'air libre, ou même qu'un seul groupe refuse de retourner dans la cale, on n'est pas à l'abri d'une catastrophe. En général, je vois plutôt les choses du bon côté, mais je suis aussi réaliste : je crois que, bientôt, on ne pourra plus rien contrôler.

— Docteur, intervient Sana, maintenant que vous avez terminé vos soins du jour aux personnes de notre bateau, regagnez votre bord et « prenez la température », si je peux me permettre. Essayez de savoir quand on peut raisonnablement espérer la remise en marche des moteurs du paquebot. Entre vous et moi, on ne pourra pas faire plus qu'une journée d'assistance pour empêcher leur dérive. Quoi qu'il arrive, on repart demain matin au plus tard : j'ai 4 500 personnes à mener à bon port et s'il faut choisir entre mes passagers et les gens de *L'Univers*, mon choix est fait.

— Ça va nous compliquer la vie, soupire le docteur Neiland, mais c'est votre décision, je comprends. Je ne sais pas comment je vais pouvoir leur annoncer ça.

— Pour l'instant, vous ne leur dites rien, conseille Sana. Je vous le dis parce que vous êtes au courant de tout et avec nous depuis le début, c'est donc la moindre des choses. Vous leur expliquerez simplement ce que je viens de vous indiquer : si nous devons partir demain matin, ils pourront alors comprendre quand ils sauront pour notre « cargaison ». Prabu, tu veux bien raccompagner le docteur ?

* *
*

Au fil de la journée, *L'Univers* s'est assoupi, figé dans la fournaise.

La chaleur, sans climatisation pour dompter ses excès, s'est insinuée dans chaque couloir, chaque boutique, chaque cabine, essorant passagers et membres d'équipage pour en tirer les dernières gouttes de sueur. Le chacun chez soi, lui aussi, a cédé sous les coups de boutoir de la canicule. Le *privacy* n'est plus de mise, beaucoup ont préféré abandonner leur cabine surchauffée et prendre leurs quartiers dans la grande salle du restaurant principal. En laissant certaines fenêtres ouvertes, certains membres du personnel sont parvenus à créer un léger courant d'air dans cet espace commun devenu, au fil des heures, une timide oasis pour tous ceux à bord.

Un à un, les habitants de *L'Univers* viennent s'échouer dans les fauteuils du salon. Certains saluent les passagers déjà présents d'un signe de tête, d'autres restent murés dans leur mutisme ou leur fatigue. Tous livides, tous liquides, pour la première fois depuis longtemps, ils subissent. Ils attendent, espèrent ou s'assoupissent, maudissant les réfugiés du bateau d'à côté, ou les moteurs du paquebot, ou les deux, priant pour un retour rapide vers leur paradis. Miséricordieuse, la houle leur accorde un peu de soulagement, soulève le navire à intervalles réguliers, berce les accablés.

Plusieurs étages au-dessus, la même chaleur enserre les occupants de la passerelle de commandement. Un silence lourd d'impuissance et de colère rentrée pèse sur les épaules des personnes présentes — Andor, son second Christian, Alexandra Dovefeather et Art Blackmore. Tous attendent que, de la salle des machines, s'élève la bonne nouvelle. Mais la radio de bord reste obstinément muette.

— Cette panne m'énerve au plus haut point, commandant. Ça ne peut quand même pas durer éternellement !

— Les mécanos sont dessus, M. Blackmore. Ils font tout leur possible, il faut les laisser travailler maintenant. Nous avons tous intérêt, et eux les premiers, à régler ce problème rapidement.

— Une panne… sur NOTRE bateau. C'est à peine concevable, pour le prix que…

— L'argent ne protège pas contre tout, coupe Andor. Puisque vous êtes un homme de la technique, M. Blackmore, vous savez que le risque zéro n'existe pas, on s'en approche, c'est tout. Pour l'instant, ce qui compte, c'est que nous faisions tout ce qu'il faut pour régler ça et que nous soyons en sécurité pendant ce temps-là. Et nous le sommes, grâce au cargo qui nous empêche de dériver.

— Tout de même, nous appuyer sur cette poubelle, ma femme est hors d'elle…

— Dites-lui qu'il vaut mieux s'appuyer sur une « poubelle », comme elle le dit, que sur des récifs.

Entre les deux hommes, le ton monte et les mots ne demandent qu'à s'enflammer. Alexandra Dovefeather juge plus prudent d'intervenir :

— Cette chaleur nous porte sur les nerfs, c'est bien compréhensible, mais gardons la tête froide, voulez-vous ?

Objectivement, cet incident ne devrait plus durer très longtemps puisque ces messieurs de la technique y consacrent tout leur savoir-faire.

— Si cette panne devait se prolonger, j'ai déjà envisagé d'autres options, précise Andor. Celle du remorquage, ou même de l'hélitreuillage, n'est pas possible ici — nous sommes trop loin de tout — mais le transfert reste une solution pour nos hôtes. J'ai bien sûr signalé notre avarie par téléphone satellite, et certains des bateaux présents dans la zone se sont déjà déroutés et se dirigent vers nous. Quelle que soit la tournure des événements, les passagers et les personnels non essentiels pourront être évacués et quitter *L'Univers*.

— Dans quelles conditions de confort ? Nous ne pouvons pas abandonner nos résidences pour le premier rafiot…

— Même si celui-ci se propose de vous secourir, voire de vous sauver la vie ? Si l'évacuation est décidée, nous serons bien heureux de monter à bord du premier bateau qui nous apportera son aide. Et si cela peut vous consoler, M. Blackmore, les membres d'équipage restant à bord, dont je ferai partie, veilleront à l'intégrité de ce bateau et de ce qu'il contient pendant que vous serez emmenés à bon port. En tant que commandant, je suis en charge de la sécurité de tous et je m'assurerai personnellement de l'embarquement de tous les passagers sur un bateau de secours, confortable ou pas.

— Nous n'en sommes pas là, Messieurs, nous n'en sommes pas là, tente de s'interposer Alexandra Dovefeather. Je suis sûre que, quelle que soit la situation, nous trouverons ensemble la meilleure des solutions, dans l'intérêt de tous, et que…

D'un geste vif, Andor lève la main pour mettre fin à l'échange. Il a senti — tous l'ont senti — une vibration parcourir le bateau, comme le grondement d'une bête dérangée dans son sommeil.

Sur la radio de bord, une voix vient rompre le silence :

— Nils, pour le commandant.

— Je vous écoute, Nils.

— On est en bonne voie. On a localisé la panne sur un des moteurs, on a fait un essai de redémarrage — vous avez dû le sentir — et ça semble refonctionner. On doit maintenant procéder à une série de vérifications pour garantir la fiabilité de la réparation. Une fois celle-ci stabilisée, on appliquera le même process aux deux autres moteurs.

— Il va vous falloir combien de temps pour tout ça ?

— Si on n'a pas de surprises, je pense que d'ici deux heures, on devrait être revenu à la normale.

À la conversation avec le chef mécanicien s'installe à nouveau le silence. Le soulagement est visible sur les visages, la tension qui régnait quelques instants auparavant semble s'être évaporée.

— Nous allons peut-être nous en sortir, finalement, concède Art Blackmore.

— Comme je vous le disais, nous faisons tout pour ça, lâche Andor dans un demi-sourire.

— Rien n'est encore certain, tempère Alexandra Dovefeather, je vous demanderai de garder cette information pour vous pour le moment. Inutile de susciter de faux espoirs si la panne se prolonge.

— Ça me paraît souhaitable, en effet, reconnaît Blackmore.

Après un instant de réflexion, Andor lance :

— Une autre chose me paraîtrait souhaitable.

— Quoi donc, commandant ?

— Avant notre départ, inviter à bord les gens du *Lévi*, pour les remercier.

* *
*

Jonas ouvre la marche.

Un à un, les passagers descendent de la navette. À peine ont-ils posé le pied sur le ponton, à l'arrière de *L'Univers*, que le gamin, surexcité, court au-devant du groupe, revient vers sa mère pour la tirer par la main, repart en avant. Amusés par le manège, les invités du *Lévi* — Angela et Jibril, Sana, Piotr et Prabu, accompagnés par une dizaine de passagers de la cale réunis par Mme Evelyn, présente elle aussi —, se laissent guider vers l'intérieur du paquebot. Ils aperçoivent bientôt le docteur Neiland, au bout du couloir, qui va les orienter dans le dédale et les emmener jusqu'à la salle du restaurant où ils sont attendus.

Convaincre les propriétaires de *L'Univers* de recevoir à bord les étrangers du bateau voisin n'a pas été une mince affaire.

Même affaiblis, même bousculés dans leur *privacy*, les passagers du paquebot n'avaient nullement l'intention de se laisser envahir par ces inconnus d'un autre monde. Des « petites gens », des « sans le sou qui vont dégrader notre beau navire », « des sauvages qui vont jusqu'à jeter leurs morts par-dessus bord » — dixit Mme Blackmore. Andor a tout entendu quand il les a réunis pour expliquer son souhait de témoigner de leur reconnaissance à l'équipage et aux passagers du *Lévi*.

Alexandra Dovefeather a, de loin, été la plus difficile à convaincre. Si Andor a pu, dans un premier temps, lui forcer la main pour qu'elle se range de son côté lors des échanges avec les propriétaires, elle reste, avant tout, la représentante acharnée de la compagnie. Elle sait qu'au retour à terre, on pourra lui reprocher tout ce qui aura, de près ou de loin, nui au confort des passagers de *L'Univers* et à l'image du paquebot. Le redémarrage prévisible des moteurs la rend à nouveau cassante, intransigeante : elle joue sans doute sa tête et entre son avenir et une reconnaissance purement formelle, et selon elle inutile, de l'aide du *Lévi*, son choix est fait, sans autre état d'âme.

Face aux copropriétaires, sans quitter Alexandra Dovefeather des yeux, Andor s'est attaché à produire une argumentation sans faille.

— Je vois au moins 3 raisons qui justifient cette réception. J'ai appris que le capitaine du *Lévi*, M. Sana, souhaite repartir au plus vite, car il prend un retard dommageable sur son itinéraire. Si nous ne les ménageons pas ou, pire, si nous les braquons contre nous, ils peuvent se remettre en route dès maintenant alors que nous sommes toujours en cours de réparation, avec un seul moteur fonctionnel. Deuxièmement, la gestion positive de cet incident de parcours et ce témoignage officiel — et qui restera bref — de notre gratitude peuvent être des éléments précieux pour une opération de communication bien menée, comme Mme Dovefeather sait si bien le faire. Cette maîtrise des situations difficiles, l'humanité dont nous pouvons faire preuve ici et cette « ouverture » de *L'Univers* peuvent être très bénéfiques pour l'image de la compagnie. Dernier point enfin : je ne doute pas qu'à titre personnel, vous serez reconnaissant aux gens du *Lévi* de ne pas nous avoir abandonnés dans cette situation peu enviable. Nous devons tous l'admettre : sans eux, nous courrions le risque d'aller nous fracasser sur des récifs et grâce à eux, nous allons bientôt pouvoir retrouver le cours normal de notre voyage.

Andor a fini par emporter la mise — la brièveté de la réception est un argument supplémentaire, tout comme un coup du sort survenu à la fin de sa « plaidoirie » : la climatisation des parties communes du bateau a redémarré comme par magie, confirmant que les réparations étaient en bonne voie. En attendant sa remise en service complète jusque dans les cabines, la salle de restaurant constitue sans doute, pour quelques heures encore, le seul havre de fraîcheur, l'endroit le plus confortable du paquebot.

* *
*

Les 2 groupes se font face. Entre les 2, Jonas, spectateur insouciant de la scène en train de se jouer.

À son entrée dans le restaurant, le groupe du *Lévi* a perçu tour à tour l'indifférence et la prévenance, senti la fatigue, la tension aussi. Un certain nombre des passagers sont restés assis, visiblement encore sous le coup de la chaleur. Les plus polis ont légèrement incliné la tête à leur arrivée. D'autres se sont levés et ont rejoint le petit comité d'accueil. Entre les 2 groupes s'activent le commandant, son second et le docteur Neiland qui font les présentations. Alexandra Dovefeather se tient ostensiblement en retrait, son attitude glaçante marquant sa désapprobation. Angela a d'emblée remarqué son visage fermé — le sourire figé, les yeux assassins — et l'ignore superbement.

Un troisième groupe s'est joint à la rencontre : une délégation des membres du personnel de *L'Univers*. Femmes de chambre, serveurs, garçons d'étage, mécaniciens, toutes les petites mains invisibles du bateau sont venues en nombre, aiguillonnées autant par la reconnaissance que par la curiosité, solidaires, aussi, de ces voyageurs dont ils se sentent confusément proches.

Jonas et quelques enfants invités avec lui sillonnent la salle, passent d'un groupe à l'autre, explorent ce nouveau monde : fauteuils larges et profonds, tables de toutes tailles impeccablement dressées, moquettes épaisses, comptoir au rebord doré, lustres chics et miroirs immaculés. Et puis, la lumière, et un espace si vaste pour les gamins qu'il semble démesuré. Après le confinement de la cale, courir dans la grande salle lumineuse et aérée est un soulagement.

Devant le silence pesant d'Alexandra Dovefeather, Art Blackmore, porte-parole officieux des passagers de *L'Univers*, prend l'initiative d'improviser un discours :

— Notre commandant, M. Kristiansen, nous a fait comprendre combien votre aide a été précieuse pendant les problèmes techniques que nous avons rencontrés. Nous aurions pu bien sûr nous débrouiller seuls, mais votre intervention a permis de sécuriser notre situation.

— En mer, l'entraide est chose normale, souligne Sana. Nous n'avons fait que ce qui nous semblait naturel. Vous avez fait de même en nous approvisionnant en eau.

— C'est exact. Nous vous en avons cédé un peu pour vous soulager...

— Et nous vous avons soutenu pour vous éviter de partir à la dérive.

— Oui, enfin, je ne présenterai pas ça comme ça... L'essentiel maintenant, c'est que nous sommes sortis d'affaire et que nous allons tous pouvoir reprendre notre croisière.

Chacun, dans le groupe du *Lévi*, a tiqué en entendant le dernier mot de Blackmore. Par bêtise, par maladresse, par provocation peut-être, l'architecte vient de leur rappeler la frontière qui se dresse entre eux.

Angela ne peut s'empêcher d'intervenir :

— Je ne présenterai pas ça comme ça... *Vous* allez pouvoir continuer votre croisière, *nous* reprenons notre voyage. Nous ne sommes pas en vacances. Le tourisme, ce sera pour plus tard, peut-être, quand on aura de l'argent à gâcher.

Une légère pression de Jibril sur le bras d'Angela suffit à la convaincre de ne pas aller plus loin. Le regard du jeune homme est sans ambiguïté, elle y lit ce qu'il n'a pas besoin de dire : « Nous sommes invités ici, ça ne se fait pas de rabrouer ses hôtes. Garde ce que tu penses, je le pense aussi, mais ça ne sert à rien d'en rajouter. »

Lancé à toute allure, Jonas passe à ce moment précis entre les jambes des adultes et fait diversion.

Andor saisit l'occasion pour redonner à la rencontre un ton plus conventionnel, plus apaisé :

— Au nom des passagers de ce bateau, et mon nom propre, je souhaite vous remercier, officiellement, de l'aide que vous nous avez apportée. Pour vous témoigner notre gratitude, nous vous avons préparé ce buffet et quelques rafraîchissements qui seront, j'en suis sûr, très appréciés par tous pour combattre la chaleur.

D'un hochement de tête, Andor fait signe au responsable du restaurant qui lance aussitôt sa brigade de serveurs et serveuses. Leur rapidité à proposer à chacun petits fours et boissons fraîches, leur service impeccable et chaleureux brisent un peu la glace qui commençait à se poser sur l'assemblée. Dans le restaurant, l'atmosphère demeure figée, décalée, irréelle : les groupes de chacun des bateaux restent à distance l'un de l'autre, s'observent, ne se mélangent à aucun moment.

— Tu me montres ton bateau ?

Jonas s'est planté devant Art Blackmore. Loin d'être étranger aux propos échangés par les adultes, il a suivi la discussion et repéré ce vieil homme à la stature imposante, qui a pris la parole le premier et semble être un personnage important sur *L'Univers*. S'il veut voir d'autres parties du bateau, c'est par lui qu'il faut passer, Jonas en est sûr.

Interloqué, puis amusé par l'aplomb du gamin, Blackmore, après quelques secondes, pose son verre sur un plateau tendu par un serveur et lâche : « D'accord. Début de l'expédition ! »

La mère de Jonas n'a pas le temps d'intervenir que déjà le gosse et son guide partent dans les couloirs du restaurant, Blackmore invitant la jeune femme à se joindre à eux.

Après les premiers échanges, Mme Evelyn s'est détachée des groupes et de leur face-à-face figé. Son regard croise celui d'une vieille dame assise dans un fauteuil incliné, rendue livide par la fatigue et la chaleur. Sur un plateau, elle saisit deux verres d'eau fraîche et une cruche, puis s'approche de la passagère et pose son butin sur la table devant elle.

— Allez, je m'invite, mais je paie mon billet d'entrée : un verre d'eau pour vous ! Je m'appelle Evelyn, enchantée.

Un peu désemparée, la vieille dame la fixe sans mot dire, attrape le verre et hoche la tête en signe de remerciement.

— Vous n'avez rien à craindre, vous savez, poursuit Evelyn, je ne vous mangerai pas ! J'ai pris un bon petit déjeuner ce matin, vous ne courrez donc aucun risque, pour une ou deux heures au moins. Après, je ne réponds de rien...

L'humour à l'emporte-pièce d'Evelyn finit par arracher un sourire à la vieille dame qui s'enhardit à l'interroger :

— Je peux vous poser une question ?

— Faites !

— Qu'est-ce que vous faites sur ce bateau ?

— On va en Europe.

— Sur un bateau de marchandises ?

— On n'a pas vraiment eu le choix.

— Pas le choix ?

— Vivre dans notre pays n'était plus possible, alors on est partis sur le premier rafiot disponible.

— Plus possible, pourquoi ?

— Trop de dangers et pas assez d'avenir. Ce n'était plus un pays, mais un enfer, vous n'imaginez pas... On a saisi la première occasion de s'en aller, de sauver notre peau et d'avoir un futur, de mener une vie normale même si c'est dans un autre pays. Et vous, qu'est-ce que vous faites sur ce paquebot ?

— Comment, qu'est-ce que j'y fais ? J'y habite.

— Vous n'avez pas de pays à vous ? Vous êtes migrante comme nous, alors ?

— Je n'avais pas vu ça comme ça, d'une certaine façon, oui. Mais de mon côté, j'ai le choix de rentrer si je veux, ou de rester sur le bateau.

— Mais vous avez choisi de ne pas rentrer et de rester sur ce bateau. Vous étiez malheureuse là-bas ?

— Vous êtes très directe, et bien indiscrète... Disons que rien ne me retient plus dans mon pays. Mes enfants ont leur vie, ils sont loin et ne viennent pas souvent. Alors, plutôt que d'être seule dans ma grande maison vide, je préfère aller voir le monde.

— Et vous l'avez vu ?

— Nous avons fait beaucoup de destinations...

— Non, je dis voir le monde *vraiment*, pas cocher des villes sur une check-list. Rester assez longtemps sur place, rencontrer des gens, essayer de les comprendre, d'échanger, d'apprendre l'un de l'autre.

— On fait des escales, plus ou moins longues, et on descend à terre si on veut, pour aller faire un peu de shopping, par exemple, ramener des objets locaux, prendre quelques photos même.

— On passe de la check-list au tableau de chasse ! Je parlais de rencontrer *vraiment* les gens, je suis sûre que vous m'avez comprise. On ne découvre pas les gens du haut d'un paquebot, il faut se mettre à leur niveau pour avoir une chance de commencer à les comprendre...

— On passe seulement quelques jours sur place, on n'a souvent pas le temps...

— Ou pas l'envie. En même temps, je vous comprends un peu : qui voudrait découvrir un pays aussi fou que le

Nigeria ! Mais il y en a certainement plein d'autres, plus faciles d'accès pour qui veut se donner la peine.

— Et vous, Evelyn : vous allez en Europe, vous allez essayer de comprendre les gens là-bas ? Sans préjugés ?

— Je vais essayer au moins. Mais c'est parfois très difficile de vous comprendre, vous les Blancs. Et encore faudrait-il que vous nous laissiez vous approcher pour discuter avec vous, d'égal à égal, comme on le fait maintenant. Vous êtes la première Blanche avec qui je peux avoir une discussion, bravo, vous êtes l'élue !

— En tout cas, on discute plus que tous ceux-là, regardez-les !

À quelques mètres d'eux, statufiés et muets, se tiennent tous les passagers. Les seuls signes d'un échange entre les 2 groupes sont quelques regards à la dérobée, quelques sourires polis sans conséquence. Malgré tous les efforts d'Andor et du docteur Neiland, les mots restent rares, la rencontre obstinément stérile. L'arrivée de Jonas, de sa mère et d'Art Blackmore, visiblement ravis de leur escapade, ne suffit pas à réchauffer l'atmosphère.

— Vous avez raison, l'ambiance est un peu fraîche, juste ce qu'il nous fallait après tout !, s'amuse Evelyn. Je crois qu'il est temps d'arrêter le massacre, de retourner sur notre bateau, je veux dire. En tout cas, j'ai été contente de parler avec vous… je me rends compte que je ne connais même pas votre prénom !

— Gloria, c'est Gloria.

— Un prénom qui a de l'allure, vos parents ont su y faire ! Eh bien, Gloria, je vous souhaite de repartir très vite.

— Et moi, que votre voyage se termine au mieux.

Quelques salutations plus ou moins sincères, quelques poignées de main plus ou moins appuyées, et la rencontre, ou ce qui en a tenu lieu, prend fin. Andor Kristiansen et le docteur Neiland raccompagnent les passagers du *Lévi* jusqu'à l'embarcadère. Angela et Jibril sont les derniers à monter sur le canot.

— Je vous souhaite bonne chance, vraiment, répète Neiland en serrant une nouvelle fois les mains du jeune couple. Vous en aurez besoin, il vous reste une longue route et elle ne sera sans doute pas facile.

— Bonne chance à vous aussi, répond Angela, j'espère que vos moteurs vont cesser d'être capricieux !

Resté un peu en arrière pour prendre un appel au talkie, Andor rejoint le groupe.

— Les caprices sont terminés, les mécaniciens viennent de me confirmer que les 4 moteurs sont à nouveau opérationnels, se réjouit le commandant de *L'Univers*. Ils les ont tous remis en marche en mode lent, vous les sentez sous nos pieds ?

— Nous sommes très contents pour vous, commandant, et pour vos passagers bien sûr, sourit Jibril. Ils vont retrouver leur fraîcheur, leur confort... et vous une certaine tranquillité.

— Je l'espère, Jibril, je l'espère. Les conséquences des pannes sont parfois plus redoutables que les pannes elles-mêmes ! En attendant, nous vous souhaitons bon voyage, et beaucoup de courage pour la suite.

Depuis la navette qui s'éloigne, les passagers du *Lévi* regardent les deux hommes qui s'attardent à l'embarcadère — Angela croit discerner sur le visage de chacun d'eux un voile de tristesse, ou peut-être simplement de fatigue. Depuis le ponton de *L'Univers*, le commandant et le médecin fixent eux aussi le groupe et voient le bateau prendre de la distance, se rapetisser avant de disparaître derrière la coque du vraquier.

31

— Vous êtes certain de ce que vous dites ?

— Certain, Monsieur le Ministre.

— Les photos ne montrent que des personnes sur un pont, quelques dizaines tout au plus.

— Les relevés de la caméra thermique nous montrent ce qu'on ne voit pas. Et elles sont formelles : il y a du monde dans leur cale, beaucoup de monde.

— Vous êtes sûr que c'est le bon bateau ?

— C'est bien celui qui a quitté Lagos de nuit il y a quelques jours. Le *Primo-Levi*, un vraquier italien.

— Et vous pensez qu'ils viennent chez nous ?

— C'est très probable. Ils doivent accoster en Europe dans un port assez grand vu la taille du cargo. L'Espagne, le Portugal ? Pour des migrants, la France est plus intéressante, au moins comme point de passage s'ils veulent aller dans d'autres pays. Ils sont partis d'Afrique il y a quelques jours maintenant et ils ne peuvent pas trop faire durer le voyage pour ne pas être à court de vivres et d'eau. Je dirais Bordeaux ou Saint-Nazaire, Brest à la limite. Chez nous, ils ont l'embarras du choix.

— Il est exclu qu'ils viennent ici. Exclu.

— Pour l'instant, leur bateau reste dans les eaux internationales, monsieur le Ministre et…

— Gouverner, c'est prévoir, je ne suis pas le premier à le dire. Je ne veux pas qu'on se retrouve avec un problème ingérable simplement parce qu'on n'aurait pas su ou voulu l'anticiper. Et la Présidente n'apprécierait pas non plus.

— Elle est au courant ?

— Elle le sera si c'est nécessaire. Vous suivez ce bateau ?

— Les marins du Shom ne peuvent pas les repérer pour l'instant, il y a trop de bateaux dans le secteur. J'ai demandé une surveillance satellitaire.

— Bonne initiative. Je veux qu'on les marque de près et savoir à tout moment où ils sont. Vous m'avez compris ?

— Oui, monsieur le Ministre. Et que fait-on si…

— Ne vous préoccupez pas de ça. C'est nous qui prendrons les décisions le moment venu. Souciez-vous simplement de me tenir informé de ce qui se passe et du moindre changement de cap de ce cargo. Si, malheureusement, il s'avère que notre hypothèse se confirme, nous ferons le nécessaire.

* *
*

— Vos informations ont été vérifiées ?

— Oui.

— Qu'ils arrivent chez nous est hors de question. Si ce bateau réussit à accoster sur nos côtes, d'autres suivront.

— Que fait-on s'ils y parviennent ?

Un silence s'est imposé dans la pièce. Insidieux, il s'est invité auprès des deux hauts personnages, comme un fantôme narquois assistant à leurs échanges, attendant patiemment la décision qui, quelle qu'elle soit, va prendre corps.

Elle se dirige vers la fenêtre, reste de longues minutes à contempler le parc à la française. Elle se retourne enfin vers le ministre, le fixe d'un regard sans appel et reprend la parole.

— Faites en sorte qu'ils n'arrivent pas.

— Dérouter le bateau ? L'arraisonner quand…

— Je me moque des détails, vous gérez ça avec la Défense. Mais je n'en veux pas ici.

32

L'Europe est là, ils la sentent. Par intermittence, le vent apporte des fragrances du continent, des promesses d'eldorado : senteurs de fruits — figues et abricots, grenades et caroubes — gorgés de sucre, parfums plus acides des oranges, des citrons, des pamplemousses, odeurs d'olives ou simplement de terre humide, bénie par la pluie. Quand les nuages du matin se lèvent enfin, il leur semble parfois distinguer un trait de côte — les rivages du Portugal et aujourd'hui de l'Espagne, leur a confirmé Sana. Comme un fruit défendu, comme une garce aguicheuse, la côte européenne se montre, mais ne se livre pas, provoque, mais garde ses distances.

Un coma moite s'est emparé du bateau et de ses passagers. Jibril et Angela descendent de plus en plus souvent dans la cale pour informer, calmer aussi ceux qui, de plus en plus nombreux, s'impatientent et exigent de débarquer. Les explications claires et rassurantes ne suffiront bientôt plus à contenir la houle de colère qui enfle. Prabu l'avait prédit : il est grand temps d'arriver.

Le médecin de *L'Univers* savait ce qu'il disait. Les vivres commencent à manquer et le rationnement imposé depuis deux jours nourrit le mécontentement et exténue les corps. L'eau recyclée que le paquebot de croisière a déversée dans les réservoirs du Lévi dégage une odeur plus désagréable, comme le jus d'un fruit qui se gâte au fil des jours, et les passagers la boivent à contrecœur — littéralement. Elle retourne les tripes, assèche les dernières forces des gens du bateau. Les enfants au regard hébété, les personnes âgées somnolant à longueur de journée sont les plus touchés.

Appuyés sur le bastingage, Angela et Jibril fixent l'horizon, les vagues d'où émergent par instants une mouette ballottée par le flot, une moisson d'algues à la dérive, une planche détachée de tout. Ils regardent devant eux, l'un et l'autre silencieux, mais ils ne voient rien, plus rien. La fatigue accumulée, la responsabilité du voyage, l'incendie, les deux morts, la morgue de cette femme de *L'Univers* : les jours écoulés et les événements affrontés pèsent sur leurs épaules, sur leurs espoirs.

— Un jour, deux maxi. Après, on ne contrôlera plus rien.

— Je sais. Il faut qu'on arrive. Mais on ne peut pas débarquer tout de suite. Les ports de cette côte ne sont pas assez grands pour le bateau et puis une grande ville donnera du retentissement à notre arrivée.

— À ce stade, Angela, le retentissement…

— Nous devons passer l'Espagne et le Portugal, remonter un peu le long des côtes françaises. Plus on remonte haut, mieux ce sera. Tout le monde en bas voulait débarquer en Angleterre, directement. Tu imagines si on pouvait remonter la Tamise avec notre cargo ? Emmenons-les là-bas !

— Tu rêves en couleurs, Angela. Essayons déjà d'arriver sans trop tarder… et sans perdre d'autres passagers.

À bâbord, le soleil qui s'abîme vers l'horizon semble les fuir. Ce soir, le ciel est en feu et les teintes sang et or de l'astre qui s'éteint se reflètent de vague en vague. La lumière qui diminue drape peu à peu les flots d'un rouge sombre, inquiétant. L'espace d'un instant, Jibril, dont le regard se perd dans les remous de l'étrave, est saisi d'un tremblement — une extrême fatigue, peut-être, des idées noires, un pressentiment.

Collée contre son épaule, Angela a ressenti le frisson qui le parcourait et tourne vers lui un visage interrogateur. « Rien, lui dit-il. Tout va bien. » Il pose sur son front un baiser léger, humant au passage la senteur vanille du gel qu'elle passe chaque matin sur ses cheveux. Il respire une nouvelle fois sa peau, saupoudrée par endroits de sel marin, comme s'il voulait s'imprégner d'elle totalement, définitivement.

— Le capitaine veut vous voir.

Perdus dans leurs pensées, ils n'ont pas entendu Prabu qui s'est approché sans bruit, veillant à ne pas déranger le couple dans sa discussion. Son éternel sourire chasse un instant leur vague à l'âme. Jibril et Angela lui emboîtent le pas. Marchant de front, tous trois se dirigent sans un mot vers la passerelle de commandement du *Lévi*.

* *
*

Penché sur la carte, Sana montre du doigt l'évolution du bateau depuis leur départ et la route à venir.

— La mer est bonne et nous avançons bien. Cette nuit, nous traverserons le golfe de Gascogne et demain nous longerons les côtes de France. Il faut se décider maintenant : où voulons-nous arriver ?

— Nous devons remonter le plus haut possible, lance Angela d'une voix ferme. Ce sera du temps de gagné et des difficultés en moins pour tout le monde. Calais serait idéal, c'est juste en face de l'Angleterre. Si vous pouviez même remonter la Tamise...

— Vous êtes sérieuse ?

— J'ai bien peur que oui, soupire Jibril. Je pense que ce n'est pas réaliste et que... c'est une folie, moi aussi. Ça veut dire deux ou trois jours de plus, dans une mer qui risque fort d'être moins clémente quand on s'approchera de la Bretagne et de la Manche. La météo annonce d'ailleurs du gros temps d'ici vingt-quatre heures. Et en bas, on a 4000 personnes épuisées par le voyage qui ne tiendront pas le coup. Ce qui importe pour elles maintenant, ce n'est pas d'aller le plus loin possible, c'est d'arriver, et le plus tôt sera le mieux. Oubliez votre idée de naviguer jusqu'à Big Ben, pour moi, c'est hors de question.

— Alors, qu'est-ce qu'on a comme options ?

— Bordeaux, Saint-Nazaire, c'est l'un ou l'autre. S'il faut faire un choix, je pencherai pour Saint-Nazaire : ils ont un grand port industriel, ça sera plus facile pour accoster ; ils ont l'habitude des gros bateaux. Et avec notre allure, nous y arriverons au petit matin. C'est mieux que d'attendre au large de Bordeaux.

— Va pour Saint-Nazaire.

— Il va falloir prévenir tout le monde en bas pour qu'ils se tiennent prêts pour demain matin.

— Nous y descendrons ce soir.

— Vous pouvez être contents tous les deux, poursuit Sana. Le voyage prend fin demain, vous aurez réussi votre pari.

Angela comme Jibril restent silencieux, comme si la dernière phrase de Sana était une illusion de plus — en ce moment précis, ils doutent encore. Ils ont, l'un et l'autre, besoin de voir à nouveau la terre, le port qui leur ouvrira ses eaux pour se convaincre que leur expédition a vraiment pris fin, pour se persuader que leur périple est bien terminé.

« Oui, demain nous arrivons », répond enfin Jibril de manière mécanique, d'une voix éteinte et sans joie.

— Capitaine, à 2 h. Une embarcation.

Tous regardent dans la direction qu'indique le doigt du second. Sana empoigne les jumelles posées sur la table à carte et s'approche du hublot tribord, suivi d'Angela, Jibril, Piotr et Prabu.

Une grosse barque surchargée se déplace à grand-peine à moins d'un mile du bateau. Le soleil est maintenant sur le point de disparaître à l'horizon, mais il reste assez de lumière pour distinguer le grand nombre de personnes à bord — des hommes de tous âges, des femmes et des enfants, une soixantaine en tout —, lire sur tous les visages la fatigue et sur certains, l'effroi. La barque semble à la dérive : derrière l'embarcation, aucun remous pour signaler les efforts du moteur qui a sans doute rendu son dernier souffle. Le roulis impose un mouvement de balancier ample et menaçant, secouant les passagers sans ménagement.

Jibril réagit le premier.

— Il faut aller les récupérer !

— Non, répondit Sana.

— ???

— On ne peut rien faire pour eux. Même si on décidait de stopper les machines, avec l'inertie du bateau, on continuerait sur notre erre - pardon, notre lancée — pendant au moins 1 mille. On devrait encore manœuvrer pour nous rapprocher et le remous du Lévi va créer des vagues qui les repousseront et pourraient même les faire chavirer. On ne peut rien faire. Ils devront s'en sortir sans nous.

Tous ont les yeux rivés sur la barque dont la taille diminue imperceptiblement à mesure qu'ils s'éloignent. Elle disparaît par intermittence, cachée par les vagues qui s'avancent vers elle puis hissent la coquille de noix sur leur crête.

Une vague plus massive les dissimule complètement. Quand à nouveau le mur d'eau s'affaisse, là où quelques minutes auparavant flottait l'embarcation, plus rien.

La mer les a happés.

Les regards fixent avec intensité l'endroit où la barque est apparue pour la dernière fois. Mais même les yeux exercés des marins du *Lévi* ne peuvent rien voir : le soleil a maintenant basculé de l'autre côté de l'horizon et le ciel sans lune a recouvert la mer d'une obscurité de plus en plus dense. La nuit et la mer, jumelles assassines, ne font plus qu'une.

Le silence s'est abattu sur la passerelle.

— Vous éteignez toutes les lumières du bateau, lâche Sana d'une voix douce. Toutes.

Aux regards interrogatifs qui se tournent vers lui pour comprendre, le capitaine répond posément de quelques mots :

— S'il reste des survivants, qu'au moins ils ne nous voient pas partir.

Piotr exécute son ordre, éteignant les lumières de la passerelle puis du pont — seuls les instruments de bord jettent encore une lueur frêle dans la cabine. Le navire est maintenant une masse sombre, à l'unisson de la nuit et de la mer dans lesquelles il s'enfonce, sans aucune visibilité, sur la foi de son seul radar.

Les marins ont les yeux rivés sur différents points de l'horizon, puis sur les écrans qui drapent leur visage d'un bleu spectral. Derrière ces statues quasi immobiles semblent se dresser des fantômes — ceux de tous les disparus en mer, marins ou pas.

Jibril et Angela se sont laissé glisser le long d'une paroi de la passerelle. Assis par terre l'un à côté de l'autre, ils restent silencieux, regardant les marins sans les voir vraiment. Jibril passe son long bras autour des épaules de sa compagne. Sur les joues d'Angela, quelques larmes ont coulé puis séché, traçant un sillon de sel et d'amertume.

Sana les incite à quitter la passerelle — il n'a plus besoin d'eux avant l'arrivée — et à aller dormir en bas. Sans se concerter, tous deux refusent. Pour cette dernière nuit, ils préfèrent rester là, auprès de l'équipage qui s'active, plutôt que de descendre affronter un sommeil envahi de doutes.

* *
*

— Capitaine.

Posté devant son écran, le second fait signe à Sana de s'approcher.

Jibril a le sommeil léger et l'appel du second, même lancé à voix basse, l'a sorti de ses rêves intranquilles. Peut-être une certaine tension dans la voix du marin, qui n'a pourtant prononcé qu'un seul mot, l'a mis en alerte. Voyant les deux hommes fixer l'écran devant eux, puis échanger des paroles étouffées et quelques gestes vifs, Jibril veut aller voir. Il décolle avec douceur la tête d'Angela, assoupie contre son épaule, et l'aide à s'allonger le long de la paroi, encore endormie. Il peut alors se lever sans bruit et rejoindre les deux hommes.

Ils scrutent toujours l'écran d'un bleu laiteux, un radar où tournoie lentement un trait de lumière, balayant d'un cercle précis et méthodique l'océan qui les entoure maintenant de toutes parts. Le dessin de la côte, que Jibril avait remarqué sur le radar avant de s'endormir, a disparu. Se remémorant les explications de Sana devant sa carte, quelques heures auparavant, Jibril en déduit qu'ils doivent être au large des côtes françaises, dans le golfe de Gascogne — il a retenu ce nom, aux sonorités si exotiques pour lui, si brutales aussi.

Sana confirme : ils sont très exactement en plein milieu et passent au-dessus de la plaine abyssale de Biscaye.

Jibril suit leur regard, aperçoit ce qu'ils fixent.

En haut de l'écran circulaire, balayés à intervalles réguliers par le faisceau du radar clignotent des triangles lumineux, tous en ligne, comme une barrière.

— Qu'est-ce que c'est ? Des rochers ?

Sana et le second sourient.

— Des bateaux, finit par répondre le capitaine. Un comité d'accueil.

— Vous êtes sûr ? C'est peut-être des pêcheurs qui...

— Alignés comme ça ? Ils n'avanceraient pas de front, ils n'ont aucune raison de naviguer de cette façon. Et puis, les pêcheurs travaillent en solo pour garder secrètes leurs zones de pêche, et il n'y a pas plus indiscipliné que ces gens-là. Non, je parie mon bateau que ce sont des militaires.

— Mais comment pourraient-ils...

— Savoir qu'on est là ? Notre départ a été un peu fracassant, souvenez-vous — on a laissé des morts derrière nous et ça a dû éveiller quelques curiosités. Notre rencontre avec ce paquebot et sa harpie n'a pas arrangé les choses, si vous voulez mon avis. Nos bateaux étaient encore à couple qu'elle devait déjà nous signaler à sa hiérarchie à terre. Et puis, l'avion qui nous a survolés par deux fois à ce moment-là faisait certainement de la reconnaissance, et pas du tourisme...

— Alors, on fait quoi ?

Surpris, les trois hommes se retournent. La dernière phrase a été lancée par Angela, maintenant réveillée, qui a suivi l'échange en silence.

— Il n'y a pas beaucoup de solutions. Soit on va vers eux, ils vont nous stopper et nous arraisonner, soit...

— Soit... ?

— Soit on vire à tribord toute, plein est, et on fonce vers les côtes françaises. On met le cap sur Bordeaux et on essaie de les prendre de vitesse.

— C'est jouable ?

— Oui. On n'est pas très rapide, moins qu'eux en tout cas, mais on est plus près des côtes françaises qu'ils ne le sont de nous. On devrait pouvoir y arriver avant qu'ils nous rattrapent. Bordeaux, ça devrait vous aller comme symbole, Angela, non ?

Angela gratifie la pique du capitaine d'un sourire un peu las, sans envie de défendre son point de vue. Avoir le dernier mot n'est plus vraiment ce qui importe, maintenant.

— Et s'ils envoient des bateaux depuis Bordeaux pour nous intercepter ?

— On verra bien. Mais si ça avait été leur intention, ils l'auraient déjà fait. On ne remarque rien sur les radars de ce côté-là, pour l'instant en tout cas. Et puis, ils n'auraient pas pris la peine de positionner leur armada là où elle se trouve. Ils doivent penser qu'on ne se doute de rien et qu'on va gentiment se jeter dans leur filet…

— Alors ?

— Alors, tribord toute, cap au 90°.

— Tribord toute, cap au 90°, répondit en écho l'homme de barre.

Lentement, Le *Lévi* décrit un arc de cercle pour suivre son nouveau cap. Puis l'homme de barre pousse les moteurs aux trois quarts de leur puissance, gardant une réserve de vitesse et ménageant les machines.

Sana, Angela, Jibril se tiennent maintenant côte à côte devant les vitres de la cabine de pilotage. Elles sont balayées par les essuie-glaces qui tentent bravement de chasser la pluie tombant sans discontinuer depuis une demi-heure.

— Vous ferez quoi une fois en France ? s'interroge Sana.

— J'ai un lointain cousin qui habite à Bordeaux, répond Jibril. Il nous accueillera sans doute.

— Et après ?

— On s'installera, en France ou ailleurs. On travaillera. On vivra normalement, comme tout le monde. On ne demande que ça.

Appelé par le second, Sana s'éloigne un instant pour regarder le radar, puis revient vers eux.

— Du nouveau ? demande Angela.

— Non, justement. Je pensais que les bateaux des militaires allaient bouger après notre virement de bord — si on les voit, eux nous voient aussi — mais rien. Ils ne nous prennent pas en chasse, ils restent simplement où ils sont, pour nous empêcher d'aller plus loin sans doute. Et le radar ne signale pas d'autres navires dans les environs.

— Alors ?

— Alors, on maintient notre cap. Il n'y en a pas d'autre de toute façon ; on ne va pas rebrousser chemin ou partir vers la haute mer. Leur comportement est bizarre, mais ils veulent certainement nous « réceptionner » à Bordeaux. C'est un grand port malgré tout ; ça leur sera plus facile de gérer un bateau de notre taille et, s'ils le savent déjà, autant de passagers.

Après ce bref échange, le silence s'empare à nouveau de la passerelle de commandement. Tous, sans se le dire, ont hâte que leur traversée s'achève et que les premières lueurs de l'aube découvrent, enfin, les côtes françaises et le port qui symbolisera la fin du voyage. Personne ne veut plus encombrer la situation de mots inutiles. Les seuls qu'ils sont prêts à supporter maintenant sont les mots fétiches, ceux qui, de tout temps, ont marqué la fin d'un périple et le début des espoirs : « *Nous arrivons.* »

* *
*

Lassée d'attendre debout le terme du voyage, elle est retournée s'asseoir et s'adosser à la paroi de la cabine. La nuit et la mer l'enveloppent, la bercent, l'emportent dans un profond sommeil.

Cette nuit-là, Angela rêva.

« *Je suis Mami Wata, déesse de l'eau, maîtresse des flots, des rivières et de la mer.*

Je suis Mami Wata et les hommes me redoutent, car je sais les charmer, aussi sûrement qu'un pêcheur dans son filet attrape ses proies.

Je suis Mami Wata et je suis belle. Dès qu'ils me voient, ils tombent comme de pauvres poissons hébétés : ma peau noire et luisante, ma chevelure flamboyante, mes bijoux étincelants comme des soleils en miniature, ce serpent qui m'enserre tendrement et pose sa tête entre mes seins bombés, mes yeux ourlés au regard intense qui lit sans effort ces pantins transparents, leur envie de me prendre, leur besoin de me dominer. Dès qu'ils me touchent, ils sont perdus. Je ne les lâche plus et les entraîne où bon me semble.

Je les entraîne dans mon royaume, loin de leur univers, de la surface. À ma suite ils plongent, obéissants, et cette cohorte d'amants dans mon sillage dessine ma traîne, ils sont mon manteau d'apparat. Je leur dis ce qu'ils doivent contempler, ils n'ont pas assez d'yeux pour tout admirer, de cerveau pour tout comprendre.

Moi et mes hommes, nous filons dans un cortège de bulles, effrayant les poissons qui se tiennent à distance raisonnable, intimidant les dauphins, les requins, les baleines qui tous se prosternent à mon passage. Je suis Mami Wata, ils me reconnaissent : je suis des leurs et je connais les hommes, leurs pires ennemis, que je sidère dès qu'ils sont à portée de regard. Le peuple des mers le sait, le sent, me respecte pour ce pouvoir.

Pendant notre voyage, un homme remonte la cohorte et vient flotter à mes côtés. Il est différent, n'a pas ce regard avide qu'ils portent tous sur moi. Il m'observe, sans agressivité, sans irrespect et pose sur moi des yeux doux et curieux de ce que je suis, de mes pouvoirs sur le peuple des hommes et sur celui de la mer.

Je le reconnais maintenant. C'est Jibril.

Je l'accepte à la tête de notre cortège et nous avançons de front, sereinement. Ma traîne d'amants décervelés s'est détachée, elle disparaît dans notre sillage pendant que nous continuons, sans effort, avec un bonheur qui croît en nous à mesure que nous progressons ensemble.

Je lui montre les plaines infinies bouillonnantes de vie, les fortins de rochers qui, pour les petits poissons, sont autant d'abris, les ballets des poissons pressés, tenaillés par la faim ou l'envie de dévorer, les danses grandioses des cétacés, les jeux sans fin des dauphins. Je lui enseigne comment faire corps avec le courant, s'abandonner à l'onde. Nos corps, de légèreté et d'insouciance entremêlées, ne pèsent rien et nous nous laissons porter.

Au bout de l'immense plaine, un à-pic. Nous arrivons au-dessus des grands fonds. Nous surplombons un instant cette falaise dont les couleurs s'éteignent au fur et à mesure que l'on descend vers sa base.

Descendrons-nous ? Nous hésitons. Jibril pose sur moi un regard plus interrogateur qu'inquiet. Dans ses yeux, nulle trace de frayeur : il s'en remet à moi.

Mes mots sont un onguent qui apaise ses craintes. Là où la lumière de la surface ne luit plus, lui dis-je, il reste de la vie : dans ce gouffre d'encre et au-delà se cache un monde à découvrir, ensemble, si tu veux rester avec moi. Si tu as peur, pars.

L'onguent a fait effet, son regard est maintenant tranquille et confiant. Jibril passe son bras autour de ma taille, je fais de même et nous descendons ensemble le long de la falaise qui, peu à peu, se défait de ses couleurs, prend une teinte grisâtre, vire au sombre. Nous atteignons bientôt l'obscurité, pénétrons ce nouvel univers. Comme des promesses de vie, des bulles remontant des profondeurs nous frôlent, filant vers la lumière.

Nous descendons à leur source. »

Épilogue

Personne n'entendit plus jamais parler du *Primo-Levi,* de ses passagers, de leurs rêves d'Occident ou, plus simplement, d'une vie meilleure.

Le secret qui avait maladroitement accompagné le voyage et sa préparation aida à tisser leur linceul. L'armateur du vraquier, lui, avait depuis longtemps abandonné le bateau à son sort, l'avait passé par profits et pertes. Précipités dans le néant des profondeurs marines, ses 4 500 passagers devaient eux aussi plonger dans l'oubli.

Disparus à tout jamais, ils n'eurent pas le temps de voir tous ceux qui s'inscrivirent dans leur sillage.

L'idée de Jibril et d'Angela — migrer en grand nombre, arriver ensemble à destination, imposer leur désir d'une autre vie avec la force du nombre et de l'évidence — s'était très vite répandue dans la communauté évangéliste à laquelle appartenait Angela. Les ramifications de ce réseau mondial firent le reste.

Pour tous ceux qui mûrissaient lentement l'idée du Grand Voyage, savoir ce qui était advenu du premier bateau, finalement, importait peu. Comme les gens du *Lévi*, il leur suffisait d'oser, c'était tout. Le désespoir mêlé à l'espérance balayait les doutes, éloignait les peurs. Jibril et Angela avaient juste ouvert la voie, même s'ils étaient restés au bord du chemin. Seule comptait l'indéracinable envie d'un ailleurs, affronté à plusieurs.

Le Brésil, que l'Histoire avait depuis toujours lié au Nigeria, fut le premier terreau dans lequel germèrent des projets similaires, d'où appareillèrent d'autres *Lévi* à destination des États-Unis et du Canada. Puis vinrent d'autres pays sud-américains parmi les plus pauvres — le Venezuela et l'Argentine, la Colombie et le Pérou, la Bolivie et l'Équateur — qui firent à leur tour partir des navires vers les eldorados du Nord. Les « bateaux-migrants » provenant des pays asiatiques démunis descendaient vers l'Australie ou montaient vers le Japon. Ceux du Proche-Orient appareillèrent à leur tour vers l'Europe nantie.

Le Sud basculait vers le Nord.

Remerciements

Un grand merci, d'abord, à ma première lectrice, Yvonne, qui avait toutes les qualités pour relire le manuscrit : éditrice professionnelle, auteure elle-même d'un premier roman et, surtout, amie bienveillante et pleine de tact. Son premier retour, positif, et ses remarques judicieuses m'ont rassuré et aidé à enrichir l'histoire, tant sur la forme que sur le fond.

Pour que le voyage de Jibril et d'Angela soit crédible, j'ai également pris la peine de vérifier un certain nombre d'informations sur les ports et les bateaux. Merci à Alex Bruyère, capitaine de la marine marchande frais émoulu qui, en voisin, est venu m'apporter toutes les précisions qu'il a pu me donner.

Je veux remercier, aussi, tous ceux qui, loin de me juger fou ou prétentieux de me lancer dans l'aventure d'un roman, m'ont encouragé à poursuivre ce travail de longue haleine, ce pari hasardeux de mener une histoire jusqu'à son terme. Difficile de les citer tous, mais certains figurent en bonne place : ma sœur Chantal, mes neveux Jordan et Clément,

Luc Bodiguel, Didier San Martin… Tous ceux que je ne nomme pas, mais qui, un jour, m'ont glissé un mot gentil, parfois admiratif, pour m'inciter à ne pas « lâcher l'affaire » sauront se reconnaître ici.

J'ai dédié ce livre à mes proches, ainsi qu'à tous les amis et connaissances rencontrés en Afrique : ils m'ont aidé à y faire « mes humanités ». Je voudrais aussi remercier toutes les autres personnes, plus éloignées, mais non moins précieuses, et qui, le temps d'une collaboration ou au détour d'une discussion, ont contribué à m'éclairer. Une attention toute particulière ici au Dr Opuku Agyeman et à Guillaume Gueï.

Enfin, ma dernière pensée sera pour mes parents, malheureusement disparus aujourd'hui, mais qui, à leur façon, sont toujours là.

Vous seriez fiers de moi, je crois.

Table des matières

ISBN : 978-2-81220-230-8
222, Boulevard Pereire - 75017 Paris
www.ramsay.fr

Réalisation : Ramsay Médias, Romorantin (41)
Imprimé en France par CPI (162740)
Dépôt légal à parution